Les Vies de Loulou

Almudena Grandes

Les Vies de Loulou

ROMAN

Traduit de l'espagnol
par Bernard Cohen

Albin Michel

Édition originale espagnole :

LAS EDADES DE LULÚ

Traduction française :

22, rue Huyghens, 75014 Paris

ISBN 2-226-04114-1

Cela paraîtra sans doute surprenant, mais il se trouve finalement qu'une simple image, cette innocente image, fut l'indice le plus clair, eut l'impact le plus violent.

Eux, leurs beaux visages, entouraient à droite et à gauche l'acteur principal que je fus alors incapable d'identifier tant m'avait remuée, déjà, ce radieux entrelacs de corps. La chair parfaite, luisante, semblait s'enfoncer en elle-même, satisfaite, intacte de toute blessure, sujet et objet d'un plaisir total, d'un plaisir blotti dans son autonomie, si différent de ce que suggèrent ces anus mesquins, froncés, toujours crispés dans une moue douloureuse et inconsolable.

Tristes, pensai-je alors.

Eux se regardaient, souriants, et regardaient la croupe ouverte qu'il leur offrait. Au bord, la peau était ferme et rose, douce, propre et satinée. Quelqu'un avait auparavant rasé avec soin toute la zone.

C'était la première fois de ma vie que je voyais pareil spectacle. Un homme, un homme grand et musclé, un bel homme installé à quatre pattes sur une table, cul dressé, cuisses ouvertes, en attente. Vulnérable, timide comme un chien abandonné, un pauvre animal suppliant, tremblant, prêt à tout pour donner satisfaction. Un chien perdu qui cachait sa tête, et non une femme.

J'avais vu des dizaines de femmes dans la même posture. Y compris moi, quelquefois.

C'est à ce moment-là que pour la première fois j'eus envie d'être là-bas, de l'autre côté de l'écran, de le toucher, de le scruter, de l'obliger à relever son visage et de le fixer dans les yeux, de recueillir sa propre bave sur son menton et de l'en enduire. Je désirai alors avoir de ces horribles chaussures vernies à semelles compensées que portent les putains les plus putassières, de ces ignobles et impossibles échasses, pour pouvoir vaciller sur leurs immenses talons effilés qui sont des armes si vulgaires et m'approcher lentement de lui et lui en mettre un et le blesser et le faire hurler et en tirer du plaisir, le faire tomber de la table et continuer à enfoncer, à déchirer, à avancer au travers de cette chair immaculée, troublante, tellement nouvelle pour moi.

Elle me devança. Elle entrouvrit ses lèvres et en fit jaillir sa langue. Elle ferma les yeux et commença à travailler. Toujours de profil telle une suivante égyptienne sur un bas-relief, elle parcourait avec application, de la pointe de sa langue, l'étroit îlot rosé qui entourait le gouffre désiré, en léchait les contours, glissait vers l'intérieur et finalement y pénétrait. Son compagnon la regardait et souriait.

Mais bientôt il l'imita. Lui aussi ouvrit la bouche et ferma les yeux, caressa de la langue cette peau intense, la frontière de l'abîme. En même temps, de sa main libre, la seule dans le champ de la caméra, il frappa doucement la croupe de l'inconnu qui commença à se balancer en rythme d'avant en arrière comme s'il répondait à un appel secret. Le trou, englué de salives étrangères, se contracta plusieurs fois.

Inévitablement, il arrivait que leurs langues se rencontrent et alors elles s'arrêtaient un instant, s'entremêlaient et se léchaient mutuellement avant de se séparer de nouveau et de retourner chacune à sa tâche première.

Elle laissait ses doigts, ses ongles vertigineux peints de

rouge sombre, couleur de sang séché, glisser lentement de haut en bas, laissant derrière eux de légers sillons blafards, marquant leur territoire. Lui, pendant ce temps, pétrissait d'une main la chair blanche, la pinçait et l'étirait en laissant ses marques sur la peau. Ni l'un ni l'autre ne permirent à leur langue de prendre le moindre repos.

Soudain la caméra les abandonna, m'abandonna à moi-même et à mon triste sort.

Après les premiers instants de saisissement, d'étonnement et d'allégresse, j'avais connu l'ineffable sensation d'avoir changé de peau. J'étais très secouée, mais je comprenais. Il était adorable ainsi, mesquin, recroquevillé, le visage caché. Je le désirais. Je désirais le posséder. C'était une envie inédite. Je ne suis, je ne puis être un homme, je ne le veux même pas. Mon esprit était troublé, confus, mais en même temps je comprenais, je n'arrêtais pas de comprendre.

Ensuite, juste après la métamorphose, le sentiment bien connu d'être en train de mal me conduire.

Un froid humide, un désagréable frisson, la chair de poule, je viens de sortir d'un bain tiède, d'une tiédeur dégoûtante, et le carrelage est glacé et il n'y a pas de serviette, je ne peux pas me sécher, je dois rester debout toute recroquevillée en me frottant le corps des mains, avec le bout des doigts gercé, ridé comme les pois chiches du *cocido* * familial, l'inévitable *cocido* des samedis.

Sensation d'abandon. Je veux retourner dans l'utérus maternel, me fondre dans ce liquide rassurant, me recroqueviller et dormir, dormir des années durant.

Il en a toujours été ainsi, la même répugnante prémonition du repentir. Aussi loin que ma mémoire remonte, toujours la même chose, même si alors, il y a si

* Sorte de pot-au-feu propre à la gastronomie traditionnelle de Madrid. *(N.d.T.)*

longtemps, je souffrais davantage. M'empiffrer de chocolat, me battre avec mes frères, mentir, laisser tomber les mathématiques, éteindre la lumière, décoller fébrilement les lèvres cachées avec la main gauche, effleurer du bout de mon index droit ce dont je ne connais pas encore le nom en décrivant des cercles légers et infinis, capables finalement de provoquer la scission. J'éclate en deux, une épée indéchiffrable me transperce et mes cuisses se séparent à tout jamais. Je sens la crevasse qui s'ouvre dans mon dos. Je jouis. Je m'ouvre, je me scinde en deux êtres finis. Comme une amibe. Basique, béate, baveuse.

Quand je redeviens unique, un seul être évolué, le carrelage est gelé et je n'ai rien pour sécher ces gouttes d'eau d'une tiédeur dégoûtante qui me donnent envie de pleurer.

Mais l'inconnu est revenu, mon corps est à nouveau un endroit chaud et confortable.

Je l'avais devant moi, dans toute sa splendeur. Ses acolytes demeuraient à ses côtés mais ne s'occupaient plus de lui. Ils se regardaient en souriant, comme au début.

Presque aussitôt ils commencèrent à s'embrasser avec une sauvagerie, une voracité surprenantes dans un film pornographique. Auparavant, je les avais vus parler, échanger de temps en temps des signes et des clins d'œil comme si en réalité ils se connaissaient bien. Peut-être en était-il ainsi, je n'en sais rien. De toute façon le baiser, leur baiser étonnant de sincérité, s'arrêta bientôt, aussi brusquement qu'il avait commencé. A nouveau ils retournèrent à leur ordre de bataille initial, et à nouveau ce fut elle qui prit l'initiative.

Soudain, sans aucun signe annonciateur, les yeux plongés dans ceux de son compagnon, elle introduisit un de ses doigts effilés dans l'inconnu, qui cette fois ne parut pas remarquer le changement de situation. Les ongles étaient si longs et si pointus qu'ils avaient quelque chose d'animal, de répugnant presque. Je supposai qu'elle devait lui faire mal, elle ne pouvait que lui faire du mal lorsqu'elle continua à pousser, quand bien même il avait reçu sans broncher tout le doigt jusqu'à l'articulation, vissant sa main dans l'entrée tandis qu'elle apostrophait plaisamment l'autre homme qui la regardait et qui avait l'air amusé.

Elle papotait et gesticulait avec exagération, comme une petite fille tout excitée par une surprise. Elle crispait ses lèvres dans une mimique suppliante, penchait légèrement sa petite tête blonde, montrait le bout aigu de sa langue.

Elle mit un autre doigt à l'inconnu, le second doigt.

Elle commença alors à bouger sa main plus vite, plus énergiquement, et son bras se mit à trembler, tout son corps se mouvait pour sa main. Ses gestes se firent plus explicites, encore plus féminins, ses lèvres se contractèrent en un rictus brutal, ridicule. Et elle pénétra l'inconnu pour la troisième fois.

Ce fut à rendre folle.

Je n'étais capable d'éprouver aucune sensation proche de la compassion, et pourtant je m'accrochais à l'idée que tout cela devait être fort douloureux pour lui. On est en train de le punir, pensai-je, aussi arbitrairement qu'il a été récompensé tout à l'heure. C'était juste. Cette petite douleur, une douleur aussi ambiguë, en échange de tant de beauté.

La vision de l'inconnu finalement pénétré m'embrumait le cerveau.

Après seulement, une fois mon calme retrouvé, j'abandonnai la délectable hypothèse du châtiment et de la souffrance. Je me suis souvenue de tous mes petits tourments volontaires, du genre auquel se livrent peut-être tous les enfants mais que pour ma part je n'ai pu encore abandonner. Passer un élastique autour d'une phalange et l'enrouler, l'enrouler jusqu'à ce que la peau s'assombrisse et que la chair commence à brûler. Enfoncer tous les ongles à la fois dans la paume de la main, presser fort les doigts et contempler ensuite les marques irrégulières, les petites demi-lunes toutes violacées. Et le meilleur, glisser un ongle dans l'étroite rainure entre deux dents et pousser vers le haut, dans la gencive. La douleur est instantanée. Le plaisir, immédiat.

L'inconnu commença à remuer de nouveau. Sans doute se tordait-il de plaisir.

Alors l'autre, l'homme aux cheveux jaunes et à l'aigle bleu tatoué sur l'avant-bras, mit fin à sa condition de spectateur passif et se leva. Il posa doucement sa main gauche sur l'inconnu dont je n'avais encore pu voir le visage caché par deux larges épaules. Sa main droite empoignait un vit exultant.

La femme retira très lentement ses trois doigts. Elle regarda encore une dernière fois l'homme blond, désormais entièrement érigé, et disparut sur la droite en avançant à genoux comme une pénitente.

Les deux hommes demeurèrent seuls.

Je compris dès lors que l'inconnu allait certainement être sodomisé.

Je ressentis une étrange exaltation, sodomie, sodomiser, deux de mes mots préférés, euphémismes ratés beaucoup plus expressifs et inquiétants que les fades grossièretés qu'ils remplacent avantageusement, sodomiser, verbe solide, corrosif, qui déclenche une violente frayeur le long de la colonne vertébrale. Je n'avais jamais vu deux hommes baiser, les hommes aiment bien voir deux femmes baiser, moi je n'aime pas les femmes, jamais je n'en étais venue à penser que je pourrais voir deux hommes baiser, mais à ce moment-là je ressentis une étrange exaltation et je me souvins combien j'aimais articuler ce mot, sodomie, et l'écrire, sodomie, parce que sa sonorité évoquait en moi comme la virilité pure, une virilité animale et primaire.

L'inconnu comme son amant du moment, ces sodomites étaient sans aucun doute du gibier de gymnase. Corps irréprochables, muscles élastiques et pour l'heure tendus, peau lustrée, bronzage impeccable, jeunes et beaux Grecs de plages californiennes.

Chair parfaite.

Il n'y avait rien de féminin en eux.

L'homme blond vint se placer immédiatement derrière l'inconnu. Le rythme de sa main droite accentuait les énormes proportions de son sexe, énorme, rouge et luisant, rigide. Les grosses veines foncées, torturées par la tension de la peau, semblaient sur le point d'éclater, un magnifique présage, mais lui se caressait très tranquillement, les pieds bien campés sur le sol, les yeux surveillant avec sérénité le mouvement de la main, le visage sérieux, voire sévère, tandis que son partenaire continuait à attendre, toujours à quatre pattes sur la table.

J'attendais, moi aussi.

Un instant me vint l'horrible soupçon qu'à la fin tout allait se réduire à cela, à cette ridicule pantomime. Encore quelques allées et venues et le blond allait jouir sur l'inconnu, hors de l'inconnu, éclaboussant sa peau de flots de sperme mille fois inutile, dédaignant cette chair délicieuse, obsédante, l'objet de ma pauvre initiation, si l'on pouvait appeler ainsi une absurdité aussi vaine qui menaçait maintenant de se conclure avant d'avoir commencé.

L'homme blond se masturbait lentement, consciencieusement. En même temps, sa main libre prodiguait de monotones caresses à la croupe de l'inconnu. Soudain, sans aucunement changer d'attitude, il retira sa main, la leva en l'air et la fit retomber.

La fessée résonna comme un coup de fouet.

C'était un nouveau signe, le mot de passe attendu. Le geste se répétait à vive allure. L'homme blond entrouvrit la bouche. Il recommençait à sourire.

L'inconnu frémissait sous les coups, toujours plus violents, qui éclataient dans mes tympans comme le biblique fracas des trompettes de Jéricho. Sa peau rougissait, ses jambes fléchissaient, son dur et lisse corps d'athlète, trituré par tant d'appareils de musculation infernaux, s'agitait maintenant sans recours. Son cul tremblait commes les cuisses d'une vieille fille qui se présente vierge à sa nuit de noces.

Le volume de la bande sonore, un épouvantable pot-pourri de rengaines jouées au piano, baissa peu à peu jusqu'à devenir inaudible. Les claquements de la fessée la remplacèrent. L'inconnu renâclait. L'homme blond ne s'était pas départi de son calme. L'un des deux cria puis ils se séparèrent.

Cette fois l'intermède fut bref, et surprenant. Le visage de l'inconnu vint soudain emplir tout l'écran. Il était beau, plus séduisant que son bourreau, brun, les yeux bruns, les cils et les lèvres parfaitement dessinés, presque féminins alors qu'au contraire sa mâchoire était large et puissante. Le secret était dévoilé, l'inconnu n'en était plus un, il venait de naître et avait donc besoin d'un nom.

Je l'appelai Lester.

Il ne pouvait s'appeler que Lester, un nom de collégien britannique, de bel adolescent martyrisé par la baguette perverse d'un maître desséché, redingote râpée et membre minable, qui savourait d'avance n'importe quelle polissonnerie de notre chérubin afin de l'obliger à rester après le cours pour le coucher sur un pupitre, lui baisser le pantalon et décharger sur son cul blanc et ferme une volée de misérables coups de baguette pendant que sa lamentable bite, à moitié raide seulement, se balançait sous ses frusques. Portrait-robot du sodomite idéal, Lester, qui déjà adulte ressentait la nostalgie des rites de l'enfance et cherchait un nouveau maître, un homme blond plus fort que lui, qui lui enseignerait l'existence.

Il était donc là, Lester. Ses joues étaient incandescentes, couleur pourpre. Il suait. Les rigoles de sueur avaient tracé sur sa face d'étranges pistes, comme celles que dessinent les larmes. Il regardait vers nulle part. Il continuait à attendre.

Quand la caméra revint sur l'homme blond, celui-ci avançait de nouveau la main, mais cette fois délicatement, qui se posa sur la peau embrasée, la caressa un instant puis s'enfonça dans la chair, chair parfaite et délicieusement tuméfiée, pour s'ouvrir un chemin avec le poing.

Le trou me parut énorme.

Il s'inclina en avant. Lester plongea plus encore, la tête penchée, la joue pressée contre la table. Mes nerfs me lâchèrent.

La télécommande était à côté de moi. Je la saisis et revins en arrière. Je revins au début, quand la femme était encore avec eux.

J'essayais de reconstituer la séquence pas à pas, en veillant à garder la tête froide et à tout bien comprendre, sérieuse et attentive comme à chaque fois que je me fixe un objectif au-dessus de mes capacités. Je voulais les connaître, mais je sus renoncer à temps. Enfin, ce n'étaient que des acteurs, ils baisaient pour un salaire, toute tentative de les comprendre au plus profond d'eux-mêmes serait donc inutile. Il était absurde de retarder l'instant davantage.

Ils étaient là, les deux, deux silhouettes encore distinctes, séparées. Alors, avec une facilité ahurissante, très loin de moi et de mes convulsions, l'homme blond entra, entra littéralement dans le grand enfant, s'appuyant d'une main sur sa taille et l'empoignant de l'autre par les cheveux — ce qui me ravit ; décidément, Lester, tu es un chien —, et commença à remuer en lui.

Je les regardais et j'étais incapable de suivre mes propres sensations. Peu à peu l'homme blond ne le fut plus, sa chevelure devint noire, dans ma tête, noire et piquée de cheveux blancs et raides, il prit quelques années de plus, d'un coup, et alors il eut un nom mais je ne me risquai pas à le prononcer, je ne me risquai même pas à penser à lui.

La caméra se fixa sur le visage de Lester. Il suait encore plus maintenant, les yeux fermés, les lèvres tendues, il prenait son pied.

Je le lui répétais sans cesse, en silence.

Tu es un sale gosse, Lester. Tu n'aurais pas dû faire ça. Tu es si cruel. Tu as fâché Papa et maintenant c'est sérieux. Pauvre Papa ! Si jeune encore, si vigoureux, qui passe son temps à soigner son gazon et toi tu l'as ravagé en une minute. Cette année non plus tu n'iras pas à Eton, et Papa te punira, d'ailleurs, c'est ce qu'il fait déjà. Regarde-le, regarde-toi dans le grand miroir de la salle à manger, Lester. Je suis sûre que lui ne voulait pas en arriver là, mais il est tellement honnête, toujours si rigoureux. Tu mérites la fessée, tu l'as bien cherchée en trouant le jardin avec le chinois de la cuisine pour te faire ton stupide terrain de golf.

J'ai déjà entendu parler de ça, ce sera le châtiment suprême. Papa va te pénétrer avec le chinois, Lester, il va te bourrer le cul avec ce grand entonnoir en aluminium perforé et il va le ressortir plein de sang. Tu peux pas imaginer. Mais chaque chose a son bon côté, ne t'en fais pas. Le chinois va ouvrir un tel trou que tu ne vas même pas réaliser quand Papa va t'attaquer avec sa queue pour obtenir un dédommagement certes minime aux irréparables outrages que tu as infligés à sa pelouse, et ceci constitue un avantage, c'est moi qui te le dis moi, petit frère, Lester bien-aimé, et je te parle d'expérience...

La suite des événements qui se déroulaient sur l'écran me ramena à la réalité. L'homme blond, blond à nouveau, était en train de jouir. Aussitôt que le premier jet de sperme eut jailli en l'air, preuve incontestable de l'absence de truquage, il pénétra encore celui qui maintenant, après tout, n'avait pas cessé d'être un inconnu.

Mais mon corps était en feu.

Un épais filet de bave transparente pendait de ma lèvre inférieure.

Ce fut une journée étrange, une journée bizarre de bout en bout, et la chaleur n'était pas seule en cause, cette chaleur sèche, africaine, que l'on n'attendait plus à la mi-septembre.

Ma belle-sœur me téléphona très tôt. Elle voulait savoir si j'avais un moment à lui consacrer, et en profiter pour me raconter combien Pablo était heureux avec sa nouvelle copine, elle l'appela ainsi, sa copine, cette espèce de muse oxygénée qu'il avait déterrée de je ne sais quel cénacle intellectuel de province, une jeunette, une jouvencelle.

L'agence ne marchait pas très fort, je savais que Susana m'y avait fait entrer par amitié et non parce qu'elle manquait réellement de personnel. Milagros, d'après ce qu'elle me dit, avait plus besoin de mon temps que je n'avais besoin de son argent, et cependant je lui répondis que j'étais très occupée, que je ne pouvais me charger d'un nouveau livre, ce qui me mit mal à l'aise pour toute la journée.

Je déteste avoir un comportement arbitraire, mais je n'arrive pas à m'en empêcher.

Les choses se compliquèrent au cours de la matinée. Je ne parvins pas à trouver une dactylo disponible, la composition ne remit pas à temps les films de l'encart publicitaire des Allemands, et l'un de nos clients les plus fidèles annula une commande non négligeable. Je passai ce matin-là pendue au téléphone.

Le travail marchait mal.

A midi, je reçus un appel de l'école d'Inés. La directrice voulait me voir car le comportement de ma fille l'inquiétait, elle était apparemment trop rétive aux normes sociales, en tout cas par rapport à ce que l'on pouvait attendre d'une fillette de quatre ans.

Pablo avait branché son répondeur.

J'avais pensé l'inviter à déjeuner sous prétexte de l'entretenir de la soudaine inaptitude sociale de notre commune héritière, afin de vérifier à quel point j'avais perdu mon pouvoir sur lui, mais je n'osai pas lui laisser de message.

Chelo m'appela en début d'après-midi.

Elle était dans un état encore pire que le mien, dans une de ces dépressions humides qui déclenchaient en elle sécrétions, larmes, morve, bave, langue pâteuse, sons inintelligibles, sordides borborygmes sortis on ne sait comment de ses viscères pour parasiter la ligne téléphonique, la victime jouit, savoure sa dernière plainte sur l'autel des sacrifices, sur son cou fragile l'acier prêt à rendre la justice, l'injustice suprême.

Cette fois elle me raconta une histoire de jury de concours, on pourrait presque dire de « ses » concours, depuis le temps que cela durait.

Je lui raccrochai au nez.

Je ne la supporte pas, je ne supporte pas ses accès d hystérie.

Je ne suis pas une personne sensible, dit-on. Et je me suis habituée à cette réputation.

Encore aujourd'hui je m'en souviens parfaitement.

Quand je revins du lycée, Marcelo était au lit et Pablo à ses pieds.

Il avait vingt-sept ans et venait de publier son premier recueil de poèmes, après l'énorme succès remporté par son édition critique du *Chant spirituel* *, mais cela ne m'impressionnait pas encore.

Il était grand, imposant, avec des cheveux déjà grisonnants.

Je le connaissais depuis aussi loin que ma mémoire pouvait remonter, et je l'aimais d'une manière imprécise et pratique, sans illusions.

Un barde à la mode était venu donner à Madrid un récital fort attendu, un événement pour l'opposition démocratique en butte à la répression. Pablo répétait qu'il se devait d'y aller. Mon frère s'en tenait à dire qu'il n'avait pas la force de bouger, il traînait une atroce gueule de bois.

Alors je me proposai, c'était déjà comme un réflexe. J'affichai une expression tendue, je serrai les poings, j'essayai de faire briller mes yeux et je répétai comme un perroquet que j'adorerais, j'adorerais, j'adorerais, vraiment j'adorerais y aller.

Cela n'avait jamais abouti à rien.

Mais cette fois Pablo me regarda des pieds à la tête et demanda à mon frère ce qu'il en pensait. Marcelo, avec une mimique qui, à ma grande surprise, reflétait surtout la méfiance, réfléchit un instant, lui rappela mon âge puis lui dit de faire ce qu'il voulait.

Pablo me regarda à nouveau. Moi j'étais à l'aise, je savais qu'il allait me refuser.

Il ne le fit pas.

* Œuvre maîtresse de San Juan de la Cruz, grand mystique espagnol. *(N.d.T.)*

Il se leva, me prit par un bras et se mit à me houspiller. Si nous ne partions pas sur-le-champ, nous arriverions tard et rien n'était moins sûr que le récital puisse se poursuivre plus de dix minutes. Si nous rations le début, nous n'aurions droit qu'aux sirènes des voitures de police.

Je résistai. Il ne m'avait pas laissé le temps de me changer, je portais encore l'uniforme du lycée dont seul le pull était à ma taille, neuf. J'étais déjà la plus grande de toutes mes sœurs. La jupe me venait d'Isabel et elle était très courte pour moi, une main au-dessus du genou. La blouse me venait d'Amelia, encore un héritage, ses boutons menaçaient de sauter à tout moment. Au début de ma scolarité, ma mère s'était montrée moins disposée que jamais à dépenser de l'argent. Et c'était là le résultat pour ma dernière année : les bas s'étaient avachis, l'élastique s'était relâché et je ne pouvais faire deux pas sans qu'ils me tombent sur les chevilles. Les chaussures étaient abominables, avec une semelle de plastique épaisse de deux doigts. Tout, à part le duffle-coat vert qui avait jadis appartenu à l'un de mes frères aînés, était d'une affreuse couleur marron.

Quand on naît la septième d'une famille de neuf enfants, et surtout quand ceux qui précèdent sont des jumeaux, il n'y a guère de chances d'étrenner quoi que ce soit, pas même un uniforme.

Mes efforts furent inutiles. Il n'était pas disposé à attendre une minute, et pourtant nous avions encore du temps.

« Tu es très belle comme ça. »

Au moment où nous passions la porte, Marcelo m'appela pour me dire qu'il valait mieux que Pablo parte devant, et que j'en profite pour raconter un bobard quelconque à Amelia, que j'allais réviser chez Chelo ou une histoire de ce genre.

Je ne compris pas pourquoi il m'adressait ce conseil,

contrairement à Pablo qui s'arrêta pour le regarder et lui répliquer une phrase encore plus étrange :

« Dis donc, Marcelo, mais pour qui tu me prends ? »

Mon frère se mit à rire, sans plus rien ajouter.

Il sortit le premier. Quand je descendis, il m'attendait sur le perron.

Le duffle-coat était un peu plus long que la robe, son bord rugueux me grattait les cuisses à chaque pas. Noël n'était pas loin. Il faisait froid.

Je fermai le premier bouton et mis ma capuche. En m'examinant à la dérobée dans un petit miroir sur la devanture en bois d'une vieille crémerie, je décidai que la capuche ne m'allait pas. Je me rendis compte aussi que plus rien de mon uniforme n'apparaissait. J'aurais pu être entièrement nue sous cette vareuse verte.

Pablo avait une 1500 d'occasion, plutôt délabrée, mais enfin c'était une voiture. J'étais très excitée, je sortais avec lui pour la première fois, pour la première fois je sortais la nuit et pour la première fois je sortais avec un mec qui avait une voiture.

Le trajet fut long. La Castellana* était bourrée de véhicules pleins d'enfants et de provisions, familles entières en route pour un week-end à la montagne. Lui parlait sans discontinuer, étalait un humour malveillant en me racontant des blagues, des contes à dormir debout, des énormités, le genre de badinage avec lequel il désarçonnait toujours ma mère dans le temps, à chaque fois qu'elle revenait à la maison pour y trouver un Marcelo privé de sorties.

Je pensai alors qu'il me traitait comme une gamine.

Je le surpris plusieurs fois en train de regarder mes jambes et je fus incapable d'en tirer une conclusion.

Tandis que nous nous garions assez loin du chapiteau,

* Principale artère de Madrid, grand axe routier du Nord au Sud. *(N.d.T.)*

il se tourna vers moi pour me donner une série d'instructions. Je ne devais le quitter sous aucun prétexte. Si la police se montrait, je devais rester calme. Si des coups tombaient, je ne devais ni glapir ni pleurer. S'il fallait courir, je devais lui donner la main et déguerpir avec lui sans dire un mot. Il avait promis à Marcelo de me ramener intacte à la maison.

Il faisait exprès d'exagérer pour m'exciter avec la perspective du danger et de la course.

Il me demanda si je serais capable de me conduire comme une fille bien sage et obéissante.

Je lui répondis oui, le plus sérieusement du monde, j'avais tout gobé.

Il se pencha sur moi et m'embrassa deux fois, d'abord légèrement au centre de la joue droite, ensuite au bord de la mâchoire, presque sur l'oreille.

Il avait profité de mon rôle de petite jeune fille en danger pour poser une main sur ma cuisse. Il disposait dès cette époque de cette étonnante facilité à peloter les femmes avec style.

En arrivant à la porte, nous nous sommes lancés dans le rite des salutations, des embrassades et des félicitations. Je me suis sentie ridicule au milieu de tout ce monde avec mon duffle-coat vert et mes bas tombés sur les chevilles. Pablo paraissait très absorbé par son succès mondain, aussi lui ai-je lâché le bras en essayant de rester en arrière. Mais malgré les apparences il continuait à me marquer de près. Il m'a agrippée par le poignet et m'a obligée à demeurer auprès de lui. Ensuite, toujours sans me regarder, il m'a pris la main, il ne me la donnait pas à la manière des couples, les doigts entrecroisés, mais il l'a maintenue entre son pouce et son index, comme on tient un petit enfant en se promenant au zoo.

Jamais il ne me donnerait autrement la main.

Un homme mûr à l'air moqueur, un écrivain renommé

qui tranchait dans la foule par son expression dédaigneuse qui semblait indiquer son peu d'intérêt pour l'événement, a été le seul à noter ma présence. Il m'observa longtemps, en souriant. Quand nous sommes passés à côté de lui, il a accentué son sourire et s'est tourné vers nous en parlant à voix très basse :

« Dis donc, mon petit Pablo !... »

L'intéressé a lâché un éclat de rire.

« Tu lui as plu. Tu sais qui c'est ? »

Bien sûr que je le savais.

Les gens commençaient à se ranger, nous nous sommes mis à faire la queue. Le charivari a éclaté presque aussitôt. Les zigs de la porte, service d'ordre, ont bloqué l'entrée et clamé que personne n'entrerait ici sans payer. Les responsables du chahut, un groupe d'une vingtaine d'adolescents, ont répliqué qu'ils n'avaient pas l'intention de bouger. Et ainsi de suite durant un bon moment, jusqu'à ce que l'on se mette à pousser depuis la fin de la queue.

La première poussée me fit valser. Je me trouvais maintenant juste derrière Pablo, collée à lui, mon nez frottant contre sa nuque. Ceux de derrière hurlèrent de plus belle, comme s'ils prenaient leur élan, et déclenchèrent une seconde avalanche. Les six boutons de mon duffle-coat, plutôt des barrettes en plastique marron veiné de blanc qui était censé imiter la corne d'un quelconque animal, se plantèrent dans son dos.

Je lui demandai si je lui avais fait mal. Il me répondit que oui, un peu. Je déboutonnai mon duffle-coat. La foule tenait chaud. De derrière, on continuait à pousser. L'atmosphère s'alourdit, d'une épaisse odeur humaine. Pablo me prit par les poignets et m'obligea à l'enlacer. Il devait sentir mon corps contre le sien, mon souffle sur sa nuque. J'étais bien. J'avais l'impression que ma posture m'accordait l'impunité. Je n'osais pas l'embrasser, mais je commençais à me frotter contre lui. Je le faisais pour moi, seulement pour moi, pour avoir un souvenir de cette nuit, j'étais sûre que lui ne s'en rendait pas compte. Je remuais très lentement, me collant à lui et me séparant de lui, en pressant mes seins contre son dos et en mordant furtivement son jersey grenat jusqu'à ce que la rudesse de la laine me fasse grincer des dents.

Le tumulte cessa aussi vite qu'il avait éclaté. Il faisait froid de nouveau. Je me séparai de Pablo aussi rapidement que possible. Et lui se comporta alors de manière étrange.

Il regarda sa montre, il resta les yeux fixés dessus un long moment, puis il quitta la queue et se mit à marcher en sens inverse, d'un air très décidé.

« Partons d'ici. »

J'obéis, sans comprendre très bien ce qui se passait.

« Tu fumes des joints ? »

Le ton de sa voix avait changé, je ne la reconnaissais pas. Je demeurai silencieuse, ne sachant que dire.

« Réponds-moi. »

J'en fumais, mais je ne le lui dis pas. Je ne lui faisais plus confiance. Je fis non de la tête, très sérieuse.

Sans s'arrêter de marcher, il sortit une barrette de hasch de sa poche, la réchauffa et me tendit une cigarette.

Je ne me risquai pas à lui demander ce qu'il voulait que j'en fasse. Je passai la langue sur le papier, l'ouvris et versai le tabac dans le creux de ma main.

Il s'arrêta un instant pour le prendre et rouler le joint. Il l'alluma, tira deux bouffées et me le tendit.

Je restai immobile et fis à nouveau non de la tête.

« Bon Dieu, Loulou tu te conduis comme une crétine ! »

Chelo, mon père et lui étaient les seuls à continuer à me donner ce petit nom. Marcelo avait l'habitude de m'appeler « canard » ou « petit canard », parce que j'étais, et je suis encore, très maladroite.

Je pris le joint, aspirai quelques bouffées et le lui rendis.

Nous avons continué à marcher en fumant. Au bout d'un moment j'ai osé une question.

« Pourquoi on n'est pas entrés ? »

Il m'a souri.

« Ce type te plaît vraiment ?

— Non... » C'était à moitié vrai. En réalité, à cette époque je ne savais même pas qu'il chantait en catalan.

« Moi non plus. Alors... Pourquoi serait-on entrés ? »

Nous sommes passés devant sa voiture mais il a poursuivi son chemin.

« Où va-t-on ? »

Il ne m'a pas répondu. Nous avons pris une ruelle. A quelques pas, il y avait un vélum rouge avec des lettres dorées. Pablo a ouvert la porte. Avant d'entrer, j'ai remarqué les deux lauriers pâlichons qui décoraient la porte et la lumière jaunâtre qui tombait du quinquet fixé au mur. A l'intérieur, il faisait noir.

« Attention, canard ! Il y a des marches. » Pourtant j'ai failli tomber. Pablo a repoussé un lourd rideau de cuir et nous sommes entrés dans un bar.

Je suis restée paralysée par la honte. La majorité des mecs portaient la cravate. L'âge moyen des femmes devait approcher la trentaine. Les petites tables autour desquelles ils étaient assis, presque tous par couples, étaient couvertes de nappes aux tons rougeâtres. Il y avait peu de lumière, et un fond de musique très discret.

Ma queue de cheval s'était à moitié défaite et les cheveux me tombaient sur le visage. L'idée d'être en uniforme me torturait. Tout le monde me regardait.

Cette fois c'était vrai. Tout le monde me regardait.

Nous nous sommes assis au bar. Le tabouret était haut

et rond, très étroit. Ma jupe s'est tendue sur mes cuisses, elle semblait plus courte encore. J'ai croisé les jambes et ce fut pire encore, mais je n'osais plus changer encore de position.

Pablo parlait au serveur, qui m'observait du coin de l'œil.

« Qu'est-ce que tu prends ? » Je restais à réfléchir, à vrai dire je n'en savais rien. « Tu ne vas pas me dire qu'en plus tu es au régime sec... »

Le serveur a ri et je me suis sentie mal. D'une voix affectée, j'ai demandé un gin-tonic.

Pablo s'est adressé au serveur, en souriant.

« Elle s'appelle Loulou...

— Elle a tout pour s'appeler Loulou...

— En fait je m'appelle Maria Louisa. » Je ne sais pourquoi je me suis crue obligée de donner des explications.

« Loulou, dis bonjour au serveur... » Pablo pouvait à peine parler, il riait à grands éclats, moi je ne comprenais rien.

« J'ai faim. » Je n'ai rien trouvé de mieux. J'avais faim.

Ils ont posé devant moi un ravier de chips que j'ai commencé à dévorer.

« Les jeunes filles bien élevées ne mangent pas si vite. »

Il se montrait à nouveau aimable et enjoué, mais sa voix restait différente. Il me traitait avec un mélange déconcertant d'autorité et de courtoisie, lui qui n'avait jamais été autoritaire avec moi et encore moins courtois.

« Bon, mais c'est que j'ai faim.

— Et les jeunes filles bien élevées laissent toujours quelque chose dans leur assiette.

— Bon... »

Il buvait du gin sec. Il a fini son verre et en a commandé un second. J'avais terminé le mien et j'ai fait mine de l'imiter.

« Toi ce soir tu ne bois plus rien. » Avant de me laisser le temps d'ouvrir la bouche et de commencer à protester, il a répété fermement : « Tu ne bois plus rien. »

Quand nous sommes partis, le serveur m'a dit au revoir avec beaucoup de cérémonie.

« Loulou, tu es une fille charmante. »

Pablo s'est remis à rire. Moi j'en avais assez des petits sourires énigmatiques, assez d'être traitée comme un agneau blanc avec un ruban rose autour du cou, assez de n'avoir aucune prise sur la situation. Je pouvais évidemment imaginer des suites possibles mais je les rejetais a priori car elles me paraissaient invraisemblables, il était invraisemblable que lui veuille perdre son temps avec moi, je ne comprenais pas pourquoi il faisait tout pour perdre son temps avec moi, pourquoi il était en train de le perdre.

Dehors il faisait très froid. Il a posé un bras sur mes épaules, un geste que, submergée par le doute, je n'ai voulu interpréter d'aucune manière, et nous avons marché en silence jusqu'à la voiture.

Tandis qu'il ouvrait la porte, je l'ai interrogé une nouvelle fois, ce fut une nuit chargée de questions.

« Tu vas me ramener à la maison ?

— Tu veux que je te ramène à la maison ? »

En vérité c'est ce que je voulais, me mettre au lit et dormir.

« Non.

— Très bien. »

A l'intérieur, il est resté encore un instant à me regarder. Puis, dans un mouvement parfaitement synchronisé, il m'a mis sa main gauche entre les cuisses et sa langue dans la bouche, et j'ai ouvert les jambes et j'ai ouvert la bouche en essayant de lui répondre comme je pouvais, comme je savais, c'est-à-dire pas très bien.

« Tu es mouillée... »

Sa voix, ses paroles à la fois surprises et satisfaites venaient de très loin.

Sa langue était chaude et sentait le gin. Il m'a léché tout le visage, le menton, la gorge, le cou, et alors j'ai décidé de ne plus penser, pour la première fois, de ne pas penser, lui penserait pour moi.

J'ai essayé de m'abandonner, de laisser ma tête aller en arrière, mais il ne m'a pas laissée faire. Il m'a demandé de garder les yeux ouverts.

Il s'est mis contre moi et a glissé sa jambe gauche entre les miennes, en poussant vers le haut, en m'obligeant à bouger sur son pantalon de coton.

Je sentais la chaleur, je sentais que mon sexe gonflait, gonflait toujours plus. C'était comme s'il se fermait de lui-même, seulement en gonflant, et devenait rouge, toujours plus rouge, il tournait au violet et la chair en était brillante, poisseuse, épaisse, mon sexe épaississait sous l'emprise de quelque chose qui n'était pas du plaisir, rien à voir avec le plaisir facile, le vieux plaisir domestique, cela ne ressemblait pas à ce type de plaisir, c'était plutôt une sensation énervante, gênante, nouvelle, insupportable même, à laquelle il était cependant impossible de renoncer.

Il a déboutonné mon chemisier mais ne m'a pas enlevé le soutien-gorge. Il s'est contenté de le tirer vers le bas, de me le fourrer sous les seins qu'il a caressés avec des mains qui m'ont paru énormes.

Il m'a mordu un téton, seulement un et seulement une fois, serrant les dents jusqu'à me faire mal, puis ses mains m'ont abandonnée mais la pression de sa cuisse se faisait toujours plus intense.

J'ai entendu le bruit inimitable d'une braguette qui s'ouvre.

Il a saisi ma main droite, l'a placée autour de sa queue et lui a imposé deux ou trois allées et venues.

Cette nuit-là sa queue aussi m'a paru énorme, magnifique, exceptionnelle, surhumaine.

J'ai continué toute seule. D'un coup je me suis sentie sûre de moi. Cela faisait partie du peu que je savais faire : branler. L'été précédent, au cinéma, j'avais pas mal pratiqué avec mon petit ami, un brave garçon de mon âge qui m'avait laissée totalement froide.

J'ai cherché à me concentrer, à le faire correctement, mais il m'a aussitôt réprimandée :

« Pourquoi bouges-tu la main aussi vite ? Si tu continues comme ça, je vais jouir. »

Je n'ai pas compris sa mise en garde.

Je croyais qu'il fallait bouger la main très vite. Je croyais que lui voulait jouir et qu'après nous rentrerions à la maison. Je croyais que c'était ce que commandait la nature, mais je n'en ai rien dit, mue par une étrange inspiration.

Sa main s'est emparée de mon poignet pour imposer un nouveau rythme à la mienne, un rythme lent et las, et il l'a conduite vers le bas, maintenant je lui touche les couilles, et de nouveau vers le haut, maintenant j'ai la pointe du polisson entre les doigts, très lentement. Nous avons continué ainsi un bon moment. Je regardais ma main, fascinée, et lui me regardait et souriait.

L'angoisse s'était dissipée, et la violence du début. Maintenant tout semblait très doux, très lent. Mon sexe était toujours gonflé, à s'ouvrir et à se fermer.

« J'ai toujours eu très confiance en toi. » Sa voix était suave.

Ce morceau de chair visqueuse et rougissante était devenu l'attraction de la soirée. Lui ne me touchait plus, ne me faisait rien. Il avait bougé imperceptiblement, pour ne pas me troubler dans ma tâche, jusqu'à retrouver sa position initiale. De nouveau il occupait la place du conducteur, le corps arqué en avant, les bras pendant vers l'arrière.

Il a approché sa bouche de mon oreille.

« Tu as... ? » Il n'a pas terminé la phrase. Il est resté silencieux, pensif, comme s'il était en train de choisir ses mots.

« Tu as déjà fait une pipe à un mec ? »

J'ai arrêté le mouvement de ma main, levant la tête et le regardant dans les yeux.

« Non. » Cette fois je ne mentais pas, et il s'en est aperçu.

Il n'a rien dit, il continuait de sourire. Il a étendu la main et tourné la clef de contact. Le moteur s'est mis à tourner. Les vitres étaient pleines de buée. Dehors il devait geler, un rideau de vapeur s'échappait du capot.

Il s'est à nouveau adossé au siège, il me regardait, et je me rendais compte que tout s'effondrait, que je m'effondrais.

« Ça me dégoûte.

— Je comprends. » Il mit son pied sur l'accélérateur et appuya deux ou trois fois.

Je me mordis la langue. Je me mords toujours la langue pendant une fraction de seconde avant de prendre une décision importante.

Je baissai la tête, fermai les yeux, ouvris la bouche et décidai qu'après tout il n'y avait rien de mal à prendre ses précautions.

« Tu ne me pisseras pas dessus, hein ? » Cette remarque lui parut très drôle, d'ailleurs presque toutes mes paroles, presque tous mes gestes lui parurent très drôles cette nuit-là.

« Si tu ne veux pas, non. »

Je me fis très sérieuse :

« Je ne veux pas.

— Je sais bien, idiote, c'était juste une blague. »

Je n'ai pas été trop rassurée par son sourire mais je ne pouvais plus faire machine arrière, j'ai donc baissé la tête humblement, fermé à nouveau les yeux en ouvrant la bouche et j'ai sorti ma langue. Il valait mieux commencer d'abord avec le bout de la langue, l'idée de la lécher m'était plus facile à supporter.

Pablo s'est arqué encore plus, il s'est étiré comme un chat et m'a posé une main sur la tête.

Je l'ai empoignée dans la main droite et j'ai commencé par la base, en posant ma langue sur la peau sans bouger durant un instant. Puis je me suis mise à remonter très lentement. La plus grande partie de ma langue restait dans ma bouche, de telle sorte qu'en montant je balayais la surface avec mon nez, je passais la langue puis ma lèvre inférieure suivait le sillon de salive. Quand je suis arrivée au bord, je suis repartie vers la base, pour recommencer à monter très doucement.

Pablo soupirait. Ses poils me chatouillaient le menton.

La seconde fois, j'ai osé prendre le bout.

Elle avait un goût sucré. Toutes les queues que j'ai essayées dans ma vie avaient un goût sucré, ce qui ne signifie pas forcément qu'elles aient eu bon goût. Elle était dure et chaude, évidemment visqueuse mais à ma grande surprise moins répugnante que je ne l'avais imaginé, et peu à peu je me sentais mieux, plus assurée, l'idée qu'il se livrait entièrement, qu'il me suffisait de serrer les dents un bon coup pour le liquider, était somme toute réconfortante.

Je parcourais sa fente du bout de la langue, je descendais le long de cette sorte d'invisible couture jusqu'à l'épais bourrelet de chair sous lequel je m'arrêtais pour en suivre la circonférence. Je faisais tout cela très lentement — en pareilles circonstances, il n'a jamais été nécessaire de me répéter les choses deux fois — et, commençais-je à croire, très bien.

Objectivement, je ne tirais aucun plaisir d'une telle activité, sauf peut-être le contact d'une chair nouvelle, que ma langue explorait beaucoup plus précisément que mes mains ne l'avaient jamais fait.

Objectivement, je ne tirais aucun plaisir d'une telle activité, et cependant j'étais de plus en plus excitée. Quelque part dans ma conscience, en un point assez retiré pour ne pas me gêner mais assez présent pour se manifester, palpitait mon statut de mineure, encore six ans pour arriver à vingt et un (la majorité était alors à vingt et un ans, ce dont je me fichais bien puisque, après tout, personne ne pouvait voter), le drame de l'étang, lorsque je m'étais évanouie au milieu de l'eau et que Pablo m'avait sauvé la vie, souvenirs des étés de mon enfance, lui et mon frère tripotant deux petites sur la balançoire du jardin pendant que je les espionnais, et les paroles de ma mère quand elle bavardait avec ses amies. Pablo est de la famille, comme un de mes fils...

Marcelo, à la maison, devait penser que nous jouions aux couillons avec les briquets. Je prenais soin de ne pas oublier que j'étais dans une voiture, en pleine rue, en train de faire une pipe à un ami de la famille, et des vagues de plaisir intense me submergeaient. Je me disais que j'étais une fille perdue, c'était délicieux, je me rappelais les sermons habituels — les garçons ne font que s'amuser avec ce genre de filles, ils ne les épousent jamais —, et j'avais aussi conscience de l'étrange relation qui s'était établie entre nous. Après les baisers et les avances strictement destinés à me convaincre, il s'en tenait à une passivité quasi totale. Assis, bandant et habillé, il se laissait faire. Et moi, jetée par-dessus lui, à moitié nue, maintenue dans cette position inconfortable, j'acceptais mon sort de bon cœur.

Ma mère disait souvent que je serais partie au bout du monde avec lui, et déjà je le vérifiais.

Alors que j'en étais à me demander si désormais je la connaissais assez bien pour me la mettre dans la bouche, il prit une nouvelle fois les devants. Sa main qu'il avait posée sur ma tête poussa brusquement vers le bas. Surprise, j'avalai un bon morceau. Je retirai mes lèvres instinctivement mais sa main poursuivait sa pression inexorable. Nous avons répété ce jeu cinq ou six fois.

Essayer de résister. C'était amusant.

J'avais la bouche pleine. Je sentais les petites courbes des veines, les subtils accidents de la peau rugueuse qui montait et descendait sous les impulsions de ma main, elle avait un goût sucré et un goût de sueur, le bout cognait contre mon palais, j'ai essayé de l'avaler toute, de me la mettre entièrement dans la bouche et j'ai dû réprimer des nausées.

Pablo m'a enlevé mon élastique, a glissé sa main dans ma chevelure puis l'a fermée un peu au-dessus de la nuque, emprisonnant une poignée de cheveux depuis la racine. Il les triturait et les tirait vers lui, une nouvelle manière de me guider. Les jointures de ses doigts me pressaient la tête. J'avais mal mais je n'ai rien fait pour l'en empêcher. Cela me plaisait.

Maintenant il bougeait lui aussi, de légers va-et-vient dans ma bouche.

« J'ai toujours su que tu étais une petite cochonne, Loulou », il parlait lentement, mastiquant ses mots comme s'il était saoul, « j'ai beaucoup pensé à toi ces derniers temps mais je n'aurais jamais cru que ça serait aussi facile… » Mon sexe accusa aussitôt le coup, il allait finir par exploser en mille morceaux s'il continuait à gonfler ainsi.

Je gardais les yeux fermés, entièrement immergée dans ce que je faisais, je m'étais tellement pliée en avant que je me retrouvais pratiquement couchée au-dessus du siège, les jambes prisonnières, le lève-vitre contre ma cuisse, je voulais que ma main suive en cadence le mouvement de ma bouche, je me battais ouvertement contre ma maladresse naturelle, avec une telle intensité que je tardai à me rendre compte d'un important changement de situation.

Nous roulions.

Au début je pensai qu'il s'agissait seulement d'une impression, cette nuit avait été très mouvementée et ne semblait pas devoir se calmer, mais soudain la voiture s'illumina, j'ouvris les yeux et regardai en l'air, et c'étaient tous les lampadaires de la Castellana qui me regardaient à leur tour.

Tout d'abord, stupéfaction. Comment pouvait-il bouger le levier de vitesse sans que je m'en sois rendu compte ? C'est qu'il n'y en avait pas sous moi, et j'ai mis un certain temps à me rappeler que sur ce modèle le levier était à côté du volant.

Ensuite, la peur. Panique.

J'ai sauté comme un diable à ressort. Quand j'ai enfin réussi à réintégrer le siège de droite, je me suis rendu compte que j'étais à moitié dévêtue. Je me suis couverte comme j'ai pu, avec mon jersey et avec mes mains, un tableau sans doute pathétique.

Pablo a freiné brusquement. Nous avons stoppé en pleine file centrale, au milieu des coups de klaxon stridents d'un autobus qui nous a évités sur la droite. Quand il est passé à notre hauteur, j'ai aperçu le chauffeur qui gesticulait avec un doigt sur la tempe.

J'étais plutôt de son avis.

« Mais qu'est-ce que tu fabriques ? » J'étais très effrayée. « Tu aurais pu nous tuer.

— Toi aussi.

— Tu ne peux pas t'arrêter comme ça en pleine rue...

— Toi non plus tu ne pouvais pas, mais tu l'as fait. »

Soudain il n'avait plus du tout l'air d'un adulte. Il avait

perdu tout son aplomb et n'était plus qu'un adolescent contrarié et boudeur. Son plan avait échoué et il était bouleversant de le contempler ainsi, la braguette ouverte et la mine grave, fixant un point lointain d'un air offensé. Pour la première fois de ma vie, pour la première et dernière fois de ma vie avec lui, je sentis que j'étais une femme, une femme majeure. La sensation était agréable mais je ne pouvais m'y attarder, Pablo était furieux.

J'ai essayé de retrouver mon calme pour apprécier correctement la situation. Je me suis tournée vers la fenêtre en notant que les conducteurs qui défilaient de mon côté n'étaient que des torses, des corps coupés un peu au-dessous des aisselles.

J'hésitais.

« Je vais te ramener chez toi. Excuse-moi, je suis bourré. »

J'ai eu d'un coup une terrible envie de pleurer.

Le mirage s'était évanoui. Sa voix était grave et sereine, la voix d'un homme fait qui demande pardon sans même s'en rendre compte, pardon, je suis bourré, une formule de politesse destinée à une gamine qui après tout n'a pas été à la hauteur de ce que l'on attendait d'elle, il m'a regardée un moment en souriant et c'était un sourire protocolaire, aimable, exempt de la moindre complicité, un sourire d'adulte condescendant, un ami de la famille, un ami de toujours sincèrement navré d'avoir passé les bornes.

J'ai régressé d'un coup, je me faisais toujours plus petite, plus petite, et je pleurais, je pleurais comme une fontaine. Désormais nous allions plus vite, la maison n'était plus très loin, au moins ça, je ne suis pas loin de chez moi, j'étais bloquée, je ne pouvais pas réfléchir mais il le fallait, il me fallait réfléchir vite, le temps m'échappait, me glissait entre les doigts, et c'était ce qui était grave, le plus grave.

Je me suis retournée pour le regarder. Il avait remonté sa braguette à un moment sans me laisser le loisir de le remarquer.

Je me suis jetée sur lui, j'ai basculé tout mon corps sur la gauche et j'ai commencé à triturer son pantalon, mais j'étais très nerveuse, je pleurais et mes mains n'arrêtaient pas de bégayer. Je suis arrivée à lui défaire sa ceinture et dans ma hâte je me suis cogné la joue contre la boucle. Je continuais à pleurer, à pleurer de rage puisque je n'arrivais pas à agir assez vite. J'ai ouvert son bouton, descendu la braguette et je l'ai sortie, et elle était toute petite, rien de comparable avec cette superbe lance d'il y a quelques instants, et je l'ai prise dans la bouche où elle tenait facilement maintenant, et j'ai commencé à faire tout ce que je savais, et plus encore, je voulais me racheter à tout prix grâce à elle mais elle ne grossissait pas, cette enfoirée ne grossissait pas et dans cet état, petite et molle, elle rendait tout plus compliqué.

Je l'avais dans la bouche, je l'avais de nouveau dans la bouche et je la suçais, et brusquement j'ai pensé que maintenant cela me plaisait, mais non, en réalité cela ne me plaisait pas, seulement il fallait qu'elle gonfle, qu'elle gonfle à tout prix, parfois je la sortais de la bouche et je la léchais comme je l'avais fait au début, je la parcourais tout entière de ma langue, je la gorgeais de salive du bout à la base et de nouveau au bout, et je la reprenais dans la bouche, je la malaxais énergiquement entre mes lèvres, je l'avalais en remuant la langue dans ma bouche, seulement la langue, comme si je suçais le sang d'une blessure imaginaire, et ensuite de l'extérieur, tandis que je la tenais solidement d'une main, je la sondais plus profond que la base, poussant et poussant dans cet espace ténu où je me remplissais la bouche de poils, pour revenir au début...

Tout d'abord, j'ai senti que nous roulions beaucoup moins vite et que nous changions sans cesse de file, d'un bord à l'autre. Puis j'ai eu sa main sur la tête, de nouveau. A la fin seulement, j'ai compris que je l'avais repris en main encore une fois, que moi je l'avais repris en main, encore une fois.

Nous nous sommes arrêtés. Feu rouge. Je n'ai pas osé lever la tête, même une seconde, mais j'ai entrouvert les yeux pour essayer de repérer où nous étions. Un toboggan passait à angle droit au-dessus de notre route.

Je suis madrilène. Je connais la Castellana par cœur. Le délirant Papa Noël en néon du Corte Inglés * devait nous adresser son salut. Je l'ai enfournée dans la bouche en me mettant à m'activer sur elle, de haut en bas, mécaniquement, afin de pouvoir réfléchir. Nous avions encore un bon bout de chemin de toute façon. C'était l'itinéraire obligé pour aller chez moi, et chez lui aussi.

Dès ce moment je me suis efforcée de calculer le moindre pouce de terrain que nous parcourions, à l'aveuglette, et l'avenue n'existait plus, il n'y avait plus personne d'autre que nous et même si cela n'était pas vrai, peu importait, tout n'était que distance et seule la distance comptait désormais.

Le premier indice fut le bruit de la fontaine, je m'étais déjà mis en tête que nous ne l'entendrions jamais, nous avancions si lentement que l'immense masse grise que nous parcourions finissait par me paraître infinie.

Passé le bruit de l'eau, nous avons continué tout droit. Premier soubresaut de joie. Il avait laissé à droite l'itinéraire le plus court.

Quelques minutes plus tard, j'ai jeté encore un coup d'œil pour vérifier que nous étions arrivés à Colón **. Une

* Chaîne de grands magasins espagnole, contrairement à ce que leur nom indique. *(N.d.T.)*

** La place Colón, avec sa grande fontaine. Le véhicule descend la Castellana vers le sud. Pour la petite histoire, cette fontaine n'existait pas en 1973, comme s'en souvint l'auteur plus tard grâce aux remarques de Juan Garcia Hortelano. *(N.d.T.)*

certitude : nous n'allions pas chez moi. Une surprise : nous n'allions pas chez lui non plus.

Où me conduisait-il ? De l'eau. Nous avons laissé derrière nous la vieille dame de la fontaine pour continuer encore. Tout cela commençait à faire penser à l'histoire du péquenot qui savait seulement conduire en ligne droite.

Nous aurions encore à passer devant une autre fontaine, de l'eau, mais ce serait la dernière.

Nous avons tourné à gauche, vaticiné un moment et bang ! le museau de la voiture a fait un bond en l'air. Cette fois j'ai bien failli l'avaler pour de bon.

Le moteur s'est arrêté, je me suis bien gardée d'en faire autant. Pablo m'a prise par le menton, m'a enlacée en me redressant et m'a embrassée.

Lorsque nous nous sommes séparés, il s'est incliné en arrière un moment pour me regarder. Il n'a rien dit, j'en ai déduit qu'il essayait de deviner si j'étais effrayée.

« Ce n'est pas chez moi ici ! » Je voulais jouer la finaude.

« Non », il a ri », « mais tu es déjà venue. »

Quand nous sommes sortis, j'ai vu qu'il avait garé la voiture à cheval sur le trottoir. Une de ses spécialités.

La maison, un bâtiment gris et sombre qui accusait plus ou moins un siècle, ne me rappelait rien. Le vestibule, une belle réussite modern style, donnait sur une monumentale porte en bois garnie de vitraux de couleur. Le bouton de porte, doré, de bonne taille et qui se terminait en tête de dauphin, m'était au contraire vaguement familier.

Il a marché devant moi, s'est arrêté devant une porte avec une plaque dorée au milieu, et alors je me suis souvenue.

Nous étions devant le studio de sa mère, l'*atelier* *, comme l'appelait elle-même cette styliste plutôt lancée qui dessinait ses quatre ou cinq collections chaque année et répétait comme un perroquet les habituels couplets sur la tension créatrice, l'engagement social du créateur et l'influence du *prêt-à-porter* * sur le comportement des foules urbaines. Une crétine finie. Ma mère avait été sa cliente il y avait longtemps, avant que l'autre n'attrape la grosse tête. Je l'accompagnais parfois aux essayages et je m'asseyais dans un énorme fauteuil avec une pile d'épaisses revues françaises, enchantée par ces splendides mannequins aux gigantesques boucles d'oreilles et aux énormes chapeaux.

Il marchait devant moi. En passant devant l'un des canapés du couloir, il saisit du bout des doigts, sans s'arrêter, deux grands coussins carrés. Au bout s'ouvrait une grande porte à deux battants, c'était le salon d'essayage. Il alluma la lumière, jeta les coussins par terre, me fit un geste désinvolte de la main pour me dire d'entrer, et il disparut.

Le fauteuil était toujours là, au même endroit, j'aurais juré qu'il s'agissait du même fauteuil, avec un autre tissu.

« Loulou... »

J'avais oublié les miroirs et pourtant les murs en étaient couverts, qui se réfléchissaient à l'infini, et j'étais là au centre de tous, moi et mon atroce pull marron et ma jupe plissée, moi de face, moi de profil, moi de trois quarts...

« Loulou ! » A présent il beuglait de je ne savais où.

« Qu'est-ce que...

— Tu veux un verre ?

— Non, merci. »

... Moi, un petit agneau blanc avec son ruban rose autour du cou, comme sur l'étiquette de détergent que

* En français dans le texte.

l'on voyait, que l'on voit toujours, dans les publicités télévisées.

Pablo revint, un verre à la main, et s'assit dans un fauteuil pour m'observer.

J'étais toute rougissante mais cela ne se voyait pas, cela ne se voit jamais chez moi, j'ai la peau trop mate, et j'étais toujours là, plantée au milieu de la pièce, sans bouger parce que je ne savais pas quoi faire, ni où aller.

« Vraiment, je n'ai jamais vu de ma vie des chaussures aussi abominables. »

Je ne baissai pas mon regard parce que je les connaissais par cœur, et elles étaient abominables en effet.

« Ils ne vous laissent pas porter de talons au lycée ? »

Non, bien sûr que non, et quelle idiotie : impossible de porter des talons hauts dans un collège de bonnes sœurs, même en dernière année, et pourtant on avait le droit de fumer à la récréation.

« Non, ils ne nous laissent pas. » Je répondis, à tout hasard.

« Enlève-les. » Cela sonnait comme un ordre, ce qui me plut, et je me déchaussai. « Viens par ici. » Il donna une tape sur sa cuisse.

Je m'approchai et m'assis sur lui, installant mes jambes entre son corps et le bras du fauteuil. Auparavant, d'instinct, je n'ai encore jamais compris pourquoi et peu importe, je relevai ma jupe par-derrière de telle sorte qu'elle tombait sur ses genoux tandis que le contrefort de mes cuisses frottait directement sur le tissu de son pantalon.

Ce geste le surprit beaucoup.

« Où as-tu appris ça ? » De nouveau son visage trahissait une sorte d'étonnement ravi.

« Quoi, ça ? » Je ne comprenais pas, je n'avais pas l'impression d'avoir fait quoi que ce soit d'exceptionnel

« A remonter ta jupe avant de t'asseoir sur les genoux d'un mec. Ce n'est pas naturel. »

Il avait peut-être raison, ce n'était pas naturel, mais je ne comprenais pas de quoi il parlait.

« Je ne sais pas, je ne te comprends pas.

— Ça ne fait rien. » Ça ne faisait rien. Il était content. Il souriait. Il m'embrassa délicatement sur les lèvres. « Retire ton pull et maintenant conduis-toi bien, ne parle pas, ne ris pas. Je vais passer un coup de fil. »

Je retirai d'abord la manche gauche puis je l'enlevai par l'encolure. Quand j'en eus fini avec la manche droite, j'étais déjà frigorifiée.

« Marcelo ? Salut, c'est moi. » A l'autre bout du fil, ce devait être mon frère, les Marcelo ne courent pas les rues madrilènes. « Rien, très bien... »

Il m'arracha le jersey des mains, bloqua le combiné entre son menton et son cou pour commencer à déboutonner ma blouse, rien que deux boutons dépareillés, je ne bougeais pas, je ne respirais même pas, j'étais paralysée, totalement bloquée.

« Non, c'était pas mal, vraiment, bon, ce type est absolument imbuvable, tu sais bien, mais les gens ont pris leur pied, ils ont gueulé, ils ont pleuré et ils sont rentrés chez eux bien contents. » Il affecta un ton épique, comme celui des speakers de la télévision lorsqu'ils commentent un match de ligue nationale : « Bref, tu as raté un grand jour du socialisme espagnol, camarade, un nouveau jour de gloire, nous sommes vraiment émus... »

Je pouvais entendre mon frère se gondoler au bout de la ligne, Pablo riait lui aussi, même moi je ne mens pas aussi bien.

Il me passa les mains par-derrière pour dégrafer mon soutien-gorge, un volumineux Belcor, le modèle typique des années soixante-dix, couleur chair, petits carreaux en relief et trois petites fleurettes de tissu au milieu, dont la contemplation lui avait arraché des spasmes d'horreur scandalisée. Il mit la main sur l'écouteur, passa un doigt sous la bretelle et murmura dans mon oreille :

« Voilà encore une perfide machination maternelle pour vous conduire toutes vierges à l'autel ? »

Il n'arrêtait pas de jongler avec le téléphone en m'enlevant ma blouse et mon soutien-gorge.

« Ah Loulou, Loulou... Ç'aura été ma B.A. du jour... » Il me regardait en souriant, il était superbe, plus beau que jamais, savourant béatement son rôle de suborneur de petites filles. « Une rouge de plus, mec, je viens de faire une rouge de plus, et sans stage politique, ni Gorki ni rien. Elle s'est éclatée, vraiment. » Il parlait lentement en me regardant, il soulignait chacun des mots qu'il destinait à Marcelo et à moi en même temps, et il me passait son verre sur les tétons en me laissant un sillage humide, superflu, puisque mes seins s'étaient dressés depuis qu'il avait commencé, mais le verre glacé me procurait une sensation agréablement ambiguë. « Tu n'imagines même pas, elle a levé le poing, elle a hurlé comme une hystérique, au retour elle n'arrêtait pas de chanter *L'Internationale* dans la voiture, bref la totale, tu vois le genre. » Il me regarda. « Je n'ai jamais vu personne faire aller sa langue avec un tel enthousiasme, elle était aux anges... » Il me souriait et je lui souriais en retour, je n'avais plus peur mais au contraire je mourais d'envie de rire, même si je n'y étais pas autorisée.

Je voulus précipiter le mouvement et je lâchai la première agrafe de ma jupe, mais Pablo fit non de la tête et je compris que je devais la refermer.

« Seulement nous avons rencontré un tas de gens, nous avons bu des coupes par-ci par-là et maintenant elle se tient une cuite pas possible. » Il glissa une main sous ma jupe et se mit à me caresser l'intérieur des cuisses du bout des doigts. « Ne me pompe pas l'air, Marcelo ! Et moi, qu'est-ce que j'en sais... » Il faufila son index sous la bande élastique et commença à le faire aller de haut en bas, très lentement, en suivant avec la jointure le parcours de l'aine. « Mais qu'est-ce que tu racontes ? Je ne l'ai pas amenée se saouler, on est seulement allés boire un verre et c'est elle qui s'est cuitée toute seule comme une grande, après tout elle est majeure non ? Non ? Mais toi qu'est-ce que tu imagines ? Je n'allais pas passer la soirée entière derrière la petite, elle a beau être ta sœur ! Elle s'est éclipsée une ou deux fois, elle a bu dans mon verre ou dans celui des autres, qu'est-ce que j'en sais, moi... Elle était tout excitée, ça descendait tout seul et en arrivant ici, elle était complètement faite, elle ne tenait plus debout. Maintenant elle dort, nous l'avons couchée et j'ai pensé qu'elle pouvait rester ici si tu es d'accord, ça ne me dit vraiment rien de la ramener, maintenant. » Le bout de son doigt était venu balayer la fente de mon sexe et de l'autre main, sans lâcher le téléphone, il me poussa vers lui, m'obligeant à m'appuyer sur le dossier du fauteuil pour conserver l'équilibre. « Quoi ? Non, on est à Moreto... Et ne me pompe pas, Marcelo, qu'est-ce que ça peut te faire ? Personne n'a besoin d'être au courant. Tu n'as pas dit qu'elle allait travailler chez une amie ? Eh ben, elle est restée dormir avec l'amie en question et basta ! Ni vu ni connu, je t'embrouille, non ? Ça m'étonnerait que ta mère ait des antennes aussi longues... Non, je ne sais pas où est son lycée mais elle me le dira, je crois me souvenir qu'elle a toujours une langue... Mais non, Marcelo, je te jure, je ne lui ai rien fait, rien du tout, je n'y ai même pas pensé. »

Il se déplaça pour mettre mes seins juste au niveau de son visage.

Je pensais qu'il voulait les sucer ou les mordre, comme avant dans la voiture, mais il n'en fit rien. Il posa sa figure dans leur creux et la frotta sur ma peau, je reconnaissais sa joue, sa bouche, fermée, son nez, énorme, qui remuaient sur moi, se collaient à ma chair, s'enfouissaient en elle comme s'il était aveugle et manchot, tel un nouveau-né qui ne dispose seulement que du toucher, le toucher malhabile du visage à la recherche du sein maternel, et quand il se remit à parler, je remarquai enfin une légère émotion dans sa voix.

« Non, je ne pouvais pas aller à la maison, Mercedes est en plein travail, elle a un examen demain et je ne voulais pas la déranger. En plus... » Il me gratifia d'un sourire complice. « En plus, je suis avec une nana... Si, tu la connais, mais elle est en train de me faire des gestes... Elle ne veut pas que tu saches qui c'est... » Sur ses traits apparut une certaine lassitude. « Ta sœur ? Oh, mec, tu ne peux penser à rien d'autre qu'à ta sœur ? Ta sœur est en train de cuver sa cuite à deux chambres d'ici. Je l'entends ronfler. Elle ne se rend compte de rien. » Marcelo devait dire quelque chose de drôle, car il se mit à rire. « Dis donc, mec, sans blague, ne joue pas les enfants de chœur. Qu'est-ce que ça peut lui foutre, à Loulou, si je trompe ma fiancée ? Pourquoi elle serait blessée ? Elle peut se croire amoureuse de moi mais ce n'est qu'une gosse. Les mecs ne couchent pas avec des gosses, sauf dans les romans, elle comprendra bien, je suppose, elle n'est pas idiote. » Je rougis encore un peu plus, mon visage était en feu. « En plus... Quel âge a-t-elle ? Si elle nous surprend, tant mieux pour elle, elle est assez grande pour se branler à mort. » Sur le coup, je ne réagis pas. « Ah oui ? Sans blague... »

Il ouvrit la bouche pour en saisir fermement un de mes tétons, tirant sur la chair avec ses dents par intermittence. Puis il m'abandonna soudain, se rejeta en arrière et resta à me regarder, bouche bée et les yeux comme des soucoupes, se passant la langue sur les dents. Son doigt changea de position. Il sortit de l'élastique et se posa au centre de mon sexe. Il ne m'effleurait plus, ne me caressait plus, mais me masturbait bel et bien par-dessus la culotte.

« Mais... C'est quoi une flûte d'étude, bordel ? »

Je crus que j'allais mourir de honte. Je n'aurais jamais pensé que Marcelo aurait été capable d'une chose pareille, mais je me trompais. Il lui raconta. Il lui raconta tout. Pablo me regardait d'un air incrédule. J'étais mal. Je gardais les yeux fixés sur ma jupe.

« Quel monde pourri, mec, quelle honte ! » La formule était devenue une sorte d'oraison jaculatoire chez Marcelo et lui, ils la répétaient sans cesse et sous n'importe quel prétexte. « Une flûte à bec... Sacrée Loulou, quelle santé ! »

Je me sentais partagée entre deux sensations très différentes. Morte de honte, incapable de regarder Pablo dans les yeux, mais aussi au bord de l'orgasme, de l'orgasme sans mettre les mains, tout en même temps, parce qu'il me le faisait très bien, malgré le tissu ou peut-être grâce à lui, son doigt exerçait la pression idéale, il ne me faisait pas mal, ne m'irritait pas la peau contrairement aux attouchements grossiers, désagréablement exaspérants, de tous les autres.

« Et comment tu l'as su ? Elle te l'a raconté, elle... ! Et dis voir, c'était la flûte de qui ? Du petit Guillermo ! Un bon point pour Loulou ! Il y en a dans cette petite tête... »

Sans arrêter de me toucher, il me prit par le menton et me releva la tête.

« Regarde-moi. » Un murmure à peine audible.

Je le fixai. Il souriait, il me souriait. Je baissai les yeux de nouveau.

« Tu m'étonnes qu'elle t'ait donné la trique, mec, tu me fais bander comme un âne rien qu'en me racontant ça au téléphone... Si, c'est rigolo, c'est une tentative assez novatrice. Et toi, qu'est-ce que tu as fait ? Si j'avais été à ta place, je te jure que je l'aurais baisée aussi sec... D'accord, j'ai toujours été un moins bon frère que toi, ou un meilleur, va savoir. Enfin, mec, pauvre Loulou », petits rires, « ne t'en fais pas, je l'amène au lycée demain, je te rappelle, salut. »

« Une flûte à bec... » Il avait raccroché, c'était à moi qu'il parlait. « Regarde-moi. » Et son doigt s'arrêta. Je n'osais pas le regarder, ni bouger, même si entre les jambes je me languissais de lui.

Il me prit par les épaules et me secoua.

« La puta madone ! Loulou, regarde-moi ou je te jure que je te rhabille sur-le-champ et que je te ramène chez toi. »

Encore la même menace, encore le même résultat.

Je relevai la tête et je le regardai. Je sortais d'une baignoire remplie d'eau tiède, trop tiède, sans serviette pour me sécher...

Ses yeux s'étaient allumés. Il avait un air animal presque. Il me faisait mal aux bras.

« Comment tu te l'es mise, par l'embouchure ou par le bas ?

— Par le haut. » La réponse m'avait sauté de la bouche.

« Et... Ça t'a plu ?

— Oui, ça m'a plu, mais elle était trop mince, je ne la sentais pas beaucoup, c'est vrai, l'embouchure seulement, le reste je ne le sentais pas. Amelia m'a surprise tout de suite, j'avais eu à peine le temps de m'y mettre, Pablo, je te jure... »

Je commençais à voir trouble. Deux énormes larmes emplissaient le bord de mes yeux. Il changea de ton, adoucit sa poigne et me parla, il me dit pratiquement ce que m'avait dit Marcelo cette nuit-là, la nuit où j'étais allée le lui raconter, atterrée, parce que sa chambre était le seul endroit au monde qui pouvait alors m'accueillir.

« Excuse-moi, je ne voulais pas t'effrayer, en réalité il n'y a pas de quoi t'effrayer. Allons, ce n'est rien... Mais c'est vraiment rigolo, une flûte à bec, la flûte du petit Guillermo, je me rappelle encore quand les jumeaux sont nés, tu les détestais, tu n'étais plus la petite dernière et tu les détestais, et maintenant tu te venges de lui avec sa flûte, c'est seulement pour ça que je riais, je t'assure. Les autres filles n'ont aucune imagination, elles se contentent d'un doigt. Toi, tu es une fille évoluée, une fille saine, tu as le droit de... de..., les féministes ont une phrase pour ça mais je ne m'en souviens pas maintenant, de toute façon on se comprend, c'est bien, c'est logique... Tout le monde fait ça, même si les femmes ne le disent pas. » Il sécha mes larmes du bout des doigts. « Si tu arrêtes de pleurer, que tu te conduis bien et que tu me racontes tout, je t'achèterai un vrai gode, rien que pour toi.

— Je n'ai jamais rien eu rien que pour moi.

— Je sais bien, mais je te l'offrirai pour que tu penses à moi quand tu t'en serviras. Je sais bien que ce n'est pas une idée très originale, mais elle me plaît. » Il devait adresser cette dernière observation à lui seul car je ne l'avais pas comprise. Par ailleurs, je pensais presque toujours à lui quand je me masturbais, même si je ne pouvais le lui dire. « D'accord ? » J'approuvai de la tête sans savoir exactement ce sur quoi nous étions tombés d'accord. Ma tête n'avait jamais été aussi confuse.

« Mets-toi debout. »

Je me suis levée.

Nous nous sommes embrassés longtemps, en nous frottant l'un contre l'autre.

Il m'a enroulé toute ma jupe sur la ceinture, laissant mon ventre à découvert. Les miroirs réfléchissaient une étrange image de moi.

« Assieds-toi et attends-moi. »

Il est allé à la porte et alors, tout abasourdie que j'étais, j'ai réalisé que j'avais quelque chose d'important à dire. Je l'ai appelé et il s'est retourné vers moi en appuyant son épaule contre le montant de la porte.

« Je n'ai jamais couché avec un garçon...

— On va se coucher nulle part, crétine, on va baiser, c'est tout.

— Je voulais dire que je suis vierge. »

Il m'a regardée un moment en souriant puis il a disparu.

Je me suis assise et je l'ai attendu. J'ai essayé d'analyser dans quel état je me trouvais. J'étais chaude, avec des idées cochonnes, selon l'expression classique. Cochonne. J'ai souri. J'avais reçu des centaines de claques pour avoir prononcé ce mot, sans savoir pourquoi, un mot clé de mon vocabulaire. Cochonne, cela sonnait tellement vieux jeu... Je l'ai prononcé tout bas, en suivant le mouvement de mes lèvres dans la glace :

« Pablo m'a donné des idées cochonnes. » C'était amusant.

Je l'ai répété et répété, et je m'apercevais que j'étais belle, très belle malgré l'acné sur mon front.

Pablo m'avait donné des idées cochonnes.

Et soudain il a été là, avec un plateau couvert d'objets, il me regardait remuer les lèvres, il m'avait peut-être même entendue mais il n'a rien dit, il a traversé la pièce et s'est assis devant moi, en croisant les jambes comme un Indien. J'ai pensé qu'il allait me bouffer, après tout il me le devait bien, mais il n'en fit rien.

Il a retiré ma culotte et m'a attirée brusquement vers lui, il m'obligeait à poser le cul tout au bord du sofa, et il m'a ouverte encore davantage, installant mes jambes sur les bras du fauteuil.

« Vas-y, commence, j'attends.

— Qu'est-ce que tu veux savoir ?

— Tout, je veux entendre tout, qui a eu l'idée,

comment Amelia t'a surprise, ce que tu as raconté à ton frère, tout, allons-y. »

Il a pris une éponge sur le plateau, l'a plongée dans une coupe d'eau tiède et a commencé à la passer contre une savonnette jusqu'à la faire mousser.

Moi, je m'étais mise à parler, je parlais comme une automate tout en le regardant et en me demandant ce qui se passerait maintenant, ce qui allait se passer maintenant.

« Bon... Je ne sais pas quoi te dire. C'est Chelo qui m'en a parlé mais l'idée est de Susana, c'est sûr.

— Qui est Susana ? Une fille grande, brune, avec les cheveux très longs ?

— Non, ça c'est Chelo !

— Ah, alors, comment elle est Susana ? » Il plongea l'éponge dans la coupe jusqu'à la remplir de mousse.

« Elle est petite, très mince, châtain aussi, mais plus près du blond, tu as dû la voir à la maison.

— Bon, continue. »

Je n'en croyais pas mes yeux. Il avait allongé la main et me savonnait avec l'éponge. Il me lavait comme une petite fille. J'en fus totalement désarçonnée.

« Mais... Qu'est-ce que tu fais ?

— Ce n'est pas ton problème, continue.

— Tant que ce con m'appartiendra, ce que tu feras avec sera mon problème. » Je trouvai moi-même que mes paroles sonnaient ridiculement, et il ne me répondit pas. Je repris : « Donc, Susana le fait souvent, c'est sûr, je veux dire se mettre des trucs, et alors elle a raconté à Chelo que le meilleur, ce qu'elle aimait le plus, c'était la flûte, et alors nous avons décidé d'essayer, même si à vrai dire je trouvais que c'était une saleté, mais je l'ai fait et Chelo finalement non, elle se dégonfle toujours, et bon, voilà, tu sais tout, il n'y a rien d'autre à raconter. »

Il a disposé une serviette sur le sol, juste sous moi. Je ne pouvais pas m'empêcher de me regarder dans le miroir, avec les poils tout blancs, comme un spectre de vieille femme.

« Comment Amelia t'a surprise ?

— Bon, comme nous dormons dans la même chambre, elle, moi et Patricia...

— Patricia, elle et moi..., m'a-t-il corrigée

— Patricia, elle et moi.

— Très bien, continue.

— J'ai cru que j'étais seule à la maison, pour une fois dans ma vie, seule, bon. Marcelo était là, et José et Vicente aussi, mais ils étaient en train de regarder la télévision et comme il y avait un match, j'ai pensé... » Il a sorti un rasoir de la poche de sa chemise. « Qu'est-ce que tu veux faire avec ça ? »

Il m'a regardée en face de son air le plus ingénu, mais en même temps il m'a attrapée fermement par les cuisses, prêt à toute éventualité.

« C'est pour toi. Je vais te raser le con.

— Ça va pas ! » Je me suis jetée en avant de toutes mes forces, j'essayais vainement de me lever. Il était bien plus fort que moi.

« Si, très bien. » Il paraissait aussi tranquille qu'avant. « Je vais te raser et tu vas te laisser faire. Tout ce qu'on te demande, c'est de rester tranquille. Ça ne va pas te faire mal. Je n'ai pas que ça à faire, allez. Continue à raconter.

— Mais. . pourquoi ?

— Parce que tu es très brune, et trop poilue pour avoir quinze ans. Tu n'as pas un con de petite fille. Et moi, j'aime les petites filles avec un con de petite fille, surtout quand je vais les défoncer. Reste calme et laisse-moi. Après tout, ce n'est pas plus honteux que de s'enfiler une flûte d'étude, une flûte à bec. ou comme tu voudras l'appeler... »

J'ai cherché une excuse, n'importe quelle excuse :

« Mais c'est qu'à la maison, ils vont se rendre compte,

comme Amelia me voit, elle va aller cafter à Maman, et Maman...

— Et pourquoi Amelia devrait voir ? Je ne savais pas que vous faisiez des trucs ensemble la nuit ?

— Non », j'étais dans un tel état d'hystérie que je n'eus même pas le temps de m'offusquer de sa dernière remarque, « mais elle et Patricia me voient quand je m'habille et quand je me déshabille, et les poils transparaissent. » Cette démonstration me tranquillisa, je m'estimai très convaincante.

« Ah bon... Mais ne t'inquiète pas, je vais te laisser le pubis pratiquement intact, je veux seulement te raser les lèvres.

— Quelles lèvres ?

— Ces deux lèvres-là. » Il fit glisser deux de ses doigts par là. J'avais cru qu'il ferait exactement le contraire et son idée me parut pire encore, mais j'avais décidé de ne plus penser, pour la énième fois, ne pas penser, autrement mon cerveau disjoncterait, au rythme où nous allions cette nuit-là.

« Ouvre-les avec ta main, s'il te plaît... » Je m'exécutai. « Et continue à raconter. Qu'est-ce que tu as fait quand Amelia t'a surprise ? »

Je sentis le contact froid de la lame et ses doigts qui étiraient ma peau tandis que je recommençais à parler, à cracher les mots comme une mitraillette.

« Bon, eh ben, je sais pas... Quand j'ai émergé, elle était déjà plantée devant moi en train de crier " Maria Luisa ! ". Elle est sortie en courant de la chambre, avec le parapluie sous le bras, en claquant la porte... » La lame glissait lentement au-dessus de ce qui, je venais de l'apprendre, s'appelait aussi des lèvres. Je ne ressentais aucune douleur, plutôt une étrange caresse, mais je n'arrivais pas à me débarrasser de l'idée que sa main pouvait faire un faux mouvement. J'apercevais à peine son visage, seulement la chevelure, noire, sa tête penchée vers moi, « et j'ai couru après elle. Au moins elle n'est pas allée au salon, elle a pris directement la porte de sortie, avec le parapluie, elle avait dû simplement venir le chercher. Alors j'ai pensé que le seul sur qui je pouvais compter était Marcelo et je suis allée tout lui raconter, j'avais encore la flûte dans la main... », le rasoir partit vers l'extérieur, il me frôlait la cuisse, « il était dans sa chambre, avec un tas de papiers sur sa table, je ne savais pas ce qu'il faisait, il a ri, il a ri comme un fou, et il m'a dit de rester calme, qu'il se chargerait de clouer le bec à Amelia, que lui il saurait garder sa langue, et il m'a parlé exactement comme toi il y a un moment... »

Je pensais qu'il ne m'écoutait pas, qu'il me faisait parler en l'air, comme le jour où l'on m'avait opérée de l'appendicite, pour me distraire, mais il me demanda ce que mon frère m'avait dit précisément.

« Eh ben ça, que c'était normal, que tout le monde se faisait des pognes et que personne n'en mourait.

— Bien... » Sa voix se fit plus grave. « Et il ne t'a pas touchée ? »

Je me rappelai ce qu'il avait dit avant au téléphone : « Moi à ta place je l'aurais baisée aussi sec », et je frissonnai.

« Non. » Il devait en avoir fini avec ma lèvre droite car je notai le froid inquiétant de la lame sur le côté gauche.

« Il ne t'a jamais touchée ?

— Non. Mais qu'est-ce que tu imagines ? » Ses insinuations me paraissaient totalement délirantes.

« Je ne sais pas, vous vous aimez tellement...

— Et toi, tu touches ta sœur ? » Il me répondit par un éclat de rire, je craignis que sa main ne dérape.

« Non, mais ma sœur ne me plaît pas...

— Et moi, je te plais ? » Mes copines disaient qu'il ne faut jamais poser une telle question à un garçon aussi directement, mais je ne pus m'en empêcher. Il se redressa et me regarda dans les yeux.

« Toi, oui, tu me plais, tu me plais beaucoup, et je suis sûr que tu plais à Marcelo aussi, et peut-être même à ton père, même s'il ne l'avouera jamais. » Il sourit. « Tu es une fille à part, Loulou, une fille bien formée, et très affamée, mais quand même une petite fille. Presque parfaite. Et tu seras parfaite si tu me laisses terminer. »

Ce fut alors, malgré l'extravagance de la situation, que mon amour pour Pablo cessa d'être un sentiment vague et confortable, et que je commençai à espérer, et à souffrir. Ses paroles : « Tu es une fille à part, presque parfaite » allaient résonner à mes oreilles durant des années, j'allais vivre des années, à partir de ce moment, accrochée à ses lèvres comme à une planche de salut.

Il se pencha à nouveau vers moi et revint à la charge, très doucement.

« De toute façon, nous devrions bien organiser un truc ensemble, tous les trois un de ces jours, ton frère, toi et moi... » Le rasoir partit encore vers l'extérieur, cette fois sur le côté opposé. « Très bien, on y est presque. Ça a été si dur ?

— Non, mais ça pique !

— Je sais. Demain ça te piquera encore plus mais tu seras beaucoup plus belle. »

Il s'était penché un instant en arrière, pour admirer son œuvre, je suppose, avant de plonger à nouveau entre mes jambes. « La beauté est un monstre, une divinité sanguinaire qui exige de constants sacrifices, comme dit ma mère...

— Ta mère est une conne. » Cela fusa d'un coup.

« C'est incontestable... », sa voix restait impeccablement sereine, « et maintenant, reste tranquille un moment, s'il te plaît, ne bouge pas, ne fais pas un geste. J'ai presque fini. »

Je pouvais parfaitement imaginer l'expression de son visage, que je ne voyais pas, car tout le reste, sa voix, sa manière de parler, son admirable aplomb, m'était familier.

Il était en train de jouer. Il jouait avec moi, cela lui avait toujours plu. C'est lui qui m'avait appris la plupart des jeux que je connaissais, et qui m'avait enseigné l'art de tricher. J'avais été une bonne élève, nous étions pratiquement imbattables aux cartes. Il avait l'habitude de tricher, et de gagner.

Il prit une serviette, en plongea un des coins dans un autre bol puis la tordit au-dessus de mon pubis, qui était pratiquement intact comme il me l'avait promis. L'eau tomba en cascade. Il recommença l'opération deux ou trois fois avant de se mettre à frotter pour enlever les poils qui étaient restés collés. Je réalisai que j'aurais pu le faire moi-même beaucoup mieux et beaucoup plus vite.

« Laisse-moi le faire.

— Pas question... » Il parlait très lentement, comme un murmure, il était captivé, totalement captivé, les yeux braqués sur mon sexe.

Il m'embrassa deux fois dans le creux de la cuisse gauche. Puis il tendit la main vers le plateau et en retira un pot de verre couleur miel qu'il ouvrit pour y plonger deux doigts, l'index et le majeur de la main droite.

C'était de la crème, une crème blanche, onctueuse et parfumée.

Il passa ses doigts sur mes lèvres rasées de frais, déposant la crème sur ma peau. J'eus un nouveau frisson, j'étais transie. A ce moment je pensai que l'hiver était loin d'être terminé, et que mes poils mettraient longtemps à repousser. Perspective plutôt déprimante. Pablo ramassa posément tous les ustensiles qu'il venait d'utiliser et les remit sur le plateau qu'il poussa de côté.

Et il se plaça à ma droite, libérant ainsi la vue du miroir qui me faisait face.

Mon sexe me fit l'effet d'un petit tas de chair rouge et compacte. De chaque côté de la crevasse centrale s'alignaient deux longs traits blancs. Le tableau me rappela Patricia quand elle était bébé et que ma mère l'enduisait de pommade avant de lui mettre de nouvelles couches.

Pablo me regardait en souriant.

« Tu te plais comme ça ? Tu es ravissante...

— Tu ne vas pas me l'étendre ?

— Non. Fais-le-toi. »

Je posai ma main bien ouverte en me demandant ce que j'allais ressentir. Le bout de mes doigts se prit dans la crème, qui était devenue molle et tiède, et commença à l'étendre vers le haut et vers le bas, à se déplacer uniformément sur la peau douce, lisse et nue, chaude, comme les jambes en été après la cire, jusqu'à faire disparaître entièrement ces deux longues traînées blanches.

Ensuite je n'ai pas pu m'arrêter. La tentation était trop forte, j'ai laissé mes doigts glisser vers l'intérieur, une fois, deux fois, sur la chair moite et gonflée. Pablo s'est rapproché de moi, il a introduit lui aussi un doigt délicatement, l'a retiré et me l'a mis dans la bouche. Tandis que je le suçais, je l'ai entendu murmurer :

« Bonne petite fille... »

Il était à genoux par terre, devant moi. Il m'a prise par la taille, m'a attirée vers lui, brusquement, et m'a fait tomber du fauteuil.

Le choc n'a pas été pénible. Il me manipulait avec une étonnante facilité alors que pourtant j'étais — je suis — grande. Il m'a contrainte à me retourner, les genoux bloqués au sol, une joue posée sur le siège, les mains effleurant à peine la moquette. Je ne pouvais pas le voir, mais je l'entendais.

« Caresse-toi jusqu'à ce que tu sentes que tu vas jouir et alors dis-le-moi. »

Jamais je n'aurais imaginé que cela se passerait ainsi, jamais, et cependant je n'ai eu aucun regret. Je me suis contentée de suivre ses instructions et de déclencher un torrent de sensations bien connues, en me demandant quand je devrais m'arrêter, jusqu'au moment où mon corps s'est mis à s'ouvrir en deux et que je me suis décidée à parler :

« Je vais... »

Alors il m'a pénétrée, lentement mais avec détermination, sans marquer de pause.

Depuis qu'il l'avait annoncé, depuis qu'il m'en avait avertie : « On va baiser, c'est tout », je m'étais préparée à supporter, à supporter tout ce qu'il faudrait supporter sans desserrer les dents, à supporter jusqu'au bout. Mais il était en train de me déchirer. Il me brûlait. Je tremblais et je suais, je suais terriblement. J'avais froid.

Je n'ai pu tenir qu'un bref instant.

Avant même de m'en rendre compte, j'étais en train de lui demander qu'il me l'enlève, qu'il me laisse au moins un moment de répit parce que je ne pouvais pas, je ne pouvais plus.

Il n'a rien répondu et il a fait comme si je n'avais rien dit. Parvenu tout au fond, il est demeuré immobile, en moi.

« Ne t'arrête pas maintenant, petit canard, parce que je vais commencer à bouger et tu vas souffrir. »

Sa voix a ruiné mes derniers espoirs. Il ne servirait à rien de protester mais je ne pouvais pas non plus rester ainsi piégée dans ma souffrance. Je ne suis pas faite pour supporter la douleur, en tout cas pas à haute dose. Et donc j'ai choisi de suivre ses instructions, encore une fois.

Je me suis efforcée de retrouver la cadence perdue. Lui, de derrière, imposait un autre rythme. Agrippé à mes hanches, il entrait et sortait de moi à intervalles réguliers, m'attirant et me repoussant sur le fil de cette barre incandescente qui n'avait plus rien à voir avec l'inoffensif joujou à ressort dont je m'étais empli la bouche quelques heures auparavant, et encore moins avec la fameuse flûte à bec.

Si la douleur ne se dissipait pas, au moins prenait-elle de nouvelles nuances. Elle était toujours insupportable à l'entrée, là je sentais que j'explosais, et je m'étonnais de ne pas sentir la peau, tendue jusqu'à la transparence, se déchirer. A l'intérieur, c'était différent. La douleur se diluait en notations plus subtiles, qui se manifestaient avec une intensité croissante à mesure que je m'accouplais à lui, que je bougeais avec lui et contre lui, et que mes propres attouchements commençaient à démontrer leur efficacité.

La douleur ne s'est pas dissipée, elle s'est maintenue là tout le temps à palpiter, jusqu'à la fin, jusqu'à ce que le plaisir s'en détache, s'épanouisse et finalement prenne le pas sur elle.

Au moment où j'ai ressenti les derniers spasmes, où mes jambes ont cessé de trembler pour se faire totalement oublier, Pablo s'est effondré sur moi en poussant un cri étouffé, aigu et rauque tout à la fois, et mon corps s'est empli de chaleur.

Nous sommes restés ainsi un bon moment, sans bouger. Il avait enfoui son visage dans mon cou, gardait mes seins prisonniers dans ses mains et respirait à fond. J'étais heureuse.

Il s'est détaché de moi et je l'ai entendu marcher dans la pièce. Quand j'ai essayé de bouger, j'ai constaté que je souffrais de partout. Je me suis retournée laborieusement car le bas de mon corps, depuis la taille, était paralysé comme par des courbatures, d'effroyables courbatures.

Il m'a aidée à me relever. Quand j'ai passé les bras autour de son cou pour l'embrasser, il m'a soulevée par la taille, il a disposé mes jambes contre ses flancs et s'est mis en marche en me tenant dans les bras, sans un mot.

Nous sommes sortis dans le couloir, long et obscur, le couloir typique des vieilles maisons avec des portes d'un seul côté. La dernière était entrouverte. Nous sommes entrés, il s'est arrangé je ne sais comment pour allumer la lumière et m'a déposée au bord d'un grand lit. Il m'a retiré ma jupe et mes bas, en me souriant. Puis il a ouvert le couvre-lit et m'a poussée dessous. Il s'est dépouillé de sa chemise, le seul vêtement qu'il portait encore, et s'est glissé avec moi sous les draps.

Ce retour au classicisme que suggéraient le lit et ma propre nudité m'a bouleversée et rassurée tout à la fois. Les fantaisies étaient terminées, du moins pour l'instant.

Maintenant il m'embrassait et m'enlaçait en faisant des bruits étranges et amusants. Il passait la main dans mes cheveux qu'il rejetait en arrière, s'arrêtant de temps à autre un instant pour me contempler. C'était délicieux. J'avais conscience de sa peau ferme et froide, de sa poitrine lisse — en dépit des conventions à ce sujet, j'ai toujours eu horreur des hommes poilus —, et j'ai eu pour la première fois l'intuition que tout cela finirait par peser sur moi comme une malédiction, que tout cela n'était que le prélude à une éternelle, une inévitable cérémonie de possession.

La gravité de ces pensées m'étonna moi-même. Nous nous roulions sur le lit devenu un recoin douillet et bien chaud, une sensation qui m'entraîna vers des réflexions beaucoup plus prosaïques : il devait faire abominablement froid dehors, ce qui ne manquait pas de me réjouir au plus haut degré alors que j'étais là, en sécurité, protégée. Je n'avais pas eu si mal, finalement.

Je profitai d'une pause pour aborder un sujet qui m'obsédait depuis un long moment :

« J'ai beaucoup saigné ?

— Tu n'as pas saigné du tout. » Il paraissait amusé. « Tu es sûr ? » Sa réponse m'avait abasourdie.

« Oui.

— Juste ciel ! »

Je n'avais pas du tout saigné. Pas du tout. Voilà qui était insupportable. Il s'était passé quelque chose de capital, de décisif, quelque chose qui ne se reproduirait jamais plus dans ma vie, et mon corps n'avait pas même daigné le célébrer par quelques gouttes de sang, par la moindre manifestation dramatique. Mon propre corps m'avait trahie. J'avais attendu quelque chose de plus théâtral, plus à la hauteur de l'aspect pathétique de l'événement, carrément une hémorragie, un évanouissement, que sais-je, et je n'avais eu qu'un orgasme, un orgasme violent et inédit, certes douloureux d'une certaine manière, mais finalement rien qu'un orgasme de plus.

Lui riait, il se riait de moi une fois encore, aussi ai-je caché mon visage dans son épaule en renonçant à lui confier mes pensées. Il a étendu la main vers le sol pour attraper un paquet de cigarettes.

« Une cibiche de film français ? » Sa voix était toujours gentiment moqueuse.

« Pourquoi tu dis ça ?

— Je ne sais pas... Dans les films français ils fument toujours, après avoir baisé.

— Et pourquoi tu dis toujours " baiser ", au lieu de " faire l'amour " comme tout le monde ?

— Ah bon, et où as-tu pris que tout le monde dit " faire l'amour " ?

— Ben, je ne sais pas... Mais c'est ce qu'on dit. » J'avais accepté son offre, évidemment. Fumer était un plaisir en extra, encore quelque chose qui ne devait pas se faire.

« " Faire l'amour " est non seulement un gallicisme mais aussi une expression de snobinard », il avait adopté un ton doctoral, « et en plus, bien que ce soit une formule d'origine étrangère, en espagnol " faire l'amour " a toujours signifié courtiser, et non baiser. " Baiser ", ça sonne bien, ça a de l'allure, en plus c'est très expressif, à la limite de l'onomatopée... " Niquer " aussi est bien, même si c'est un mot qui s'est beaucoup galvaudé, qui fait vieux jeu maintenant.

— Comme " cochonne "...

— Exact, comme " cochonne ", mais ça j'aime bien. » Il me sourit, il avait certainement dû m'entendre, avant. « Finalement le sexe, c'est-à-dire baiser, baiser pour baiser, n'a pas forcément grand-chose à voir avec l'amour, ce sont même deux choses tout à fait différentes... »

C'était le début du cours théorique, le premier.

Il parla, il parla tout seul, longtemps. Je ne me risquais guère à l'interrompre, mais je m'efforçais de retenir chacune de ses paroles, de le retenir lui, dans ma tête, tandis qu'il dissertait sur l'amour, la poésie, la vie, la mort, l'idéologie, l'Espagne, le Parti, Marcelo, le sexe, l'expérience, le plaisir, la douleur, la solitude.

Puis il éteignit sa dernière cibiche et resta à me regarder d'un air étrange, terriblement concentré, il me sourit comme s'il voulait effacer cette dernière expression de son visage et me dit quelque chose comme : Bah, ne perds pas ton temps à m'écouter.

Il repoussa le drap et se mit à parcourir mon corps de sa main, et je le regardais, je le trouvais beau, trop beau, trop grand et trop savant pour moi. Je l'aurais bien caressé, je l'aurais embrassé, mordu, griffé, je sentais que je devais lui faire mal sans savoir pourquoi, l'agresser, le briser, mais j'avais peur de le toucher.

Il m'a pénétrée une nouvelle fois, d'une manière toute différente, doucement, lentement, en bougeant sur moi avec précaution, comme s'il voulait éviter de me blesser.

Le coup que nous avons tiré était surprenant, très tendre, conjugal presque, presque.

Il me demandait sans cesse d'ouvrir les yeux et de le regarder mais je ne pouvais pas, surtout quand mon sexe se mettait à gonfler, à enfler sans vergogne et à m'imposer la stupide obligation de rester rien qu'avec lui, seule avec mon sexe pour qu'il puisse à loisir faire sentir sa grotesque métamorphose, et pourtant j'essayais, j'essayais de le regarder et j'ouvrais les yeux, et je le retrouvais là, sa figure contre la mienne, bouche entrouverte, et je voyais mon corps, le bout des seins dressé, bien dur, et mon ventre qui ondulait, et le sien, je voyais comment bougeait sa queue, comment elle se cachait et resurgissait en dessous des quelques poils qui me restaient, mais le simple fait de voir, de regarder ce qui se passait donnait raison à mon propre sexe qui m'obligeait de nouveau à fermer les yeux, et alors j'entendais encore sa voix, regarde-moi, et si je m'obstinais dans mon abandon, je sentais aussi ses harcèlements, soudain beaucoup plus violents, à nouveau douloureux, parce que je n'ouvrais pas les yeux il pesait sur moi de tout son poids, il ravivait la douleur, il remuait vite et sans ménagement pour que j'obéisse, et j'ouvrais les yeux, et tout redevenait humide, fluide, et mon sexe répondait en s'ouvrant et en se fermant, il fondait, je fondais, je partais, je sentais que je partais, et sans y penser je laissais mes paupières retomber, pour recommencer encore et encore.

Enfin il m'a laissée une fois garder les yeux fermés et j'ai joui, mes jambes se sont étirées à l'infini, ma tête s'est alourdie, je me suis écoutée, étrangère à moi-même, prononcer des mots incohérents dont je ne pourrais plus me souvenir, et tout mon corps s'est résumé à un nerf, un seul nerf tendu mais flexible, depuis la nuque jusqu'au ventre, un nerf qui vibrait et se tordait, dans lequel tout résonnait.

Nous avons tiré un coup très tendre, conjugal presque, presque, mais à la fin, quand j'étais déjà épuisée et que mon corps menaçait de redevenir un corps solide et fini autour de ce nerf unique, électrisé et prêt à rompre, il s'est retiré, il a avancé à genoux vers le mur où il s'est appuyé de la main gauche et me l'a fourrée dans la bouche.

« Avale tout. »

Je n'ai rien eu à faire de plus, seulement supporter cinq ou six poussées que je n'aurais pu éviter même si je l'avais voulu car il m'emprisonnait entre ses jambes, refermer mes lèvres autour de la chair poisseuse, noter son goût qui se mêlait désormais à ma propre saveur, et avaler, avaler cette espèce de pommade visqueuse et brûlante, douce et aigre à la fois, avec l'arrière-goût de ces médicaments qui sont l'amertume des enfances faciles, avaler et réprimer mes envies de tousser à mesure que me descendait dans la gorge ce liquide épais et détestable, détestable, auquel je ne me suis jamais habituée et ne m'habituerai jamais, jamais, malgré l'expérience et la sévère autodiscipline qu'impose le désir de bien faire.

Lui était à son aise, en tout cas. Tandis que j'écoutais ses gémissements étouffés et que j'accompagnais ses mouvements avec ma tête pour refouler la nausée qui montait en moi si je demeurais immobile, je m'efforçais de rassembler toute la salive possible pour tout avaler jusqu'à la dernière goutte, comme avec les choux de Bruxelles et leur goût de pourriture, et je réfléchissais, je pensais que lui était à son aise finalement, et me venait à l'esprit une des sempiternelles remarques de Carmela, la tata que ma mère avait amenée dans sa corbeille de noces, une vieille bigote qui sentait mauvais, percluse de sclérose, déjà gâteuse et qui parcourait le couloir comme un fantôme en répétant le Seigneur nous la donne et le Seigneur nous la reprend, avec l'*ABC** à la main, ouvert à la page des avis de décès et des « Loué soit le Saint-Esprit », le Seigneur nous la donne et le Seigneur nous la reprend, lui me la donne et me la reprend, c'est bien, le cycle s'accomplit, tout commence et s'achève à la même place, lui est content et c'est bien ainsi.

Le premier cours théorique avait parfaitement réussi. Ensuite j'ai bu, j'ai bu des litres d'eau, je bois toujours de l'eau après, même si cela ne sert à rien, il n'y a que cela à faire, boire de l'eau. J'étais très fatiguée, très contente aussi. Je me suis tournée sur le côté, j'avais sommeil. Il m'a couverte, s'est allongé contre moi, sa bouche dans mes cheveux, et m'a souhaité bonne nuit, même si le jour était déjà en train de se lever.

J'ai plongé dans un sommeil confortable et pesant, comme celui qui me terrassait toujours après une journée en montagne.

Je n'ai aucun autre souvenir particulier.

La lumière du soleil me réveilla, et il n'était plus à côté de moi.

Je ne voulus pas imaginer qu'il avait disparu, qu'il m'avait larguée dans l'atelier de sa mère, où il n'y avait certes aucun bruit, personne ne semblait être arrivé pour travailler, et je m'efforçai d'évaluer l'heure qu'il pouvait être.

Il était certainement très tard, j'avais déjà raté au moins les trois premières heures de cours.

* Quotidien monarchiste de Madrid. *(N.d.T.)*

Soudain me parvint le bruit d'une vieille serrure grinçante, on ouvrait la porte. Ce pouvait être lui, ou n'importe qui d'autre. Je me cachai la tête sous les draps et j'essayai de ne pas bouger, j'entendais des pas et des bruits, ça n'avait pas l'air de hauts talons mais comment savoir, on approchait, puis je sentis un poids sur moi, on m'avait jeté quelque chose.

« Comme les *porras* * froides sont imbouffables... » C'était sa voix. Je sortis la tête pour le voir, là, sur le pas de la porte, tout sourires. « Qu'est-ce que tu veux avec pour le petit déjeuner ?

— Du café au lait. » Je lui souris aussi, jamais je n'avais été aussi heureuse de ma vie, jamais.

Il disparut. Je m'habillai en vitesse, j'étais affamée.

Je ne respirai pas une fois avant d'avoir englouti sept énormes *porras* encore chaudes, délicieuses, un de mes aliments préférés, pendant qu'il me regardait en répétant qu'il n'en voulait pas plus, qu'une seule lui suffisait.

« Tu sais, ça scandalise ma mère que nous préférions les *porras* aux *churros* **, elle dit que c'est plus salissant, plus gras, comme qui dirait plus grossier, tu comprends ? » Je riais toute seule à ce simple souvenir. « Elle dit qu'un *churro* peut se manger avec le petit doigt levé, c'est comme ça qu'elle dit, avec le petit doigt levé, et que ça fait bien, ça fait chic, tandis que manger des *porras* en public, même avec le petit doigt levé... » Je ne pus continuer, je m'étranglais, j'en pleurais de rire et lui riait avec moi.

« Tu es une fine mouche, Loulou...

— Merci beaucoup. » Mais tout en lui répondant je compris qu'il faudrait bien revenir au monde réel.

* Une *porra* est une sorte de beignet qu'on mange au petit déjeuner mais aussi, en argot, un sexe d'homme en raison de sa forme oblongue. *(N.d.T.)*

** Encore des beignets typiques du petit déjeuner espagnol, mais de forme incontestablement moins suggestive que les *porras*. *(N.d.T.)*

« Quelle heure est-il ? » En réalité, j'aurais préféré ne pas le savoir.

« Une heure moins vingt.

— Une heure moins vingt ! » Les jambes m'en tremblaient, il allait y avoir un scandale pas piqué des vers. « Mais... J'avais cours aujourd'hui.

— J'ai décidé de t'en dispenser, cette nuit tu as eu un excellent comportement. » Il souriait, je me rendis compte que tout cela n'avait aucune importance à ses yeux, le lycée, les absences, un jour de plus ou de moins.

Peut-être avait-il raison, la situation n'était pas si dramatique. Sans doute Chelo allait-elle se montrer coopérative, elle l'était toujours, elle raconterait à ma mère que je m'étais réveillée patraque et que chez elle ils avaient décidé de me laisser au lit. Pour la directrice, c'était moins facile. De toute façon il pouvait y avoir pire.

« Tu vas le raconter à Marcelo ?

— Non, il crèverait de jalousie. » Il s'adressait à lui-même un étrange sourire. « Et puis, ce que nous avons fait cette nuit ne peut être interprété que comme un coup porté aux fondements idéologiques du régime... »

Nous sommes sortis, il faisait très beau, froid mais sec, le soleil était chaud pour la saison. Je lui ai demandé de me conduire à la porte du lycée, je devais voir Chelo pour préparer un alibi avant de revenir à la maison.

Il a conduit en silence tout le temps, je n'avais pas envie de parler non plus, mais quand il s'est arrêté devant la grille, de l'autre côté de la rue, il s'est retourné vers moi.

« Je veux que tu me promettes quelque chose. » Sa voix s'était faite grave, soudain.

J'ai approuvé de la tête.

« Je veux que tu me promettes de te rappeler deux choses, quoi qu'il arrive. Dis-moi que tu le feras. »

J'ai approuvé une nouvelle fois.

« La première est que le sexe et l'amour n'ont rien à voir...

— Tu me l'as déjà dit cette nuit.

— Bien. La seconde est que ce qui s'est passé cette nuit est un acte d'amour. » Il m'a regardé dans les yeux avec une particulière intensité. « D'accord ? »

J'ai médité quelques secondes, mais c'était inutile. Je ne savais que dire de tout cela.

« Je ne te comprends pas.

— Peu importe, promets-moi.

— Je te le promets. »

Il m'a souri, a posé un baiser sur mon front, m'a ouvert la porte et il a pris congé.

« Adieu, Loulou, sois gentille, et ne grandis pas. »

Je ne comprenais absolument rien et à nouveau je me sentis mal à l'aise, comme un petit agneau blanc avec un ruban rose autour du cou.

Je ne savais que dire. Finalement je sortis sans prononcer un mot. Je marchai vite jusqu'à la grille, sans regarder derrière moi. J'aperçus Chelo et elle me vit elle aussi, elle s'arrêta en me regardant avec étonnement. La voiture de Pablo se perdit dans le flot automobile.

Je me sentais encore mal.

« Dis donc, toi, d'où tu sors ? » Chelo était stupéfaite, je pensai alors que mon visage disait tout, qu'il m'avait changé mon visage.

Je la pris par le bras pour nous mettre en route vers la maison.

Je le lui racontai, je le lui racontai à demi-mot, en passant sur la plupart des détails, elle me regardait avec des yeux de dingue, elle voulait m'interrompre mais je ne le tolérais pas, j'ignorais ses incessantes exclamations et je continuais à parler, à parler jusqu'à la fin, et au fur et à mesure que je parlais j'oubliais la désagréable sensation qui m'avait assaillie auparavant, je redevenais heureuse et contente de moi.

Soudain elle s'arrêta net, je fis un faux pas dans une grille d'arbre et me retrouvai le nez contre un acacia. Typiquement moi, je n'ai pas de réflexes.

Elle resta là à me regarder. Ses traits arborèrent une expression bien connue. Elle était fâchée, fâchée contre moi, fâchée sans raison, ai-je pensé.

« Bon, comment vous l'avez fait ?

— Mais je te l'ai déjà raconté, moi j'étais à quatre pattes, enfin pas vraiment à quatre pattes puisque mes mains ne touchaient pas le sol...

— Ce n'est pas ce que je veux savoir. Ça ne m'intéresse pas, ça, je veux savoir comment vous l'avez fait.

— Mais puisque je te l'ai déjà raconté ! Je ne te suis pas.

— Tu prends la pilule ?

— Non... » Je fus envahie de stupeur, d'un coup. Je ne prenais pas la pilule, c'était clair, je n'y avais jamais pensé, et je ne m'étais aucunement préoccupée de telles complications pendant que j'étais avec lui.

« Il s'est mis une capote ? » Ses yeux brillaient d'une fureur inquisitoriale.

« Non, je ne sais pas, je n'ai pas remarqué, je ne le voyais pas...

— Et tu t'en fiches ?

— Non.

— Tu es vraiment tapée ! » Elle devenait furieuse, s'emballait toute seule, toujours plus furibonde, car moi je restais imperturbable, je ne me sentais pas concernée et elle n'arriverait pas à me troubler, d'autant que ses habituels accès d'hystérie me rendaient malade. « Oh toi ! Toi... Tu es comme un mec ! Tu fais tes trucs, et allons-y, sans penser à rien d'autre. Tu ne vois pas qu'il s'est payé ta tête ? C'est un vioque, Loulou, un vioque qui s'est payé ta tête. Maintenant tu peux toujours courir. Tu sais ce que dit ma mère ? Les garçons ne font que s'amuser...

— Ça suffit ! » J'étais devenue furieuse à mon tour. « Je n'aurais jamais dû te le raconter. Tu ne comprends rien.

— Ah, comme ça je ne comprends rien ? » Elle hurlait au milieu de la rue, les gens s'arrêtaient pour nous regarder. « Celle qui ne comprend rien, c'est toi, toi qui t'es conduite comme une idiote, toi, Loulou, pardonne-moi de te dire ça, ma petite, mais tu n'as pas un brin de jugeote... »

Je l'ai appelée, c'est moi qui l'ai appelée avant de quitter le bureau, je l'ai appelée parce qu'elle est mon amie, ma meilleure amie, et parce que je l'aime.

Elle continuait à pleurer, à hoqueter, à renifler sa morve.

Je l'ai consolée.

Je lui ai dit qu'évidemment le président du jury était une peau de vache et qu'ils n'avaient pas le droit de changer la date de l'examen. Je lui ai dit aussi que sans aucun doute cette fois elle serait reçue, alors que c'était faux.

Moi aussi je me sentais seule ce jour-là, et je ne voulais pas rester dans cet état, je finirais par appeler Pablo, il finirait par débrancher son répondeur, le prétexte était encore valable.

Finalement j'ai proposé une sortie classique.

Si Patricia consentait à dormir chez moi, naturellement en la payant car elle était sacrément âpre au gain, elle surveillerait Inés et nous irions dîner, manger comme deux goinfres béates, puis nous boirions jusqu'à être capables de nous gondoler, de nous gondoler pour n'importe quoi, comme deux toquées béates, et si nous étions encore en mesure de le faire, nous essaierions de draguer, de draguer dans une boîte à la mode, de draguer à l'aveuglette, comme deux putes béates, et demain serait un autre jour.

Elle m'a dit que cela lui semblait parfait.

La soirée a tourné au désastre, au désastre complet.

Pour manger, nous avons mangé, un millier de trucs impossibles à digérer, des centaines de milliers de calories, avec beaucoup de pain, mais cela n'a pas suffi à nous mettre en joie.

Pour boire, nous avons bu, ce qui nous a rendues tristes, une cuite larmoyante et triste. Chelo ne savait que faire de sa peau si elle arrêtait de se présenter aux concours, après tant d'années. Moi, j'avais abandonné Pablo pour disposer de ma propre peau et désormais je ne savais plus quoi en faire.

J'en avais assez et plus qu'assez.

Nous avons bu en silence, chacune plongée dans ses pensées, Chelo avait encore les yeux humides. Des larmes s'échappaient quand je me suis levée, laissant un verre à moitié plein, en disant qu'il fallait y aller, que c'était bien assez.

Je ne pleure jamais en public, si je peux l'éviter.

Quand j'ai démarré, j'avais décidé de revenir, de déposer Chelo chez elle et de revenir encore une fois. A l'époque, mes journées se résumaient à deux occupations essentielles : décider de revenir et décider de ne pas revenir, sans arrêt.

Il était très tard mais la rue était noire de gens, de gens qui riaient en petits groupes, qui arpentaient les terrasses de haut en bas en furetant partout à la recherche d'une table libre, de gens qui buvaient des verres dehors pour observer et se faire observer, de gens normaux qui paraissaient s'amuser.

Il faisait encore très chaud, comme si l'été n'allait jamais finir. Chelo vivait toujours dans le même quartier que lorsque nous étions enfants. Nous avons pris une avenue qui nous était très familière, large et cossue, apparemment déserte, mais eux s'y trouvaient.

Eux étaient là, en partie cachés par les lampadaires, tout pomponnés et perchés sur leurs talons effilés, pantalons soyeux et ajustés, improbables léopards synthétiques lâchés absurdement à découvert, avec des décolletés généreux, des peaux parfaites, parfaites, dignes d'envie, des lèvres peintes outrageusement, des cils postiches embeurrés de rimmel et des coiffures enfantines, le style crinière de lion devait être passé de mode et ils portaient tous maintenant de petites tresses, avec des élastiques et des rubans de couleur, leurs mignonnes têtes parées de mignonnes barrettes, de mignons papillons et de mignonnes épingles.

Cédant à une impulsion incontrôlable, je ralentis et me collai au trottoir. Chelo protesta, mais je n'y prêtai pas attention.

Alors je le vis, il était tout en haut, presque au croisement avec Almagro, vêtu d'une sorte de pyjama orange, d'une large ceinture noire ornée de chaînes et de piécettes dorées, au milieu d'un groupe, en train de les embrasser tous, il était toujours coiffé de la même manière car lui était un classique.

Je m'approchai de lui en criant son nom par la vitre.

Ely se retourna, il lui fallut un moment pour me reconnaître, avant je n'avais pas l'habitude de conduire, Pablo conduisait toujours avant, puis il vint vers moi dans un grand débordement de joie.

« Loulou ! Quelle merveilleuse surprise ! »

Dans le véhicule garé à côté du mien, un homme à peine plus âgé que moi, bien habillé, une allure de cadre supérieur aux dents longues, peut-être un père de famille comblé, était en tractations discrètes avec deux travestis, le premier grand et fort, le second tout menu, d'aspect enfantin.

Ely me planta un baiser sonore sur chaque joue. Il salua ensuite Chelo, tout aussi chaleureusement. Il n'avait pas bonne mine, il avait beaucoup vieilli, nous nous étions toujours fait du souci pour lui, Pablo et moi, avec le pressentiment qu'il finirait mal.

« Qu'est-ce que tu fabriques ici ? » Il était parti pour le Sud environ une année auparavant. « Je croyais que tu étais à Séville...

— Pouah, ne m'en parle pas ! » Il rejeta ses cheveux en arrière d'une main, ses ongles étaient peints de blanc nacré, jamais il n'avait fait cela mais il devait croire que cela le rajeunissait. « Les Sévillans sont trop... sont trop sévillans pour moi. Je me suis lassée d'eux très vite, je me languissais de la capitale, de l'ambiance, que sais-je. En plus, je suis de nouveau amoureuse, je ne peux pas m'en empêcher, enfin, tu me connais... »

Il avait baissé la voix pour cette confession, je suis amoureuse, comme si cela suffisait à expliquer son retour, je suis amoureuse, il l'avait dit d'un ton doux et timide, avec onction presque, je pensai quelle putain tu fais, à chaque fois qu'il parlait d'amour, j'oubliais qu'il était un homme et je ne pouvais m'empêcher de penser à lui au féminin.

Chelo le félicita en menant grand tapage et en ajoutant qu'elle devait prendre garde, que les hommes étaient très dangereux. Ely lui répondit qu'il était bien payé pour le savoir mais que d'un côté comme de l'autre, il ne pouvait s'en passer. Là, Chelo était d'accord. Je suivais leur conversation en attendant le dénouement des négociations qui s'achevaient dans l'autre voiture. Je pensai qu'il faudrait faire une manœuvre pour les laisser sortir, mais ils s'installèrent tous les trois sur le siège arrière, le client au centre, et commencèrent à se tripoter mutuellement.

« Dis donc ! » Ely, avec son accent d'Estrémadure à couper au couteau, m'obligea à me retourner vers lui. « J'ai vu ton petit copain à la télé, il y a quelques mois, à Séville ! Il est très lancé maintenant... »

J'opinai du bonnet, en souriant. Pablo avait déjà quarante-deux ans mais pour Ely il était toujours mon petit copain, de même que pour Milagros, la décolorée était la petite copine de Pablo, visiblement. Le reste ne m'étonna guère, il était vraiment devenu à la mode, soudain.

« Mais pourquoi il parle toujours de ce curé quand on l'interviewe ?

— De quel curé ? » Je ne saisissais pas. Il est vrai que ces derniers temps j'évitais de regarder Pablo à la télévision. Les autres invités du colloque, du débat, du programme ou de n'importe quoi, étaient habituellement de tels crétins que l'assurance de mon mari, sa pertinence, son demi-sourire méprisant, empreint de mauvais esprit, tout me rappelait que je l'aimais, que je l'aimais terriblement, ce qui réveillait en moi l'insupportable désir de revenir, ce qui me faisait regretter le ruban rose et le pelage blanc, délicat, soumis, que j'avais endossés si longtemps.

« Eh bien, de ce curé, un qui est mort il y a une éternité, son nom m'échappe maintenant, bonté divine, si, tu dois le connaître, un qui avait une histoire avec cette petite bonne sœur qui m'est tellement sympathique, ce devait être un bon cœur, cette petite bonne sœur, et très futée.

— Mais quelle bonne sœur ?

— Il n'y en a pas deux, ma fille ! Celle des galettes, la sainte, la sainte d'Avila…

— Ah, saint Jean…

— Voilà, saint Jean * je ne sais comment, il parle toujours de lui, je me demande comment il ne se lasse pas, remarque que l'autre jour il a été très bien, il y avait un Yankee qui disait qu'en réalité quand ils s'esquintaient avec le fouet et tous ces trucs, eh bien, c'était pour prendre leur pied, qu'à la fin ils jouissaient, que c'étaient des masos, tu comprends ? » Je fis oui de la tête, je savais de quel crétin il était question. « Moi je l'ai trouvé très sympa, il a dit des choses tordantes, mais ton petit copain s'est fâché tout rouge contre lui, il a même été grossier, moi j'étais aux anges, tu sais combien Pablo me ravit quand il se trouble, il devient très séduisant, en plus les cheveux gris lui donnent quelque chose de spécial maintenant, un je-ne-sais-quoi, mais il est très très bien. »

Mon voisin était très occupé. Il avait glissé les mains sous les vêtements de ses deux cavaliers pour en sortir leur sexe, qu'il garda un moment sur chaque paume en les contemplant avec satisfaction. L'un d'eux, le tout menu avec un air enfantin, était fort bien monté. L'autre, le grand tapageur inconditionnel de l'esthétique style cocotte de revue musicale avec boa de plumes et tutti quanti, avait un petit membre absurdement recroquevillé, à l'évidence la partie la plus faible et la plus minable de toute son anatomie. La vie est pleine de surprises, ce dut être aussi la conclusion de son client, qui émit un faible cri de surprise et d'amusement avant de commencer à les caresser tous deux équitablement, sans favoritisme, chacun est la créature de Dieu après tout, un avec chaque

* San Juan de la Cruz, saint Jean de la Croix, grand mystique chrétien espagnol. *(N.d.T.)*

main, pendant qu'eux lui rendaient la pareille en n'arrêtant pas de s'embrasser sur la bouche. Ely m'adressa une question mais je ne l'écoutais pas. Il répéta plus fort :

« Mais où diable est Pablo ?

— En vérité, je n'en sais rien. Nous ne vivons plus ensemble. »

Si je lui avais dit que la terre venait de s'ouvrir à ses pieds, il n'aurait pas été plus surpris. Il demeura silencieux, en me regardant dans les yeux, sans savoir que dire. Puis — et je compris que j'étais plus dure que lui — il rapprocha sa tête de la mienne avec un air de conspirateur.

« Il n'est pas passé du côté des tantes, tout de même ? »

J'eus un sourire, car lui y aurait été, lui ou elle, Ely, à l'attendre de pied ferme, et je fus presque désolée de le décevoir.

« Non, je regrette, mais je crois que non, il est maqué avec une rouquine.

— Plus jeune que toi, évidemment. »

Je fus sur le point de l'envoyer se faire voir, mais je sus me maîtriser.

« Oui, plus jeune que moi.

— Alors Pablo t'a laissée pour une rouquine.

— Non. » Je prenais soin de parler lentement, en détachant chaque mot : « C'est moi qui l'ai laissé, lui, et lui, après, il s'est maqué avec une rouquine. »

Mes évaluations antérieures étaient erronées. Maintenant il me regardait d'un air encore plus surpris qu'auparavant, la tête inclinée, avec un sourire sardonique.

« Toi tu as laissé Pablo ? » Lui aussi soulignait ses mots. « Tu imagines que je vais croire que tu as laissé Pablo ? Allons, allons, Loulou !

— Va te faire enculer ! » Ce fut l'unique réponse dont je fus capable, va te faire enculer. J'étais enragée, et je ne voulais pas qu'il me voie pleurer, ce pédé, allons, allons,

Loulou, je chie sur ta lignée, va te faire enculer et pourvu qu'on te le défonce une putain de fois pour toutes. Lui me regardait comme si j'étais folle, d'habitude il répondait par un « Merci beaucoup » ou un « Dieu t'entende », ce qui me faisait rire, mais cette fois il réalisa que je parlais sérieusement, va te faire enculer, j'ai démarré comme une furie, nous avons failli nous écraser contre cette voiture qui arrivait par-derrière, coup de chance, elle venait de charger la marchandise et roulait encore doucement, sur ma gauche l'action s'était accélérée, le cadre vêtu de bleu nuit s'était mis le petit au-dessus de lui, il allait la lui fourrer d'un moment à l'autre, l'autre se branlait, c'est cela que je regrettais, de devoir rater le meilleur moment.

Chelo m'observait, effrayée.

« Qu'est-ce qui te prend ? » Je ne répondis pas. « Mais... pourquoi tu te mets dans cet état ? Après tout, Ely a toujours été amoureux de Pablo, non ? C'est ce qu'il dit, lui, en tout cas. Par pitié, Loulou, fais attention ! Tu vas nous tuer... »

Je roulais comme une brute, comme une vraie brute, en brûlant les feux rouges que je ne voyais pas, j'avais les yeux noyés de larmes.

Je n'avais pas pu retrouver ma chemise blanche quand j'avais quitté la maison.

Une nuit, environ un an après notre première rencontre avec Ely, Pablo avait surgi en sa compagnie. Il était allé signer des dédicaces au Salon du Livre, une corvée qu'il détestait, et il lui était tombé dessus, Ely s'était présenté avec un de ses livres à la main et il lui avait tenu compagnie toute la soirée, puisque comme à l'habitude presque personne n'était venu au stand. Pablo l'avait invité à dîner pour le remercier, et c'est lui qui s'était mis aux fourneaux.

Il portait une chemisette de satin rose pâle avec des bretelles très fines et un décolleté en dentelle, très jolie.

« Elle est ravissante, cette chemisette.

— Je te l'offre. » Il était rigolo avec un de mes tabliers, en train de cuire des raviolis. « Sérieusement, Loulou, prends-la, j'en ai d'autres pareilles, de couleurs différentes.

— Elle sera trop petite pour moi, c'est sûr, j'ai beaucoup plus de nichons que toi...

— Hou là, n'en sois pas si sûre...

— Mais tu pourrais me dire où tu l'as achetée, elle me plaît beaucoup. »

Et donc nous sommes convenus d'aller faire des courses ensemble, un après-midi.

Nous sommes allés d'abord prendre le goûter, des tartelettes à la crème, moi aussi j'en raffole, a-t-il avoué, puis il m'a conduite dans quatre endroits. Il n'y avait qu'une vraie boutique, avec devanture et enseigne lumineuse et vendeuses, les trois autres étaient de simples appartements, tous dans le coin de la Puerta del Sol, et le dernier était au sixième sans ascenseur.

Quand nous sommes arrivés devant, je n'avais franchement aucune envie de monter.

J'avais déjà acheté une montagne de sous-vêtements, Pablo m'avait donné pas mal d'argent, il savait que j'aimais, et certes je m'étais beaucoup amusée à essayer des tabliers minuscules en tissu brillant, avec la coiffe assortie, de ces corsets qui se boutonnent par-derrière, des culottes qui montaient jusqu'à la taille mais qui étaient entièrement ouvertes en bas. Ely m'aidait et me conseillait, ça ne te va pas bien, ou ça te va bien, achète-toi quelque chose en cuir noir, ça donne de très bons résultats...

Je ne lui prêtais pas la moindre attention, il devait me trouver insupportable.

Je ne pris rien de noir ni de rouge, à vrai dire j'aurais bien aimé avoir des porte-jarretelles du genre bien criard, ils m'allaient bien et leur classicisme me plaisait, mais Pablo détestait ces couleurs et je me cantonnai presque exclusivement au blanc, plus un peu de beige, de rose, de jaune, et même une espèce de truc impossible à décrire, un croisement de chemise de nuit et de maillot de bain plein de lanières et d'ouvertures partout, à peu près immettable mais baroque au point d'en être drôle, d'un vert très pâle.

La perspective de monter à pied jusqu'au sixième étage ne me disait rien mais je m'exécutai, en reprenant mon souffle sur les paliers en bois qui puaient la vieille lessive, je montais pour ne pas décevoir Ely, parce que selon lui cette adresse, que n'indiquait pas même une plaque au portail ni un écriteau sur le balcon, rien de rien, était la meilleure. Il l'avait donc gardée pour la fin.

La propriétaire ressemblait à une danseuse de flamenco à la retraite, avec ses cheveux teints d'un noir bleuté qu'elle tirait en un chignon aplati juste au-dessus de la nuque. Elle avait les cils passés au gris clair, les sourcils peints en bleu électrique, un rouge à lèvres qui ressemblait à celui d'Ely, Passion écarlate ou un nom de ce style, un maquillage à l'unisson, avec une peau très sombre et plus d'une dent en or, bref, son visage faisait penser à la carte géologique d'un pays à la géographie tourmentée.

Elle me demanda si j'étais andalouse.

Quand je lui répondis que non, elle me lança un regard plutôt déçu. Puis elle voulut savoir où je travaillais. Je ne savais que répondre, j'en étais encore à m'escrimer avec Martial * en ce temps-là, et je ne pensais pas que mes passes d'armes pouvaient l'intéresser. Ely me tira d'embarras en expliquant que j'étais une femme rangée, enfin plus ou moins rangée. Déjà hors course, la flamenca

* Marius Valerius Martialis, env. 40, env. 104, poète latin vivant en Espagne et devenu célèbre pour sa verve satirique. *(N.d.T.)*

préféra s'en tenir à ses propres déductions mais elle me jaugea avec une certaine méfiance.

Pour une raison ou une autre, je ne lui plaisais pas.

Malgré tout, grasse comme une otarie dans son peignoir imprimé, elle nous conduisit dans un couloir long comme un jour sans pain jusqu'à ce qui semblait être l'unique pièce vivable de la maison, une salle assez grande avec quelques vitrines de démonstration dans lesquelles on apercevait des vêtements mais aussi toutes sortes de ces engins compliqués qui servent à donner du plaisir.

Je la repérai immédiatement, suspendue à un cintre.

Elle était minuscule, blanche, pratiquement transparente, d'une batiste si ténue qu'elle ressemblait à de la gaze.

Le col, fermé par en haut, se terminait en deux fins revers ornés de volants. Juste au-dessous, deux papillons soutenaient une guirlande de petites fleurs brodées de fil de satin et de perles. De chaque côté de la broderie, quatre coulisses très discrètes. Et rien de plus. Les manches étaient courtes, en ruché, terminées par un ruban qui s'attachait à un petit bouton de nacre. La chemise elle-même était très courte, elle se boutonnait par-derrière et enfin, à hauteur de la taille, un lacet tout fin dissimulait la boutonnière sur le même ruban qui fermait les manches, mais plus large.

C'était une robe de baptême aux mesures d'une fillette de onze ou douze ans.

Quand je revins en arrière en la tenant dans la main, Ely m'observait avec étonnement. La flamenca non, à son âge elle avait dû en voir de toutes les couleurs.

« Elle vous plaît ?

— Oui, beaucoup, mais je ne peux pas la prendre, elle est très petite. Vous n'en avez pas de plus grandes ?

— Non, c'était une commande qu'on n'est jamais venu chercher.

— Qui l'avait commandée ? » Un soupçon ridicule m'avait assaillie d'un coup.

« Oh, je ne sais pas comment il s'appelait. Un monsieur dans les quarante-cinq ans, avec l'accent catalan, voilà.

— Il est venu avec la petite ? » A ce stade, je ne ressentais plus que de la curiosité. La flamenca commençait à être agacée.

« Avec quelle petite ?

— Bon, vu la taille, c'est une chemise pour petite fille, non ?

— Il avait apporté les mesures notées sur un papier, moi je ne pose pas de questions, dites voir, je me fiche de savoir pour qui était cette blouse, je sais seulement qu'elle me reste sur les bras et que je ne pourrai pas la placer si facilement... »

Elle s'était mise à me dévisager d'un air apeuré et, se retournant vers Ely : « Oh là, toi, celle-là ne serait pas de la maison poulaga, j'espère ? Tu ne serais pas assez fils de pute pour me traîner une poulaga ici, hein ? »

Ely secoua la tête, et je m'interposai.

« Non, excusez-moi, je regrette, c'était seulement par curiosité.

— Je vois... » Elle sembla se calmer. « Nous pouvons vous en faire une, si vous voulez. »

Je fis signe que oui, et elle sortit en coup de vent, apparemment rassurée quant à la pureté de mes intentions, en annonçant qu'elle allait chercher un mètre.

Ely s'approcha, la prit dans sa main et l'examina sur toutes les coutures.

« Ça te plaît vraiment, ça ?

— Oui, et Pablo va adorer, j'en suis sûre, plus que tout ce que nous avons vu aujourd'hui.

— Ça ? » Il était sincèrement stupéfait. « Tu es sûre ?

Je n'aurais jamais cru, ton petit copain doit être encore plus obsédé qu'il n'en a l'air... »

La flamenca, mètre au poignet, écoutait notre échange dans l'ombre de la porte. Je commandai trois chemises identiques, blanches toutes les trois, ce qui la surprit plus encore. Après avoir exigé de moi une avance exorbitante, elle me dit que je pourrais venir les prendre dans une quinzaine de jours. Ely, qui avait commandé une sorte de kimono court, noir avec des dragons imprimés en couleur, une horreur qu'il trouvait très élégante, se proposa d'aller les chercher. Lorsque je tendis la main à la maîtresse de maison pour la saluer, elle me prit par les épaules, me donna deux baisers et se mit à me tutoyer, ce à quoi je ne m'attendais pas du tout.

« Si d'ici la prochaine saison tu as besoin de retourner au travail, viens me voir. Tu pourrais gagner un pactole maintenant que les brunes sont redevenues à la mode, surtout en été, les estrangers, tu sais ? Nordiques, Belges, Allemands, Français aussi, ça peut paraître bizarre, mais même s'ils sont aussi près de nous, ils apprécient beaucoup les filles comme toi, les Français, bon il faudrait dire que tu es andalouse, mais même... » Elle s'arrêta pour me sourire, elle avait cru bien comprendre l'expression qu'offrait mon visage. Je n'étais ni fâchée ni outragée, simplement, je ne pouvais en croire mes oreilles : « Ne te fais pas d'illusions. Il t'abandonnera bien vite, avec ces goûts qu'il a... Tu es mignonne, très mignonne, pour ça oui, et lui ne doit pas encore être très vieux, mais avec les années, il sera de plus en plus porté sur les jeunettes, blondes et minces, et il finira avec les petites filles, comme le Catalan qui sortait avec sa propre fille, ce saligaud, une petite adorable, que ça faisait peine à voir... La vérité est que je ne m'explique pas qu'il t'ait choisie, toi, d'accord je ne le connais pas mais je ne le comprends pas, il y en a tellement de ces femmes faites qui ressemblent à des toutes petites toutes petites, et toi, toi qui dois être si jeune, tu fais plus que ton âge, alors je ne comprends pas » —, maintenant elle me parlait avec chaleur, comme une vieille parente sincèrement préoccupée de mon avenir : « Enfin, viens me trouver si tu as besoin de reprendre le travail... »

Je m'étais fait ces réflexions à moi-même plusieurs fois, sans jamais leur accorder d'importance. Je m'en ouvris à Ely quand nous nous retrouvâmes dans la rue, finalement Pablo m'avait prise au berceau, il était spécial, il avait souvent joué avec moi quand j'étais enfant et pouvait continuer à me considérer comme une petite fille, s'il le désirait, cela ne devait pas lui coûter beaucoup d'efforts et je ne croyais pas l'encourager dans cette voie de quelque manière que ce soit, réellement.

Ely me regardait sans bien comprendre ce que je racontais.

Malgré ses protestations indignées : « Mais quel âge crois-tu que j'ai, tu me prends pour une grand-mère ou quoi, je n'en suis pas encore là », je l'entraînai prendre une tasse de bouillon tout en pensant par-devers moi que pour quelqu'un dans la prostitution depuis tant d'années, il se montrait parfois incroyablement godiche.

Je m'étais fait ces réflexions à moi-même plusieurs fois sans jamais les prendre très au sérieux, mais cette nuit-là, tandis que je conduisais comme une brute, les paroles de la flamenca et aussi celles d'Ely : « Bien plus jeune que toi, évidemment ! » restaient plantées dans mon cerveau comme des aiguilles, de longues et douloureuses aiguilles.

Ma chemise blanche n'avait pas réapparu, les autres s'étaient déchirées peu à peu et la dernière qui restait était sur le point de connaître le même sort, elle avait tenu cinq années et quelques, presque six, ce n'était pas si mal. Au début j'y avais vu un présage de bon augure, si elle avait disparu, c'était que Pablo l'avait gardée avec lui, ainsi je ne m'en allais pas pour toujours, je ne savais pas si je m'en allais pour toujours, en réalité je ne savais pas pourquoi je m'en allais, telle était la vérité, mais sans doute qu'elle, elle la portait maintenant, ma robe de baptême, pour sûr elle lui irait mieux qu'à moi, elle était tellement plus jeune.

A peine arrivée, Chelo m'obligea à monter avec elle. « Tu ne peux pas rentrer chez toi comme ça. » Elle était même un peu effrayée, je l'ai toujours suspectée de suspecter que j'étais cinglée, un peu déséquilibrée, comme elle dirait, elle.

La vidéo était dans sa boîte sur la télévision, je la remarquai sitôt entrée. Chelo m'annonça qu'elle allait se doucher et me demanda si je voulais l'imiter. Je lui dis que non, il ne manquait plus que ça, cette nuit-là, que Chelo se mette à faire l'idiote. J'étais tombée dans le panneau la dernière fois que nous avions dîné ensemble, ce qui m'avait coûté un je-ne-te-lâche-plus-ma-vieille.

« C'est drôle..., m'avait-elle dit alors, tu recommences à avoir du poil sur le con, après tout ce temps. »

Je me versai un verre, le énième, et m'emparai de la boîte. Sur la pochette, trois êtres bronzés et resplendissants. A gauche, un homme très séduisant, debout, avec une serviette blanche enroulée autour de la taille et une autre jetée sur l'épaule. C'était Lester, mais je n'avais pas encore fait sa connaissance. A côté de lui, un autre mec plus grand et encore plus séduisant, brun et souriant, impressionnant, avec des jeans vieillis, délavés, il me fit l'effet de l'homme le plus séduisant que j'aie jamais vu. Une femme blonde, menue, à l'air malicieux, assise sur un fauteuil totalement nue, complétait le tableau sur la droite. Plus ou moins au-dessus de sa tête apparaissait un symbole que je ne connaissais pas, trois petits cercles, les deux premiers avec une flèche et le troisième avec une croix, le tout entremêlé.

« C'est quoi, ça, Chelo ?

— Quoi ? »

Elle traversa la pièce pour aller vers moi, toute nue.

« Ah ça, c'est un film que Sergio a apporté hier, mais on ne l'a pas regardé parce que, bon, bof, je ne sais pas ce que ça vaut... » Dans sa voix sonnait comme une excuse.

Je la regardai plus attentivement.

Au-dessus du sein gauche, elle avait une longue griffure. Elle avait beau avoir eu soin de tourner le dos à la lumière, je pus tout de même apercevoir d'autres marques sur tout son corps. Des marques fraîches.

Elle me regarda dans les yeux et me posa une main sur l'épaule.

Elle savait ce à quoi je pensais, elle savait aussi que je ne ferais aucun commentaire. C'était inutile, après tant d'années, elle me jurerait que cela avait été un accident, mais que plus jamais, comme les autres fois.

Pablo ne m'avait jamais frappée.

« Écoute, Chelo, si tu es d'accord, je finis mon verre et je rentre chez moi. Je suis très fatiguée et il est déjà tard...

— Oui, bien sûr, fais ce que tu veux. » Elle me coupa avant que je puisse terminer ma phrase. Avec moi, elle se sentait blessée, elle était ainsi et je m'y étais habituée, je m'étais habituée à cette conception passive, ambiguë et larmoyante de l'amitié. Le larbin de service lui avait flanqué une bonne dérouillée la nuit dernière et maintenant elle avait besoin de tendresse et de réconfort, quelque chose de doux et délicat, un plaisir purement sensitif, comme elle disait. Cela faisait partie du jeu visiblement, feindre l'abandon et la tendresse, baigner la peau martyrisée de larmes et de soupirs afin d'impressionner n'importe quelle naïve jouvencelle qui se situerait exactement aux antipodes de la bête membrue dont elle avait subi les attaques commandées quelques heures auparavant, c'était bien sa manière d'agir et j'en avais une fois contemplé les prolégomènes, elle les provoquait et les insultait, donnait du mou peu à peu jusqu'à ce qu'ils soient pris à l'appât et ils s'y prenaient toujours car elle avait soin de les rechercher suffisamment innocents, elle puisait toujours dans la même catégorie, serveurs, livreurs, coursiers tout juste débarqués à Madrid, encore innocents comme elles aussi devaient l'être, assez innocentes, pour avaler la fable du viol et des pénibles cicatrices, à moi elle n'essayait même plus de la servir, même lorsqu'elle avait mal calculé son coup et que l'homme se révélait moins facilement manipulable que prévu, car il y en a aussi de cette sorte, des qui ne se laissent pas mener par le bout du nez.

Elle tentait de se venger de mon inaltérable impassibilité devant son manège en me rappelant que j'avais le cœur dur, ce qui ne m'affectait pas non plus, après tant d'années.

J'entendis la porte qu'elle claquait, et le bruit de l'eau qui coulait dans la douche. J'avais toujours la vidéo à la main, et je restais intriguée par le symbole inconnu, la chaîne de petits cercles égaux mais différents.

Je m'approchai de la salle de bains pour crier :

« Ça t'embête que je l'emprunte ? Le film, je veux dire. »

Pas de réponse. Je revins à la charge deux fois.

« Fais ce dont tu as envie ! » En effet, elle était fâchée contre moi.

Je fourrai la cassette dans mon sac et sortis sans faire de bruit. Je pensais déjà que je m'étais pas conduite comme une amie fidèle, et elle était parfaitement capable de lancer encore une offensive désespérée, celle de la dernière chance.

Ils étaient touchants, absolument touchants, avant toute chose, touchants plutôt que beaux, touchante leur chair, appétissante, et leur peau bronzée, le ventre dur et lisse, le cheveu très court, une perfection conquise millimètre par millimètre, tant de sueur versée pour prolonger l'adolescence après les vingt ans, les trente peut-être, ils étaient des adolescents prolongés, de grands enfants, une petite bande de jeunots qui s'ennuient, ils sont tellement seuls et perdus, ai-je pensé, les pauvres petits, et ils se distraient de la seule manière qu'ils connaissent, avec leurs énormes dards rigides, avec le seul joujou dont ils disposent, ils se massent, s'embrassent mais jamais sur la bouche, se caressent mais jamais ne s'enlacent, se regardent, se plaisent, ils ne peuvent s'empêcher de se plaire, je les ai déjà surpris en train de se palper les muscles, de se frotter le bras en comparant avec celui du camarade à côté, de l'observer du coin de l'œil au milieu de leurs jeux, ils étaient délicieux, touchants, j'aurais aimé les consoler, les rassembler entre mes bras et les serrer fort, ils m'inspiraient une sorte de fureur maternelle, ils me remuaient profondément, ils semblaient si jeunes et ils étaient si beaux, parfaits, mais ils me rejetteraient certainement, ils repousseraient mes bras et mon affection, laisse-nous tranquilles, diraient-ils, nous sommes assez grands pour nous amuser tout seuls, à notre manière, ils se montreraient égoïstes et méprisants, comme tous les jeunots, les petits fats, et ils retourneraient à leurs jeux, à se chevaucher les uns les autres, il était touchant de les voir jouer, une bande d'éternels adolescents, s'échangeant les rôles, se souriant, se provoquant, voire se repoussant parfois, aïe, laisse-moi, je te jure laisse-moi, je ne me sens pas bien, l'un d'eux était un comédien-né, il observait ses petits amis d'un œil terrorisé, épouvanté, lui ne voulait pas, et eux se léchaient et se reléchaient devant lui, ils étaient adorables, tellement amusants les deux, ils se caressaient mutuellement, debout, tellement compassés qu'ils en étaient drôles, un bras collé le long du corps et le second étendu vers le corps de l'autre, les doigts enfouis dans la chevelure de l'autre, ils se touchaient et se stimulaient de leurs mains charmantes, et mettaient en garde le petit lâche qui restait tassé sur le divan en se couvrant les yeux de ses doigts entrouverts, qui regardait par la fente, ce tricheur, on va te le faire, si, si, on va te le faire, inutile de résister, et ils éclataient de rire, touchants, une fille blonde, blonde et menue, battait joyeusement des mains, elle aussi jeune et belle, mais ils ne faisaient pas attention à elle, ce qui était tout à fait correct, bien sûr, moi de loin j'approuvais énergiquement, il fallait l'ignorer, que venait-elle faire dans ces jeux de garçons, je me pisse dessus, mais quelle horreur, comment cette fille pouvait-elle être aussi vulgaire, je me pisse dessus, répétait-elle, et eux la regardaient avec attention, eh oui, c'est normal, ai-je pensé, ils sont encore si jeunes, ils sont intrigués par le sexe opposé, elle était vulgaire, décidément vulgaire, le comédien a retiré sa main de la figure, une réaction adorable, touchante, lui aussi voulait savoir ce qui se passait, et elle répétait je me pisse dessus, les deux autres debout la regardaient aussi, l'un d'eux avait posé sa tête sur l'épaule de son compagnon, et lui caressait le dos de sa main libre, quel garçon affectueux, l'autre jouait aux durs, c'était le petit coq de la bande et c'est lui qui a eu l'idée, viens ici, mets-toi devant moi, et elle a obéi, extraordinaire cette autorité naturelle, si jeune déjà et si ferme dans ses décisions, il était touchant, tellement sûr de lui, il a souri à son compagnon, maintenant laisse-moi un moment, on continuera à jouer après, attends et tu verras, j'ai eu une idée géniale, elle était déjà devant lui, mince et fragile, comme c'est curieux, ai-je pensé, chez les Anglo-Saxons les garçons sont mûrs plus vite que les filles, il l'a soulevée sans effort, il l'a prise par-dessous les cuisses en écartant les bras et l'a maintenue ainsi en l'air, quel méchant, comme tu es méchant, j'ai compris, moi, mais la fille était longue à la détente et j'ai deviné avant elle, j'ai compris, tu veux que je pisse ici, maintenant, le petit agneau a essayé de s'échapper mais le copain du chef l'a retenu, tu vois, il devait soi-disant te laisser, cet idiot, elle a dit qu'elle allait se retenir encore un petit instant, c'est encore meilleur après, mais admire quel désir de se mettre en avant de la scène anime cette fille, finalement elle n'a pas été capable d'aller jusqu'au bout de sa menace, elle a pressé son ventre d'une main et elle a pissé, elle a copieusement arrosé le malheureux qui l'avait reluquée avec tant d'intérêt, il ne l'avait pas volé avec toutes ses tricheries, les autres riaient, c'était seulement une blague, eh oui, une blague typique de leur jeune âge, comme ils s'amusaient, c'était merveilleux, les voir rire, puis ils se sont remis l'un à côté de l'autre, elle se frottait contre eux deux, fort impudemment, les deux se frottaient l'un à l'autre, alors le petit agneau a essayé de s'enfuir, cet ingénu, le chef l'a agrippé par la taille, non, non, rappelle-toi, on va te le faire, maintenant, tout de suite, son corps tout mignon tremblait, mais c'était de la comédie, il jouait à ne pas vouloir, il se laissait caresser le torse, il se laissait caresser le sexe, il adoptait une attitude résignée, son innocence était touchante, et le chef de la bande l'a soulevé en l'air, l'a jeté sur le divan, son copain l'a félicité, eh oui, il admirait le leader, c'était une réaction normale, tout en se frottant les mains, lui aussi allait s'amuser, un peu qu'il allait s'amuser, il n'avait pas parié sur le gagnant pour rien, cependant le rebelle était de bonne composition, et donc il s'est agenouillé sur le sol, il s'est mis à quatre pattes, d'accord, j'ai perdu, je donne un gage, il était digne, lui aussi un honnête garçon, le petit coq se tenait le menton, il réfléchissait, son ami s'est jeté par terre, a fermé un poing qu'il a dirigé vers le perdant, et lui a fait sentir ses articulations sur le trou du cul, les a pressées contre les fesses en y laissant de légères marques puis il est revenu au centre, l'objet de toutes ces attentions pleurnichait en suppliant, non, non, ça non, s'il vous plaît, tout ce que vous voulez, je vous jure, mais ça non, le chef a regardé son ami qui était toujours par terre, il souriait, je me rendais compte que l'histoire du poing n'était pas sérieuse, ce n'était pas sérieux, eh oui, seulement une blague et donc le supplice a tourné court, retourne-toi, quoi ? il ne comprenait pas, la peur l'avait égaré, le pauvre petit, il était touchant, retourne-toi, assieds-toi sur le divan et écarte les jambes, maintenant il obéissait sur-le-champ, c'est mieux ainsi, quand on joue on respecte les règles, toi, a-t-il dit à la petite qui continuait à jouer les mouches du coche, à les aguicher tout le temps, toi, a-t-il répété en lui faisant un signe de la tête, elle s'est assise par terre à croupetons, et s'est lancée dans d'étranges manipulations, elle a plongé ses doigts en elle pour les retirer un instant et les enfoncer dans ce petit jeune si touchant, qui attendait sur le divan, avec ses bras qui soutenaient ses jambes bien tendues en l'air, mais comme ces petits sont ingénieux, qu'est-ce qu'ils ne connaissent pas, maintenant la peau du petit agneau était toute luisante, cela suffisait, ça suffit, le plus âgé, celui qui exerçait les fonctions de leader, a fait quelques pas en avant, a plié les jambes et a essayé de se tailler un chemin dans le corps coincé sur le divan, à plusieurs reprises, mais cela paraissait impossible, ce jeunot indocile contractait ses muscles sans discipline, ou bien il n'était pas assez large, les pauvres petits, quel contretemps, mais non, ça y est, il a réussi, au moins maintenant il peut même faire porter ses genoux sur le divan, quel soulagement, il doit être fatigué, ce petit ange, après une telle entrée en force, il pilonne son petit ami, comme c'est amusant, mais regarde, ce petit matelas de chair moelleuse relève la tête pour observer ce qui se passe, quel effronté, maintenant il sourit avec sa bouche entrouverte, il a l'air béat, il est content même si de temps à autre sa bouche a un rictus de douleur, bon, qui ne risque rien n'a rien en ce monde, mon fils, il faut souffrir et il souffre, mais il ferme les yeux et la salive s'échappe d'une commissure des lèvres, qu'il est touchant, à lui aussi ça lui plaît, sa résistance n'était qu'une comédie, maintenant il est sincère, il a tendu une main vers son sexe et il l'a pris entre les doigts, le troisième jeunot contemple la scène, tend un pouce jusqu'à la bouche de la supposée victime qui le prend et le suce, comme c'est amusant, va-t-il maintenant s'empresser de rendre la vie agréable à ce pauvre petit agneau qui tremblait tellement sous ses menaces, non, il se place derrière le chef, le pousse en avant contre le corps de leur victime commune et lui aussi ploie les genoux, magnifique, il va y avoir de l'acrobatie, mais non, c'est impossible, cela paraît tout bonnement impraticable, et pourtant il y parvient du premier coup, il s'enfonce proprement, une bonne leçon d'humilité pour le petit coq, ai-je pensé, il faut tâter de tout, mon gars, n'importe qui peut te ravir ton intimité à un moment donné, bien qu'en fait ce soit lui, le leader, qui ait pris la meilleure place, il ne bouge pratiquement plus, le wagon de queue fait tout le travail et lui reste emboîté entre ses deux petits amis, ils sont touchants, absolument touchants, si jeunes, si parfaits, ils s'amusent, tellement seuls et perdus...

Quand la chambre commença à s'emplir de la faible lumière laiteuse qui venait des balcons, je décidai d'essayer de dormir un peu.

Il faisait froid.

Je me mis au lit avec beaucoup de cérémonie, tapotant les coussins et lissant bien les draps, je m'y allongeai sur le dos, très raide, je serrai les yeux très fort et je m'efforçai d'imaginer toutes sortes de gâteries, une glace au touron, un lait meringué, une crème renversée, une tarte au citron, en général cela faisait son effet mais cette nuit-là, non.

Lorsque j'en eus assez de me tourner et de me retourner, je me levai, résignée à prolonger la nuit blanche, je me jetai une couverture sur les épaules et partis à la cuisine chercher quelque chose à manger, car mon vain stratagème pour trouver le sommeil m'avait donné une faim de loup. Je découvris dans le garde-manger une boîte de petits feuilletés que Carmela m'avait rapportée de son village. Les feuilletés qu'elle m'offre de temps à autre constituent pour moi le seul élément positif de sa personnalité. J'adore les pâtisseries campagnardes, ces simples dérivés de pâte, ou de farine, ou d'huile, me ravissent. Je ne devrais pas, pensai-je, mais cette nuit était à part et j'emportai la boîte avec moi, à mon poste d'observation dans la salle de séjour.

J'attaquai un feuilleté couvert de pignons en grignotant un coin, je les mange toujours très lentement pour qu'ils durent plus, et je les retrouvai une nouvelle fois, à distance, ils étaient là, à danser pour moi, ils ne paraissaient plus capables de m'étonner, je les avais espionnés à fond avant et maintenant je pouvais les observer avec une certaine objectivité froide, même si leur sincérité, la sincérité qui déformait leurs traits inondés de sueur, la sincérité qui s'échappait de leurs lèvres en halètements fugaces et sourds, me touchait encore beaucoup.

Leur arrogance ne m'impressionnait pas. Ils m'inspiraient une étrange compassion, teintée de jalousie et de violence, un sentiment obscur et pesant. Et, une fois mon premier délire passé, persistait la conscience de leur jeunesse et de leur inexpérience. Les petits idiots. Je me sentais supérieure à eux, de beaucoup, je ne pouvais m'ôter de la tête l'idée qu'ils étaient seulement de grands enfants en train de s'amuser, des enfants, rien qu'en m'effleurant la joue du dos de la main n'importe lequel d'entre eux aurait pu m'envoyer valdinguer contre le mur, certes, mais cela ne changeait rien.

Leur arrogance ne m'impressionnait pas. Quatre fessées et une semaine privés de télévision, cela suffirait à leur rabattre le caquet pour un moment. Comme avec Inés.

Le faible hululement du réveil me parvint de loin. Je m'étais endormie tandis que je les observais par le judas d'une solide porte de bois, je les avais enfermés là et l'un d'eux, qui auparavant avait été choisi au hasard, montrait aux autres ses cicatrices, sa croupe striée de marques blanches sur la peau rougie, et tous pleuraient et le caressaient, ils se comportaient comme des animaux, incapables de se repentir et de surveiller leur comportement, il faudrait les traiter plus sévèrement à l'avenir, j'étais plongée dans ces méditations quand le réveil sonna, la télé émettait un magma confus de lignes noires et blanches, il faut que je réveille Inés, que je la lave, que je l'habille, que je l'oblige à prendre son petit déjeuner et que je la conduise à l'école, le rituel quotidien finit par s'imposer et je réussis à me lever, ce fut alors que le sang afflua à gros bouillons, mon visage se couvrit d'hématomes imaginaires, la peau de mes joues se tendit, tirée et brûlante.

Je ressentis de la honte et aussi de la peur, une sensation inédite et désagréable, indéfinissable, mais à mesure que je parvenais à me réveiller, tout semblait revenir à sa place, et le sang quittait mon visage pour recommencer à circuler dans tout mon corps.

Je dois réveiller Inés, pensai-je. Quel dommage que je me sois disputée avec Ely cette nuit, parce que j'adorerais aller voir un match de boxe et lui doit certainement savoir où l'on peut acheter des billets pour ce genre de spectacle...

A une époque, faire la chasse aux travestis était l'un de mes jeux favoris.

Je savais que c'était là une occupation absurde, une stupidité, voire une méchanceté, mais je m'abritais derrière la solidarité, la vague solidarité de sexe avec les putains classiques, de vraies femmes aux seins imparfaits, tombants, aux dents cariées, dont la situation s'aggravait de plus en plus en raison de toute cette concurrence déloyale, les pauvrettes.

Pablo m'y autorisait, il m'a toujours tout autorisé, il se collait au trottoir en conduisant très lentement, pendant que dans mon siège je remontais mon col le plus haut possible, pour passer inaperçue, pour que lui seul soit remarqué, et alors ils sortaient de leurs tanières, ils apparaissaient dans la lumière des phares, ils se plantaient devant la voiture à quelques mètres, les mains sur les hanches, Pablo réduisait la vitesse au minimum, ils ouvraient leurs vêtements, ils écartaient les lèvres en remuant la langue, et quand nous étions arrivés à la bonne distance, hop, nous accélérions d'un coup, nous leur flanquions une trouille mortelle ou plutôt raisonnablement mortelle parce que nous ne nous rapprochions jamais au point qu'ils se voient déjà passés sous nos roues, non, ce que nous voulions, ce que je voulais, car c'était moi qui avais inventé ce jeu et ses règles, c'était les voir sursauter et s'enfuir en courant avec tout leur équipement, colliers, capelines à larges bords, châles flottant au vent, ils étaient drôles, ils vacillaient sur leurs hauts talons et sur le cul, grands et lourds qu'ils étaient, ils n'avaient pas vraiment l'habitude des vêtements féminins et couraient en soulevant leur robe, quand ils en portaient une, et leur sac à main, ils couraient le petit doigt levé, c'était drôle, certains nous insultaient, poing brandi et visage haineux, et nous nous amusions, nous nous amusions comme des fous, j'ai toujours beaucoup ri avec lui, toujours, et jamais je ne me sentais coupable devant lui, après.

Ils finirent par repérer nos traits, ou peut-être notre numéro d'immatriculation, et une nuit, alors que nous commençions le jeu et que nous avancions très doucement le long du trottoir, l'un d'eux a fondu sur nous par la gauche et a déchargé sur Pablo toute la hargne qu'ils devaient avoir accumulée contre nous.

J'ai eu à peine le temps d'apercevoir un poing serré, effrayant, couronné d'un immense ongle rouge, arriver sur Pablo qui a oscillé, appuyé sur le frein et porté ses mains au visage.

J'ai eu envie de charger, encore aujourd'hui je ne sais pas pourquoi mais j'ai eu besoin de charger.

Je suis sortie de la voiture en insultant la silhouette qui descendait rapidement la rue pour s'enfuir.

« Eh toi, fils de pute, viens un peu ici si tu l'oses. »

Les témoins de la scène, tous collègues de l'agresseur, formaient un cercle sur les trottoirs. Je continuais à beugler :

« Je te tue, cochon, je te tue, trouillard, pédé, je vais te tuer. »

Il s'est arrêté et s'est retourné lentement. Dans les immeubles du voisinage, des lumières commençaient à s'allumer. « Hé, ça suffit, toutes les nuits le même cirque », les riverains ne semblaient pas amateurs de scènes passionnelles.

Pablo, la joue encore dans la main, se tordait de rire.

L'autre a commencé à remonter vers moi. Les spectateurs étaient interloqués. J'étais déchaînée, complètement saoule et déchaînée. « Eh toi, fils de la grande putain, comment tu oses toucher mon fiancé », je ne pouvais pas l'appeler mon mari, pourtant nous étions mariés depuis trois ans mais c'était un mot qui ne sortait pas, « je te préviens que si tu t'avises encore de lui toucher ne seraitce qu'un cheveu de la tête, je t'arrache les yeux, je t'arrache les yeux avec ces mains-là, foutu maquereau. »

Il était maintenant devant moi. Il avait l'air aussi déconcerté que ses compagnons. Pablo me criait de revenir à la voiture, de laisser tomber.

Je l'ai examiné un instant. Pour un homme, il n'était pas très grand mais pour une femme si, à peu près de la même corpulence que moi. Il était très jeune ou du moins le paraissait, un des plus jeunes travestis que j'aie jamais vus, moi à l'époque j'avais vingt-trois ans et il semblait du même âge. Il avait une figure toute ronde, comme un gâteau, sans rien d'aigu là-dedans malgré l'épaisse couche de maquillage qui était censée donner l'illusion de pommettes saillantes. Elle était belle mais il n'était pas beau, avant de changer de camp il avait dû être laid, rebutant, avec ce visage de première communiante.

Il ne me faisait pas peur.

Nous nous sommes crêpé le chignon*. Nous nous sommes crêpé le chignon, c'était amusant. Il sentait Opium. Moi je ne sentais rien, du moins je le suppose, je ne mets jamais de parfum.

Nous avons bataillé un bon moment, accrochés l'un à

* L'expression est d'autant plus troublante en espagnol que *moño,* chignon, désigne aussi le sexe de la femme en langage parlé. *(N.d.T.)*

l'autre. Les spectateurs l'encourageaient à me démolir, j'entendais leurs cris, haineux, violents, ils me traitaient de tous les noms mais lui ne voulait pas me faire de mal, je voyais qu'il ne voulait pas frapper sérieusement et j'abandonnai le projet de lui balancer un coup de pied dans les roustons. En fait, tout se résuma à une paire de claques.

Pablo nous a séparés. Il ne plaisantait pas. Il m'a prise par les coudes et m'a maintenue contre lui pour me bloquer. Quelques secondes encore j'ai lancé des coups de pied dans le vide, sur ma lancée.

Alors mon adversaire a prononcé une phrase, absolument pas ce à quoi je m'attendais, mais je ne savais pas encore qu'il collectionnait les citations de John Wayne. Les shérifs de westerns exerçaient sur lui une véritable fascination.

« Occupe-toi d'elle, mec, tu as de la chance, ce n'est pas n'importe quelle femme. »

Ses paroles inattendues me calmèrent aussitôt. Pablo se débrouillait fort bien de ce genre de situations, de ce genre de personnages.

« J'ai déjà remarqué. » Il s'efforçait de prendre un ton dégagé. « Excuse-nous, tout est de notre faute, mais c'est qu'elle fait la petite fille, elle adore jouer à des jeux cruels.

— Évidemment que c'est de votre faute, et plus que ça, une vraie saloperie, quoi, ce que vous faites... » Il nous dévisageait avec curiosité, il ne semblait pas en colère, et le cercle déçu était en train de se disloquer. « Je m'appelle Ely, avec un i grec. »

Il tendit la main, que Pablo serra en souriant. J'étais sûre que le coup du i grec lui avait plu.

« Moi, c'est Pablo, et elle, Loulou.

— Oh, fantastique, moi aussi j'aimerais bien que mon fiancé m'appelle comme ça. »

Il ne faisait que commettre une erreur très fréquente.

La plupart de ceux qui m'avaient connue avec Pablo croyaient que Loulou était un nom nouveau, que lui-même m'avait baptisée ainsi, personne ne semblait vouloir se douter qu'il s'agissait en réalité d'un surnom familial, issu de mon propre nom et imposé à moi dès l'enfance.

Je lui serrai aussi la main, en lui demandant pardon. Tout cela était très drôle.

Pablo lui dit que nous allions dîner, en fait nous étions sortis cette nuit pour célébrer de rares mais substantiels dons en espèces de mon beau-père, et il l'invita à nous accompagner. Il hésita un moment, c'est qu'il était en train de travailler, plaida-t-il, mais finalement il accepta.

Nous nous sommes bien amusés tous les trois, dans la plus complète bonne humeur.

Nous sommes allés dans un restaurant qui se voulait select, typiquement le genre de Pablo, et tout le monde nous a regardés. Ely était enchanté lui aussi, il adore scandaliser. Il portait une minijupe en skaï bleu électrique, des sandales vertigineuses à lanières, une tunique en gaze avec des dessins blancs, violets et bleus, et un foulard du même tissu autour du cou.

Il s'est assis très raide, les épaules en arrière, il fumait avec un porte-cigarette et se tripotait sans cesse les cheveux, longs et coiffés à l'afro, gonflés comme une barbe à papa avec les pointes érigées comme si elles venaient juste de recevoir une décharge électrique. Il avait des mèches blondes qui avaient besoin d'une sérieuse retouche car on lui voyait maintes racines noires.

Je n'arrêtais pas de l'observer, c'était plus fort que moi. Ses tétons étaient visibles à travers le tissu. Il s'en rendit compte.

« Tu veux que je te les montre ?

— Quoi donc ?

— Mes nénés.

— Oh oui ! »

Il tira sur sa tunique et je plongeai le nez dans son décolleté. J'aperçus deux seins parfaits, petits et fermes, en pointe. Ils devaient être encore en rôdage. J'eus envie de les toucher mais je n'osai pas.

« Impressionnant. J'en connais beaucoup qui voudraient...

— C'est sûr. Tu veux ? » Il s'adressait à Pablo.

Qui fit non de la tête, il riait et me regardait.

Ely commença à nous raconter sa vie, mais il ne voulut révéler ni son âge ni son nom de baptême. Il aurait préféré s'appeler Vanessa, ou quelque chose d'approchant, mais il ne fallait pas abuser et il avait choisi un diminutif qui faisait très chic. Il avait l'air d'un Andalou mais il venait d'un village d'Estrémadure, près de Medellin. Un pays de conquistadors, dit-il en m'adressant un clin d'œil.

Quand il eut la carte en main, il s'arrêta de parler et l'étudia soigneusement. Puis, d'une voix inconnue, mielleuse et caressante, terriblement féminine, il demanda à Pablo :

« Je peux prendre des civelles * ? »

Il pouvait, et il le fit.

Il mangeait comme quatre, ou pratiquement, puisqu'il prit trois plats et deux desserts, il mourait de faim, même s'il essayait de le cacher, il prétendait avoir l'habitude de manger peu pour garder la ligne, de se réserver pour de grandes occasions comme cette nuit-là, mais les hommes n'étaient plus comme avant, voilà pourquoi il aimait tellement les vieux films en noir et blanc, maintenant c'était différent, les galants hommes prêts à inviter une fille à un bon dîner étaient de plus en plus rares, il parlait et engouffrait sans respirer.

* Ces petites anguilles pêchées sur la côte Basque et dont les Espagnols raffolent coûtent très cher. *(N.d.T.)*

Sur la joue de Pablo apparaissait une tache rosée qui allait tourner au violet, avec un liséré jaune et des reflets verdâtres.

Il lui avait donné un coup sérieux.

« Quelle horreur, comme je regrette ! » Il lui caressait le visage de la main. « Oui, ça je n'ai pas pu le changer. avec les hormones je veux dire...

— Aucune importance. » Pablo se laissait caresser, ne tentait pas de repousser cette main si masculine. Il était toujours ainsi avec les oiseaux rares qu'il cueillait dans la rue.

Alors Ely se trémoussa et proposa pour fêter l'événement que nous allions tous les trois au lit, évidemment gratis.

Pablo refusa. Il revint à la charge et Pablo le rejeta une nouvelle fois.

« Bon, mais au moins laisse-moi te la sucer, quand même... On peut le faire dans la voiture, ce n'est pas très romantique mais j'ai l'habitude... »

J'étais pliée en quatre. Pablo non, il se contentait de bouger la tête. Ely souriait.

« Ce garçon est très strict. » Il s'adressait à moi.

« Oui, qu'est-ce qu'on peut lui faire... » Je décidai de passer à l'ennemi : « Allons, Pablo, courage ! Il faut tout essayer en ce monde. » Je retournai à l'auteur de la requête : « Je tiens à te dire que c'est bien dommage, car il a un bon morceau...

— Ah, bonté divine ! »

Il rejeta tout son corps en arrière en faisant bouffer sa chevelure, tous ses gestes étaient outrés, il s'était mis à faire la folle, délibérément. Il était follement drôle.

« Bonté divine, laisse-toi aller ! » Il feignait le désespoir, pourtant lui aussi riait bruyamment. « Mais qu'est-ce que ça peut te faire ! Puisque je ne vais rien te faire d'extraordinaire, je te jure, dans la bouche je n'ai qu'une langue et des dents, comme tout le monde. Laisse-toi aller, enfin ! Oh, quelle histoire ! Allez, comme ça je te paie le dîner et tu vas aimer, je suis très bonne... »

Nous hurlions, nous menions un tapage impressionnant. On nous a apporté l'addition alors que nous ne l'avions pas encore demandée. Pablo a réglé et nous sommes sortis.

Il nous a priés de le déposer là où nous l'avions pris. Il était encore tôt, il pouvait encore draguer, a-t-il dit, mais durant le trajet il a continué sans arrêt ses harcèlements. Il avait pas mal bu, nous aussi.

J'hésitais.

Je ne savais pas si je pouvais me le permettre ou pas, je ne voulais pas dépasser les bornes. En réalité, je ne savais pas où elles se trouvaient. Lui paraissait s'amuser de tout ce que je faisais mais il devait bien exister une limite, ces fameuses bornes, quelque part.

Enfin je lui ai demandé de stopper et je suis passée à l'arrière de la voiture. Je préférais ne pas le regarder dans les yeux. Ely m'a fait place. Il était surpris. Je me suis jetée sur lui en fourrant mes mains dans son décolleté. J'ai levé les yeux pour rencontrer ceux de Pablo fixés dans le rétroviseur. Il m'observait, il semblait serein et j'ai pensé, en me le répétant à moi-même, que cela voulait dire que les bornes étaient encore loin.

Sa chair était si ferme qu'on pouvait presquer sentir les prothèses, les deux prothèses qu'il portait en lui. Je lui triturais et lui massais les seins, je tirais ses tétons et je regrettais, loin en mon for intérieur, de n'avoir pas d'ongles longs pour les lui planter et le maculer de son propre sang.

Cet être hybride, chirurgisé, excitait en moi une surprenante violence.

Il m'a embrassée sur la joue mais j'ai retiré mon visage. Je n'ai jamais été aussi déférente que Pablo, et je ne voulais pas de ses baisers. Je lui ai mis une main entre les jambes. Il bandait. Cela me parut illogique. Pablo était toujours immobile, à nous regarder dans le rétroviseur dans la lumière laiteuse des lampadaires. Je l'ai touché à nouveau. Il bandait, sans conteste. Alors j'ai soulevé sa tunique et j'ai pris un de ses nénés dans la bouche sans enlever ma main d'entre ses cuisses. C'était monstrueux.

Je me suis suspendue à son sein, je l'embrassais, le suçais, le mordais tout en remuant ma main sur lui, tout en le frottant à travers le skaï bleu, tellement retroussé sur ses cuisses que le bord arrivait contre mon poignet, et je la sentais grandir.

Il m'a pris la main en essayant de la conduire sous sa jupe, mais je n'ai pas voulu, je n'en avais pas envie.

« Tu es une forte femme, hein ? »

Je lui ai planté un coup de dents dans un sein, ce qui l'a fait hurler. J'étais comme folle.

Il s'est mis à pétrir mes propres nénés, beaucoup plus gros que les siens, par-dessus ma chemisette, et a dit à Pablo de continuer, que nous irions prendre le dernier verre dans un bar qu'il connaissait, et il lui a donné une adresse.

Pablo a démarré. Ely continuait à se comporter bizarrement. Il me caressait les cuisses. Je portais moi aussi une jupe, longue, blanche, une jupe d'été. Lui n'a pas hésité à passer sa main dessous, jusqu'au bout, et j'ai senti ses ongles, d'abord deux puis trois doigts, en moi, poussant avec force vers le fond, remuant d'avant en arrière, d'abord lentement puis toujours plus vite, plus vite, il me coupait le souffle avec ses doigts, et je l'entendais, il parlait à Pablo : « Cette fille est une vraie chienne », l'autre riait. « Tu vas y perdre la santé si tu continues avec cette nana », tandis que je restais pendue à son sein, la posture me faisait mal au cou après tout ce temps mais je restais accrochée à lui en me balançant contre sa main, et lui me fourrait ses doigts, ses ongles, en parlant le plus naturellement du monde, comme s'il était chez le coiffeur : « Tu devrais essayer avec une d'entre nous, sérieux, nous ne sommes pas aussi épuisantes, nous autres », jusqu'au moment où j'ai joui.

Nous devions être garés depuis un bon moment. Quand j'ai ouvert les yeux, j'ai vu ceux de Pablo, qui s'était retourné vers moi, m'observer. Puis il a ouvert la portière et il est sorti.

Nous avons marché en file indienne, Pablo devant, Ely derrière et moi au milieu. Nous étions dans un quartier cossu, moderne, élégant, qui la nuit se peuplait de putains cossues, modernes et élégantes. Il était difficile d'imaginer qu'un travesti de bas étage puisse avoir ses entrées par ici.

Il a frappé à une porte en bois, à panneaux, dans le style castillan. Un guichet s'est ouvert et un type a montré la tête. Ils ont commencé à discuter. Je n'ai pas vu ce qui se passait car Pablo m'avait enlacée et m'embrassait au milieu du trottoir.

Ely lui a demandé s'il lui restait de l'argent, le dîner nous avait coûté la peau des couilles avec tout ce qu'il avait mangé. Pablo a opiné du chef, sans retirer sa langue de ma bouche, il avait de l'argent, en de pareils moments il avait toujours de l'argent.

La porte s'est ouverte et nous sommes entrés. Ce n'était pas vraiment un bar, il y avait une sorte de petit vestibule, un mini-comptoir comme dans certains restaurants chinois et une porte en verre qui ouvrait sur un couloir, un long couloir tapissé de moquette d'un vert reposant, avec d'autres portes sur les côtés, un couloir qui se terminait en queue de poisson et ne conduisait nulle part.

« Qu'allons-nous boire ? » Ely s'était ressaisi, même si sa tunique était toujours déboutonnée. Il avait la voix d'un amphytrion raffiné.

« Du gin.

— Aïe, pitié, pas du gin, du champagne.

— Je n'aime pas le champagne », c'était vrai, il n'aimait pas et moi non plus, je m'étais habituée à boire du gin sec comme lui, « mais tu peux en prendre si tu veux.

— Oui, oui, oui, oui. » Il remuait les lèvres et les yeux en même temps. « Donc deux bouteilles, une de chaque... »

Pablo s'abritait derrière moi, il m'enlaçait souvent ainsi, il m'entourait la taille de son bras gauche et me caressait les seins de l'autre main et frottait son nez contre ma nuque, il me répétait à l'oreille l'une des sentences favorites de ma mère, une phrase ravageuse, définitive, par laquelle elle concluait toutes nos chamailleries en ce temps-là :

« Tu finiras dans le ruisseau... »

L'homme qui avait parlé avec Ely disposa deux bouteilles et trois verres sur un plateau d'acier et se mit en marche devant nous. Il ouvrit la troisième porte à droite, déposa les boissons sur une petite table basse en verre et disparut.

Nous étions dans une pièce plutôt exiguë et sans aucune ouverture. Le dossier d'une banquette très large, bien rembourrée, capitonnée d'un bleu violent qui jurait avec le vert de la moquette, occupait tout un mur. Autour de la table, quatre tabourets couverts du même tissu complétaient le mobilier, et il y avait encore un bureau, assez moche, en bois avec un panneau coulissant, un bureau poussé dans un coin et absolument vide — je passai en revue tous les tiroirs — qui n'avait aucun sens dans un endroit pareil. Il n'y avait pas une seule chaise.

Nous nous sommes assis tous les trois sur la banquette, Pablo au milieu. Ely avait pris un air sérieux, il ne parlait plus. Un miroir, juste en face de nous, nous renvoyait une image presque cocasse. Ely regardait ses chaussures,

Pablo fumait en suivant des yeux les volutes de sa cigarette et moi je regardais droit devant, j'étais soudain inquiète, je me demandais comment tout cela allait finir, puis je me suis mise à rire, d'un rire tonitruant, irrépressible, Pablo m'a demandé ce qui me prenait et j'ai eu du mal à articuler une réponse :

« On se croirait dans la salle d'attente d'un dentiste... »

Ma remarque eut pour effet de détendre momentanément l'atmosphère, et ils se mirent tous les deux à rire avec moi. Ely recommença à jacasser et fit sauter le bouchon de champagne avec moult exclamations et petits cris. Il se versa un verre, le but et replongea dans le silence. Pablo se tenait coi lui aussi, il me regardait d'un air amusé, un sourire à fleur de lèvres, mais il ne disait mot.

En vérité, je m'étais imaginé depuis le début qu'il prendrait l'initiative, il avait l'habitude de tenir les commandes en de telles situations, mais cette fois il ne paraissait pas disposé à bouger le petit doigt, et nous avons vite replongé dans l'immobilité et le silence, comme dans une salle d'attente de dentiste, moi de plus en plus nerveuse, Ely réservé et d'après mes suppositions irrité, il devait penser que nous l'avions conduit jusqu'ici, ou plutôt que je l'avais conduit jusqu'ici, pour rien, et Pablo, imperturbable, tout à fait détaché.

Quand je n'ai plus été capable de supporter ce silence, je me suis penchée vers lui en lui murmurant qu'il devait faire quelque chose, n'importe quoi.

Il m'a répondu par un éclat de rire sonore :

« Non, ma chère, s'il y a quelqu'un qui doit faire quelque chose, c'est toi, c'est toi qui as monté toute cette histoire, toi toute seule, comme une grande, moi je n'ai fait qu'inviter ta copine à dîner... »

Ely m'a regardée d'un air perplexe.

Moi, je ne l'étais pas. J'avais parfaitement reçu le message.

Je lui ai rendu son regard. Il ne semblait pas fâché contre moi, seulement étonné.

Je me suis agenouillée devant lui, jambes bien serrées, fesses sur les talons, et j'ai ouvert son pantalon. Je lui ai jeté un coup d'œil. Il m'a souri. Il me donnait la permission. J'ai continué et j'ai regardé Ely qui s'était incliné vers moi mais lui ne me regardait pas, il suivait des yeux le mouvement de mes mains.

En même temps, j'essayais péniblement d'analyser la soudaine impassibilité de Pablo. Avant, au cours du dîner, il avait rejeté plusieurs fois les avances d'Ely, catégoriquement, j'avais même eu un peu honte de sa dureté, de ses refus hautains de petit macho, rejeté en arrière sur sa chaise, se contentant de secouer la tête, non, sans une plaisanterie, sans un commentaire amusant, un non muet, je ne veux pas.

Maintenant, au contraire, il se laissait faire.

Il est vrai que c'était moi qui étais à l'œuvre, Ely n'avait pas bougé de sa place, mais tout de même nous étions trois. Peut-être n'était-ce pas la première fois. Au mieux, il avait déjà couché avec un homme..., mieux encore, plusieurs fois. Au pire, avec mon frère.

Marcelo et Pablo dans un lit conjugal, nus, en train de s'embrasser sur la bouche...

C'était amusant, je suppose que cela aurait dû me paraître horrible mais cela m'amusait, j'ai souri en moi-même et décidé de ne plus penser à de telles folies.

Quand je me suis retournée pour observer Ely, la queue de Pablo déjà en main, il n'avait pas bougé d'un millimètre.

J'ai jeté mes épaules en arrière, mon torse dressé à l'extrême, j'ai levé bien haut la tête en laissant tomber ma main gauche sur ma jupe blanche, étendue en corolle sur le sol. Je voulais prendre une attitude à la fois soumise et fière, fixant Ely dans les yeux avec le sexe de Pablo dans ma paume, les fantasmes s'étaient dissipés, j'étais sûre que les hommes ne l'attiraient pas, c'est moi qui l'attirais, il est mien, il fait ce que je veux, et je le veux lui, je lui parlais en silence mais il refusait encore de me regarder, Pablo n'était plus là, cela lui arrivait parfois, une demi-absence, car il lui aurait suffi d'un mot pour tout remettre en cause mais il n'était plus là, moi je continuais à regarder Ely et lui répétais en silence regarde-moi, regarde comme il fait ce que je veux, et je savais que ce n'était pas tout à fait vrai, pas vrai, mais la vérité aussi avait disparu et je suivais mon idée, elle me plaisait, en de tels moments je me sentais importante, sûre de moi, curieusement je n'avais une pleine conscience de ma relation avec lui que devant une tierce personne, alors il me réservait toujours un traitement à part et je comprenais qu'il était amoureux de moi et cela me paraissait logique, évident, alors que cela n'arrivait presque jamais quand nous étions seuls tous les deux, il pouvait se comporter exactement de la même manière mais alors je me méfiais sans cesse, je le trouvais toujours trop beau, trop grand, trop expérimenté, trop pour moi.

Je l'aimais trop. Je l'ai toujours trop aimé, sans doute.

J'ai pris sa queue dans ma bouche et j'ai commencé à le déshabiller. Il n'a jamais aimé baiser habillé. Je lui ai retiré ses chaussures, une de chaque main, et les chaussettes, tandis que je bougeais mes lèvres avec application, les yeux fermés. J'ai remonté mes mains sur ses hanches et il s'est légèrement redressé, juste assez pour me permettre de faire glisser son pantalon. Puis, une fois les mains libres, je me suis renversée sur lui, je n'avais plus la prétention de suggérer par mon maintien la gracile silhouette d'une statue d'adolescente, de toute façon je n'avais rien de gracile en moi et cet objectif était donc vain. Et je me suis efforcée de lui faire un pompier de première classe, il le fallait de première classe car je voulais qu'Ely me contemple.

Quand j'ai estimé que j'avais montré assez d'habileté pour imposer un respect mérité, quand, après l'avoir sucée, mordue, embrassée, frottée contre mes lèvres, mes joues, toute ma figure, je l'ai avalée tout entière et l'ai gardée ainsi un bon moment, et il m'en avait coûté d'apprendre, d'apprendre à l'engloutir toute, à la maintenir tout entière dans ma bouche, pressée contre mon palais, grossissant sur ma langue, quand enfin je l'ai ressortie, déjà violette, tuméfiée et rigide, bien dure, quand j'ai entendu Pablo, ses soupirs adorables, sa respiration altérée, quand j'ai regardé Ely et vu qu'il se décidait à répondre à mon regard, je lui ai adressé un signe de la tête pour lui proposer de se joindre à la fiesta.

Il aurait pu se jeter sur Pablo sans se lever, mais il a préféré s'agenouiller à côté de moi.

Il a toujours été un esthète.

Je n'avais pas lâché la queue de Pablo, je la tenais fermement dans ma main droite et je ne tolérais pas que mon nouveau voisin l'effleure. C'était à moi de décider du moment où il serait autorisé à entrer dans le jeu. Elle était à moi, et donc je l'ai parcourue une nouvelle fois de la langue, de haut en bas, et j'ai penché la tête pour la faire passer sur ma bouche en accélérant le mouvement de mes lèvres, comme si je me brossais les dents avec, j'ai attendu d'avoir mal au cou et de sentir brûler mon oreille, coincée contre mon épaule, pour consentir à l'amener vers sa bouche à lui, tout à côté de moi, je l'ai guidée de la main contre ses lèvres et il l'a embrassée, mais à peine avait-il commencé que je l'ai reprise pour la caresser encore, et j'ai regardé comment il la léchait, de toute sa langue sortie, et alors j'ai sorti moi aussi ma langue pour la sucer puis je la lui ai repassée, nous avons continué ainsi un bon moment mais il a fini par l'attraper dans ses lèvres et je n'ai plus osé la lui reprendre, je me suis rapprochée encore et nous nous sommes mis à la sucer ensemble, chacun sur un côté, chacun selon son style, il était impossible de suivre Ely, c'était une folle pour ça aussi, il changeait sans arrêt de rythme, si bien que j'ai décidé de la bouffer, de la bouffer à moi toute seule un court instant, puis je la lui ai offerte, je la gardais bien serrée dans ma main et lui pompait, j'adorais le voir faire, avec ses cheveux teints, son rouge à lèvres écarlate qui bavait sur toute sa figure, la pomme d'Adam qui bougeait dans sa gorge, bouffe, mon fils, nourris-toi, mais ne sois pas goinfre, et je poussais ma main vers le haut pour le forcer à abandonner et je l'avalais de nouveau, la gardant en moi un moment avant de la lui remettre dans la bouche, je ne la lui donnais plus mais c'était moi qui la lui mettais directement dans la bouche, je voulais le voir, voir comment ses joues gonflaient d'un coup, comment il pompait un homme, comment un homme pompait un homme.

Je me suis écartée un peu, sans lâcher prise, pour le contempler. J'ai aussi regardé Pablo mais lui ne pouvait pas me voir, il avait les yeux au plafond. Son expression m'a fait penser qu'Ely n'avait pas usé de publicité mensongère, il devait être très bon ou plutôt très bonne, comme il disait. J'ai décidé de lui laisser le terrain libre, après tout. J'ai progressivement relâché ma main, jusqu'à la retirer entièrement. Je me suis allongée sur le sol, appuyée sur un coude, pour me consacrer à mordiller les roustons de Pablo. Avant de m'y mettre, j'ai jeté un coup d'œil sur ma gauche.

Ely était en train de se masturber.

Sous la jupe bleue, il agrippait de sa main gauche un membre étriqué, blanchâtre et mou. Je me demandais si on pouvait mettre en relation ses nénés avec le piteux spectacle qu'offrait cette espèce d'appendice maladif quand les cuisses de Pablo ont été parcourues d'un tremblement.

Je me suis aussitôt redressée. Je voulais voir comment il allait jouir dans sa bouche. Je me suis mise à côté de lui, un genou enfoncé dans la banquette et debout sur l'autre jambe, je m'apercevais dans le miroir, avec son visage qui apparaissait entre mes seins et mon menton. Je l'ai pris d'une main en m'inclinant vers lui. Je l'ai embrassé, je bougeais ma langue dans sa bouche tout en savourant à l'avance le moment où je reviendrais à Ely, qui par terre poursuivait humblement sa tâche, pour lui jeter des ordres, en hurlant, avale tout, chien, avale, mais ce moment n'est jamais arrivé, je l'aurais giflé s'il avait laissé échapper une seule goutte de sa bouche mais je n'en ai pas eu l'occasion puisque Pablo m'a attrapée par surprise, il m'a déséquilibrée en me prenant par-derrière la jambe gauche pour me faire pivoter brusquement et m'installer en face de lui, il m'a lâchée un instant pour déchirer ma culotte et m'a obligée à grimper sur lui.

Je lui ai passé les bras autour du cou et j'ai commencé à monter et à descendre sur lui.

A chaque fois que nous le faisions de cette manière je me souvenais du temps lointain, quand j'avais cinq, six, neuf ans, où, cédant à mes supplications exaspérantes, il me prenait sur ses genoux, me tenait par les poignets et me tirait vers lui avant de me laisser tomber en arrière de telle sorte que ma tête frôlait le sol, sciez, scions, les arbres du roi on les scie, et ceux de la reine aussi, la dernière fois j'avais quatorze ans et lui vingt-cinq, nous étions seuls dans la chambre de Marcelo, il était assis sur le lit et je lui avais demandé de me le faire mais il avait répondu non, que j'étais trop grande pour ce jeu-là, j'avais insisté, c'est la dernière fois, s'il te plaît, c'est la dernière fois, et il avait accepté, dis donc tu pèses lourd maintenant, sciez, scions, et cette fois-là avait duré très longtemps et, quand nous avons eu fini, j'étais mouillée et lui avait sous son jean quelque chose de dur, d'inconnu, et ce qui devait être la dernière fois fut réellement une première.

Je lui répétais tout bas à l'oreille sciez, scions, les arbres du roi on les scie, pendant que je montais et descendais sur lui. Il m'a relevé entièrement la jupe par-derrière en passant son bord sur ma tête, m'a saisie par la taille et m'a sucé les tétons à travers ma chemisette de coton, jusqu'à laisser deux grandes taches humides sur le tissu.

Aussitôt après, tout s'est mis à vaciller autour de moi. Pablo prenait possession de moi, son sexe devenait une part de mon corps, la plus importante, la seule que j'étais en mesure de sentir, il me pénétrait à chaque fois un peu plus loin, il m'ouvrait et me fermait autour de lui, il me perforait, je sentais sa poussée jusque dans la nuque, comme si mes viscères se déchiraient à chaque passage, et tout le reste s'effaçait, mon corps, le sien, tout le reste, aussi ai-je mis un certain temps à comprendre l'origine de ces caresses mouillées qui m'effleuraient parfois les cuisses, comme par inadvertance, de ces contacts brefs et furtifs qui, après trois secondes d'hésitation et dix d'incrédulité, m'ont rappelé qu'Ely était toujours là en bas, agenouillé par terre, à lécher ce que je ne goûtais pas en moi, à se triturer sa petite pine si blême et si faible tandis que moi je niquais comme une dératée, indifférente à ce goyesque chien de rue qui, dans mon dos, lapait les rogatons de mon propre festin, tellement indifférente que j'avais fini par oublier jusqu'à son existence.

J'aurais bien aimé pouvoir le faire, telle fut ma dernière idée cohérente avant de me laisser aller, j'avais commencé à ressentir les effets de mes collisions avec Pablo, toujours plus brutales et dont les ondes me remontaient progressivement à la tête, et je n'ai plus été capable de me contrôler, je me suis laissée aller pour que lui, après encore trois ou quatre poussées d'une violence désespérée, les dernières, m'esquinte enfin la nuque, me la fasse voler en milliers de petits éclats mous, et se laisse à son tour aspirer par les parois élastiques de mon sexe qui a étranglé le sien sans plus m'obéir désormais, de sa propre volonté.

Après, je savais que je n'étais capable de rien d'autre que de demeurer là, tranquille, à essayer de retrouver mes esprits, et je suis restée ainsi sans bouger, longtemps, enlacée à Pablo, collée à lui, en regrettant de ne pas être à la maison, à la maison avec le lit tout proche, mais de toute façon c'était agréable, cette chaleur, le contact de sa peau encore brûlante.

Lui revenait beaucoup plus vite que moi, son corps était plus discipliné que le mien, et nous n'étions pas à la maison, donc il m'a embrassée sur les lèvres, m'a soulevée pour dégager son sexe du mien et poussée très doucement de côté pour me laisser étendue sur la banquette.

Je suis restée là un bon moment, recroquevillée, les genoux remontés contre les seins, les yeux fermés, pendant qu'il se rhabillait et à nouveau je me suis souvenue d'Ely, que j'avais encore une fois oublié.

Ils ont échangé quelques mots à voix basse, une voix qui n'était pas celle de Pablo a susurré un au revoir et j'ai entendu le bruit d'une porte qui se refermait.

Je me suis relevée. Il était adossé contre le mur, les bras croisés, et me souriait. Je me suis mise debout pour m'habiller et je me suis rendu compte que je l'étais déjà. Ma culotte, déchirée, gisait sur le sol. Je l'ai ramassée, sans réfléchir, on ne se balade pas sans culotte, et je l'ai fourrée dans mon sac. En passant devant la table, j'ai vu que la bouteille de gin était toujours là, intacte, nous ne l'avions même pas décapsulée. Je l'ai prise pour la mettre aussi dans mon sac. On ne se balade pas en laissant des bouteilles pleines déjà payées. Pablo a éclaté d'un rire transparent, sans équivoque, il n'était pas en colère et j'en ai été soulagée, si bien que j'ai ri moi aussi et que nous sommes partis ensemble en riant.

En montant dans la voiture, j'ai pensé de nouveau à Ely, avec curiosité.

« Tu lui as donné de l'argent ?

— Oui.

— Et il l'a pris ? »

Il me répondit par un nouvel éclat de rire.

« Évidemment qu'il l'a pris ! » Il me regarda de l'air de dire comme tu es bête, et je savais que c'était exactement ce qu'il voulait dire mais ce n'était pas désobligeant, bien au contraire, tant qu'il continuerait à rire de mes bêtises, de ce genre de bêtises, tout irait bien. « Pourquoi il ne l'aurait pas pris ? Il vit de ça, tu sais ?... Dis donc, où est-ce qu'il y a une station d'essence ?

— Par ici ? Près de Jumbo, il y en a une mais je ne sais pas si elle sera encore ouverte. »

Nous avons roulé dans des rues larges et désertes, bordées de hauts bâtiments au corps d'acier et de béton, au visage de verre, tous pareils, propres, hygiéniques presque, comme si on venait de les déballer. D'un petit îlot de verdure fermé par une haie bien taillée partait un chemin cimenté jusqu'à une porte de verre.

Ma mère avait toujours rêvé de vivre dans une maison comme celles-là, avec un hall de ce genre, une énorme mais impersonnelle entrée en marbre passe-partout, qui m'a toujours rappelé la réception des nouveaux bâtiments de la Sécurité sociale, la même ambiance aseptisée, la seule différence étant le marbre et le bureau de réception du concierge, en bois sombre verni. Les halls ont apparemment une grande importance pour les dames madrilènes d'un certain âge, ma mère avait toujours détesté celui de chez nous, long et obscur, étroit, sans bureau pour le concierge. Eugenio, il était adorable, à soixante ans il montait encore deux bonbonnes de gaz à la fois en grimpant les escaliers, n'avait pas de bureau de réception mais seulement un petit réduit à côté de la porte, en plus il portait toujours un bleu de chauffe, je l'ai toujours aimé, Eugenio, quand j'étais petite il me donnait des caramels et pour mon mariage il m'avait offert un abominable coffret à bijoux, un objet artisanal incrusté de coquillages peints avec « Souvenir d'El Grove » écrit à la main sur le couvercle, sa femme était de Galice et l'avait fait spécialement fabriquer pour l'occasion, c'est l'un de mes plus chers trésors, pauvre Eugenio, toujours tellement sympathique, si serviable avec Maman dont il montait les filets à provisions jusqu'au troisième, et elle qui pestait contre son bleu de chauffe mais elle n'avait qu'à s'en repentir, pauvre Maman, car elle ne devait plus quitter Chamberi * de sa vie, elle n'a plus jamais eu l'occasion d'avoir un hall en marbre, un concierge en uniforme et le gaz de ville.

Nous avons roulé dans des rues larges et désertes, où ne bougeaient à notre passage que les drapeaux des ambassades, petits chiffons ridicules devant la solennité écrasante des façades de verre. Ils n'ont rien à voir avec Madrid — c'était une idée qui me venait à chaque fois que je passais devant ces bâtiments —, ils n'ont pas leur place dans cette ville qui n'en est pas une, chaotique et hétéroclite, dans ce désastre théorique et pratique, ce désastre urbanistique, ce désastre automobile, ce désastre éducatif, ce désastre politique, ce désastre sanitaire, ce désastre ecclésiastique — il n'y a pas de cathédrale —, ce désastre pornographique — il n'y a pas de quartier chaud non plus —, bref, ce désastre complet, le seul endroit où

* Quartier petit-bourgeois de Madrid, adossé à la Castellana sur laquelle se sont construits beaucoup de ces immeubles au luxe froid dont il est question. *(N.d.T.)*

l'on puisse vivre à sa guise, en plein milieu du désastre, où personne ne pose de questions parce que tout le monde est n'importe qui, et tu peux sortir chercher ton pain en savates et peignoir sans que personne te regarde, et l'on te sert des anchois en vinaigrette quand tu prends un demi dans les bars pleins de bruit, au sol jonché de serviettes en papier maculées, et les cours des maisons sentent toujours le pois chiche cuit, les voisines chantent en étendant leur linge *Ay Campanera* *, même si les gens ne le veulent pas, pas dans ces immeubles froids mais dans les maisons de Madrid qui sont des maisons de village, un village fantôme peuplé de concierges trop curieux, à quel étage vous allez, et vous, qu'est-ce que ça peut vous foutre, un village de province, accablant d'ennui et de prétention au milieu de la ville, une ville énorme dont tout le monde dit que c'est un village.

Quelques rues plus haut, c'était Tétouan, Tétouan des Victoires, joli nom, Bravo Murillo, le chaos, les crevettes grillées et les boutiques avec un avis jauni par le temps, liquidation avant changement de propriétaire, ils ne changent jamais de propriétaire mais il y a toujours un naïf pour se faire prendre à l'appât des soldes perpétuels, illusoires, nous, nous avons poursuivi de l'autre côté, nous avons traversé la Castellana, près du Bernabeu, Pablo a sorti une main par la fenêtre en faisant les cornes au stade ennemi **, c'était comme un rite auquel il ne manquait jamais de sacrifier, et nous avons continué, des petits pavillons à droite et à gauche, et je me suis encore souvenue d'Ely, il devait certainement être un supporter

* Refrain d'une chanson très en vogue dans les années cinquante en Espagne, et chantée par Joselito dans une comédie dramatique qui fit fureur à cette époque. *(N.d.T.)*

** Le cœur des aficionados madrilènes se partage entre les deux grandes équipes locales, l'Atletico et le Real Madrid dont le siège est le stade Santiago Bernabeu. *(N.d.T.)*

du Madrid, comme tous les nouveaux venus dans cette ville, un homme espagnol pouvait-il surmonter sa passion du football en décidant de devenir une femme, et d'ailleurs les pédés n'aiment pas le football en général, ou si, et j'ai interrogé Pablo, dis-moi, les pédés aiment-ils le foot, et moi, qu'est-ce que j'en sais, lui non plus ne savait pas, nous avions quelques amis qui n'aimaient pas le football mais je sentais là une simple pose, une pose éculée de gaucho *, parce que nous avions été gauchos pendant très longtemps, gauchos de salon, et alors nous faisions beaucoup de choses uniquement pour jouer aux gauchos...

L'idée était toujours là, dans les contreforts de mon cerveau, à me cogner les tempes. J'ai d'abord essayé de l'envelopper mais j'ai finalement posé la question tout crûment :

« Pablo, tu as déjà couché avec un homme ? »

Quelques petits rires, qui allaient en se prolongeant, puis finalement gondolade, gondolade totale.

Moi je ne riais pas. Je ne voyais rien de drôle là-dedans.

« Le danger de jouer les apprentis sorciers, c'est qu'à la fin tu perds les pédales... »

Rien d'autre. Mais je ne pouvais m'en satisfaire.

« Tu ne m'as pas répondu. » Ses yeux m'ont fixée avec une lueur moqueuse, il se payait ma tête, ai-je pensé, et cela ne m'a pas plu, car alors pourraient s'écouler des heures, des jours, des semaines, avant d'obtenir de lui une réponse.

Je me trompais, cependant. Cette nuit-là, il avait envie de parler :

« Si ce que tu veux savoir, c'est si une fois j'ai éprouvé

* Littéralement *progre,* diminutif de *progressista,* terme englobant tous ceux qui faisaient une critique de gauche de la dictature franquiste. Le style *progre,* reconnaissable à la barbe notamment, est en voie de disparition depuis l'arrivée du Parti socialiste espagnol au pouvoir en 1982. *(N.d.T.)*

assez de désir pour un homme pour me mettre au lit avec lui, la réponse est non, jamais. Les hommes ne m'ont jamais attiré.

— Et pourtant... » J'avais appris à comprendre les moindres nuances de sa voix, du moins quand il disait la vérité, et j'ai senti que ses paroles n'avaient pas épuisé le sujet.

« C'est vrai, tu veux tout savoir ? Tu n'as peur d'apprendre quelque chose qui ne te plaise pas ? »

Si, bien sûr que j'avais peur, un peu, mais je désirais savoir. Pablo était devenu sérieux mais cela ne signifiait rien, il pouvait me raconter des mensonges durant des heures s'il voulait, aussi ai-je fait non de la tête, je voulais tout savoir.

« Où est-ce que ça s'est passé ?

— En taule, il y a longtemps. »

La prison. Je m'en souvenais parfaitement, un dimanche vers sept heures du soir, le chocolat avec des toasts et un concours quelconque à la télévision. Le téléphone, ma mère hystérique, pleurs, cris, allées et venues, ils ont encore arrêté Marcelo, Pablo était avec lui, ils ont pris Pablo aussi, avec des tas d'autres. Arrêtés, inculpés et condamnés, quatre ans, quatre pour chacun. La première fois, les charges avaient été sans conséquence, détention de propagande subversive ou quelque chose d'approchant, et mon père était intervenu, il avait fait appel à toutes les amitiés de son propre père, un preux parmi les preux, il y avait gagné beaucoup de promesses et une cellule individuelle. Huit mois. Pour Pablo non plus ce n'était pas la première fois. Lui aussi avait purgé huit mois, toujours huit mois, avant Marcelo. Maintenant, au moins, on les avait attrapés ensemble.

Cette fois-là, au printemps 69, j'avais onze ans et mon père avait refusé d'intervenir malgré les prières de ma mère qui en cas d'extrême nécessité se retrouvait toujours du bon côté, comme toutes les mères. Moi, c'était comme si le ciel m'étais tombé sur la tête. Marcelo en prison, pour quatre ans. Cela signifiait la solitude la plus cruelle, et pire encore que la solitude, l'« orphelinage », un « orphelinage » soudain et injuste dans une maison pleine de gens. Mais mon père s'était montré intraitable, là-bas ils lui mettraient du plomb dans la tête, en prison, à ce saligaud qui le remerciait comme ça de tout ce qu'il avait fait pour lui donner une éducation, une carrière, une..., là les mots lui manquaient à chaque fois, il s'arrêtait pile, plus rien ne lui sortait. Et en plus pas un centime, pas un centime — il martelait ses mots —, à Carabanchel * il n'aurait pas besoin d'argent, là-bas il serait logé nourri, il n'avait besoin de rien d'autre.

Pablo me toucha l'épaule. Nous étions arrivés à la station où il y avait la queue, cinq heures vingt du matin et pourtant trois voitures devant nous. J'étais surprise. Il ne parlait jamais de la prison, même s'ils avaient finalement tiré trente mois, deux ans et demi, ils avaient bénéficié d'une réduction de peine à cause de je ne sais quoi et avaient été mis en liberté conditionnelle après trente mois, ils leur avaient volé trente mois, au total trente-huit mois de leur vie, à chacun des deux. Marcelo était revenu à la maison, je ne comprenais pas pourquoi il vivait à la maison alors qu'il payait le loyer d'un appartement qui lui servait essentiellement à baiser, mais des années plus tard j'ai réalisé qu'il était resté chez nous pour quelque raison de militantisme. Pablo me secoua, eh, qu'est-ce qui t'arrive, il ne m'arrivait rien et c'est ce que je lui dis, rien.

« Eh bien, tu as joué un grand rôle dans toute cette histoire... » Il était de nouveau enjoué.

« Moi ?

* Grande prison dans la région de Madrid. *(N.d.T.)*

— Oui, toi. Tu nous écrivais toutes les semaines, d'abord à Marcelo seulement, ensuite une lettre chacun, et à la fin une seule lettre, très longue, pour les deux... Tu te rappelles ? »

Oui, je me rappelais. Je me rappelais aussi de mon angoisse, de ce que racontaient les gens et que je croyais, les raclées, les tortures, les viols, mon frère qui était pour moi comme mon père et ma mère à la fois, et mon fiancé, parce que j'aimais penser à lui en disant « mon fiancé », là-bas, en prison, à la merci de cette bande d'ordures, saignant du nez, de la bouche, se tordant sous les coups de serviette mouillée, je me rappelais comment je leur écrivais pour leur raconter tout ce qui m'arrivait, pour qu'ils rient un peu, pour qu'ils ne m'oublient pas. Ils me répondaient, de temps en temps.

Pablo continua à parler, à parler sans arrêt :

« Quand tu as eu douze ans, tu as envoyé une lettre pour annoncer l'arrivée d'un mandat postal. Tu semblais toujours te tourmenter au sujet de l'argent...

— Eh oui, Papa répétait à tout le monde qu'il n'envoyait pas un centime à Marcelo.

— Ce n'était pas vrai.

— Non, mais ça, je ne l'ai appris que bien après...

— Nous avions de l'argent, mais toi, tu allais nous envoyer tout ce que tu avais reçu pour ton anniversaire, tu voulais qu'on mange bien, tu adorais jouer à la maman avec nous. »

Il me caressa la joue et j'évitai son regard, j'avais honte de ces souvenirs, j'avais dit à ma mère que j'allais faire une œuvre de charité cette année-là, j'avais demandé à tout le monde de l'argent plutôt que des cadeaux, j'avais raconté que les bonnes sœurs du collège nous avaient proposé de préparer des corbeilles et de les apporter dans un bidonville, encore plus loin que Vallecas, Maman avait été étonnée, des corbeilles pour les pauvres en avril, d'habitude c'était pour Noël, mais enfin c'était œuvre de charité et elle ne pouvait s'y dérober, j'avais menti avec conviction et ils m'avaient crue, j'en avais tiré 1 575 pesetas, 1 575 pesetas de l'année 69, un bon paquet, et je les avais envoyées à Carabanchel, pour qu'ils mangent bien, c'est vrai.

« Je te jure qu'au début ça nous a fait un coup, vraiment on a été touchés au fond du cœur, Marcelo était au bord des larmes mais ensuite il a eu une illumination, une de ces couillonnades de génie dont ton frère est capable de temps à autre, il m'a entraîné dans un coin et m'a dit : L'argent de Loulou, si on le dépensait avec le Portugais, moi je riais, mais lui était très sérieux, et je me suis dit qu'après tout on pouvait bien essayer, ça faisait déjà onze mois en taule et j'avais attrapé des ampoules à la main à force de... »

La voiture qui nous précédait avança.

« Qui c'était, le Portugais ?

— Un pédé, il était là-bas parce qu'il avait poignardé son petit ami dans une dispute, de jalousie, je crois, il ne l'avait pas tué et l'autre venait lui rendre visite à chaque fois qu'il pouvait, il lui avait pardonné, le Portugais disait toujours qu'il avait fait ça par amour.

« Mais vous, vous étiez des politiques...

— Et alors ? Les homosexuels étaient dans notre quartier, et puis on rencontrait tout le monde dans la cour, à la cantine, à vrai dire, ils étaient beaucoup plus intéressants que les militants du Parti. C'est là que j'ai rencontré Gus, et d'autres que tu connais.

— Gus ? Il donnait là-dedans ?

— Non, il piquait des voitures, c'était un petit voyou, très jeune, c'est à Carabanchel qu'il a commencé à se droguer.

— Et que s'est-il passé ? » Je n'étais plus inquiète, seulement curieuse.

« Rien, le Portugais était la petite amie de toute la prison, y compris de plus d'un gardien. Il était très coulant. Il faisait des branlettes, des pipes, il mettait ou se faisait mettre, selon le prix que tu étais prêt à payer. Il gagnait sacrément bien, il économisait pour acheter un appartement à son fiancé, une sorte de dédommagement. Il n'était pas le seul, il y en avait d'autres comme lui mais lui était jeune, plutôt beau gosse, et avec une bouche saine. En plus, d'après ce qu'on disait, il avait une sacrée queue, et c'était lui le plus coté.

Pablo me regardait en souriant, comme si la prison avait été une période de vacances, une petite villégiature. J'étais désarçonnée.

« Et vous avez dépensé mon argent avec le Portugais... » Ce n'était pas une question, je le répétais seulement pour m'en convaincre une bonne fois pour toutes.

« Oui, presque tout, en ton honneur, comme disait Marcelo. Nous avons pas mal discuté de la marche à suivre. Une branlette ne suffisait pas, alors on s'est décidés pour un pompier, un pompier portugais, ça faisait exotique, mais j'ai failli tout flanquer par terre parce que en allant à l'infirmerie, disons pour passer commande...

— Pourquoi à l'infirmerie ?

— Il travaillait là, c'était une des meilleures planques, il avait toujours ce qu'il y avait de meilleur, il avait des amants partout, bon, et je lui ai demandé s'il ferait un prix au cas où il nous la sucerait à tous les deux en même temps, et alors il s'est fâché. »

Soudain il devint sérieux. Il se tut un instant, il me regarda.

« Tu ne peux pas savoir comment c'était là-bas, tu ne peux pas. »

Triste, ai-je pensé, surtout triste.

Nous sommes arrivés à la pompe, nous avons fait le plein et nous sommes revenus à la maison. Pablo a gardé le silence tout le long du chemin. Et puis, alors que j'étais déjà au lit, il est venu s'étendre à côté de moi.

« Tu veux connaître la fin de l'histoire ? »

Je n'osai pas admettre que oui, mais de toute façon il me la raconta.

Mon argent avait servi à payer dix pipes, ni une de plus ni une de moins, à 150 pesetas l'unité, cinq pour chacun. Ça lui avait plu, et à Marcelo aussi, de sorte qu'ils continuèrent à s'en payer avec leur propre argent, en rationnant leur plaisir car ils avaient peur de se corrompre, et ils allaient à l'infirmerie une ou deux fois par mois, chacun de leur côté, jusqu'au jour où le Portugais avait proposé à mon frère de feindre une grippe ou autre chose, alors il lui obtiendrait un lit, il s'occuperait bien de lui, gratis. Il bandait dur pour Marcelo, visiblement, mais ce dernier répondit que cela ne lui plaisait pas, il prit peur et il abandonna. Pablo, au contraire, continua jusqu'à la fin, il eut même l'idée de baiser avec lui, ce qu'il me confia très tranquillement, il avait envisagé un certain temps la possibilité de l'enculer, que pouvait-il arriver, ce ne serait pas très différent que d'enculer une femme, ce qui était agréable, mais un jour, alors qu'il était pratiquement décidé, il eut un éclair de lucidité, ce fut son expression, un éclair de lucidité, en le voyant torse nu, la poitrine toute velue, en train de flirter avec deux sexagénaires dans la cour, et il se dit alors qu'il était en prison parce qu'il était communiste, comme si le communisme était une preuve de vertu, et l'idée lui donna la force de laisser tomber.

« De toute manière nous savions que nous n'allions pas purger toute la peine, que nous allions bientôt sortir. Si j'avais su qu'il me restait à tirer dix ou vingt ans, comme d'autres, je l'aurais certainement fait, et ça m'aurait plu, je suppose. Ce que tu fais, dis ou penses dehors n'a aucune valeur en prison, c'est un monde à part. »

Il demeura un moment silencieux. Puis il recommença à parler, il donnait l'impression de vouloir se vider, de vouloir tout raconter après avoir passé des années sans même faire allusion à cette époque, car il n'aimait pas en parler, il aurait pu jouer au martyr quelques années auparavant, quand tout le monde se vantait d'avoir été emprisonné au moins une fois à la Puerta del Sol, d'avoir failli être défenestré *, alors que c'était la plupart du temps un mensonge, il aurait pu se vanter lui aussi, et pleurnicher, mais il ne l'avait jamais fait, jamais il ne m'avait parlé de tout cela jusqu'à ce jour.

« Promets-moi que tu ne diras jamais à Marcelo que tu es au courant. Quand je lui ai raconté que j'avais une histoire avec toi, c'est la première chose qu'il m'a demandée. »

Je lui promis d'un signe de tête. J'étais bouleversée par tout cela. Je ne les en aimais pas moins tous les deux, peut-être plus, et je ne me souciais plus de savoir à quoi ils avaient dépensé mon argent.

« Je crois que c'est là-bas que j'ai commencé à tomber amoureux de toi.

— De moi ? Mais j'étais une gosse.

— Tu avais onze ans, puis douze, puis treize, tu avais déjà treize ans quand je suis sorti, mais tu écrivais des lettres de grande personne, tu te faisais tellement de souci, c'étaient les lettres les plus sincères que j'aie reçues là-bas, et presque sans ratures, c'était un réconfort parce que celles de Mercedes et des autres étaient pratiquement

* Le quartier général de la police à la Puerta del Sol a longtemps été célèbre pour les atrocités qui s'y déroulaient, et cela même après l'instauration de la démocratie en Espagne. *(N.d.T.)*

illisibles, pas les tiennes, et en plus comme ça j'avais toutes tes odeurs.

— Quelles odeurs ?

— Ne me dis pas que tu n'es pas au courant ! »

Il me regarda avec stupéfaction, souriant.

« De quoi je devrais être au courant ?

— Marcelo et moi, on appelait ça l'épisode surréaliste... » Il se redressa contre la tête du lit et alluma une cigarette. Il me la donna et en alluma une autre pour lui, cela allait être long. « Un beau jour, l'avocat de ton frère, qui était aussi le mien et celui de dix ou douze autres, lui a annoncé une visite de ta mère pour la semaine suivante. Elle voulait l'entretenir d'une affaire de famille, l'avocat ne savait pas de quoi il s'agissait, une question confidentielle, comme il a dit. Marcelo était inquiet. Ta mère n'était pas venue le voir depuis la première semaine, ton père le lui interdisait. C'était Lola qui venait, parfois Isabel, toi tu n'es jamais venue.

— Ils ne me laissaient pas.

— Peu importe, on t'a pardonné. » Il se tourna un instant pour me regarder, déposer un léger baiser sur ma joue, puis il fixa à nouveau le plafond et se remit à parler : « Ta mère est finalement arrivée, et la visite a été très courte. Moi, j'étais dans la cellule, personne n'était venu ce jour-là pour moi, et Marcelo est bien vite remonté, il riait à en perdre son pantalon, il en avait les larmes aux yeux. L'affaire de famille confidentielle était qu'un matin elle t'avait surprise assise toute nue dans ton lit, avec la chemise de nuit collée aux narines, et tu n'arrêtais pas de répéter : Mon odeur a changé, et tu as fourré la chemise de nuit sous le nez de ta pauvre mère, en disant : Regarde, Maman, sens, mon odeur a changé. Il riait comme un fou, et moi aussi, c'était une histoire tordante, tu ne t'en souviens pas ? »

Si, je m'en souvenais, même si je n'y avais plus pensé

depuis longtemps, cela faisait si longtemps. Un beau jour, environ trois semaines avant mes premières règles, j'avais remarqué que mon odeur avait changé, c'était une sensation très bizarre, j'avais complètement changé d'odeur, j'avais l'impression d'être une autre personne et je décidai d'enquêter à fond sur ce phénomène. Je ne reniflai pas seulement ma chemise de nuit mais aussi ma sueur, mes vêtements, mes draps, ceux de mes sœurs... Les affaires de Patricia ne sentaient rien, celles d'Amelia avaient une odeur qui ressemblait à la mienne mais pas tout à fait, depuis lors je m'applique à conserver en mémoire l'odeur des autres, surtout celle de Pablo, il le savait déjà, j'étais capable de reconnaître son odeur pratiquement dans toutes les situations.

« Oui, je m'en souviens, mais je ne vois pas pourquoi Maman est allée voir Marcelo pour ça, à moi elle ne m'avait rien dit, elle avait refusé de sentir ma chemise de nuit, elle m'avait dit d'arrêter mes bêtises et elle était sortie de ma chambre, voilà tout.

— Eh bien, elle était très inquiète, visiblement. » Pablo entrecoupait ses phrases de brefs accès de rire, de rires contenus qui rendaient ses paroles peu compréhensibles. « Elle voulait que Marcelo t'écrive pour te conseiller de ne plus jamais faire ça parce que c'était dangereux, ou quelque chose dans ce goût-là.

— Mais pourquoi ? » Je n'arrivais pas à comprendre. « Tu n'avais pas encore douze ans, et elle pensait que ça devait être lié à quelque trouble sexuel pas net, elle a été incapable de préciser quoi, elle n'avait pas assez d'imagination pour formuler une hypothèse précise mais elle était atterrée. D'après ton frère, elle avait peur que ça puisse dégénérer en vice, que tu deviennes une vicieuse, et en plus, de toute façon, ce n'était pas bien », il ne pouvait plus s'empêcher d'éclater de rire, j'attendis un moment qu'il se reprenne, en souriant moi aussi, « Carmela t'avait surprise en train de renifler le lit de tes parents, son propre lit à elle...

— Oui, d'ailleurs, ç'avait été moins intéressant que je ne l'aurais imaginé... » Ma remarque détachée, presque clinique, l'amusa beaucoup. « Et Marcelo a refusé, non ?

— Bien sûr qu'il a refusé, il refusait tout ce que ta mère lui demandait, pour le principe, et puis tout ça était tellement ridicule... » Ses traits prirent peu à peu une expression plus calme, son rire s'éteignit en un sourire mélancolique. « Lui en prison, purgeant une peine absurde dans un pays de dingues et ta mère qui se faisait du souci parce que tu te mettais à sentir tout ce qui te tombait sous la main... Son odeur a changé, qu'il lui a dit, bon, et puis après, ça arrive à tout le monde tôt ou tard, en plus c'est son odeur à elle et elle peut en faire ce qu'elle veut, il s'est retourné très dignement et il est remonté, mort de rire. » Encore un silence. Je n'osai souffler mot. « J'ai ri avec lui, au début, mais j'ai fini par penser comme ta mère, j'ai deviné que tu étais une petite vicieuse, une graine de fille perdue. L'image est restée gravée dans ma tête, toi toute nue en train de sentir ta chemise de nuit et de répéter à voix basse : Mon odeur a changé, cette nuit-là je me suis masturbé avec ça en tête, je me suis mis à fantasmer dur autour de cette image, comme un fou, nuit après nuit, je m'accrochais à cette image de toi te cachant dans les coins, te débarrassant de tes frères et sœurs pour te mettre nue et te renifler, fouillant du nez le lit de tes parents pour ensuite te caresser, tu étais fantastique comme ça, évidemment je t'imaginais plus grande et quand je suis sorti et que je t'ai vue, j'ai été sidéré de te trouver si jeune encore, mais j'avais déjà décidé que ça valait le coup d'attendre, pour prendre part à ta perdition, et j'ai attendu... »

Mes yeux s'étaient emplis de larmes.

Comme je ne voulais pas qu'il me voie, je me suis

tournée à demi, entortillée dans les draps, appliquée à ne faire aucun bruit.

C'était inutile.

Il a tout compris, s'est rapproché de moi pour m'enlacer, me déposer un baiser sur le front, et il a éteint la lumière pour que je puisse pleurer tranquillement.

Les courbatures ne me faisaient déjà plus souffrir.

Je ne savais pas s'il fallait en être heureuse ou triste, ce fut sans doute un peu des deux, lorsque pour la première fois je réussis à m'asseoir sur une chaise sans plus ressentir la vive douleur à laquelle je m'étais habituée, cet unique résultat tangible de la nuit de Moreto, jamais jusqu'à cette nuit je n'avais gardé les jambes autant ouvertes aussi longtemps.

Les courbatures ne me faisaient déjà plus souffrir. Seize jours s'étaient écoulés, je m'en souviens parfaitement parce que je les avais comptés, jusqu'à ce soir-là, ce soir avant le soir du dix-septième jour.

En revenant du lycée, je tombai sur Amelia effondrée en pleurs dans les faibles bras de ma mère. Habituée à prendre avec philosophie ce genre de scènes pathétiques, je partis à la cuisine me préparer un *bocadillo* de tomates et oignons en rondelles assaisonné d'huile d'olive et de sel, mon *bocadillo* préféré, et je regagnai ma chambre dans l'intention de travailler un peu, il y avait une interrogation de philo le lendemain.

Elles n'avaient pas bougé. Ce fut ma mère qui prit la parole, sur le ton froid et aseptisé qu'elle avait coutume d'adopter quand il s'agissait de communiquer une nouvelle inattendue :

« Je pense que cela peut t'intéresser aussi, Marisa, après

tout, il dit toujours que tu es sa petite préférée... » Les sanglots d'Amelia couvrirent la fin de la phrase.

« Qui, " il " ? » Ockham* me convenait, pas aussi amusant que les sophistes mais beaucoup moins insupportable que saint Augustin, oui, je commencerais par Ockham.

« Pablo s'en va, il part vivre à l'étranger.

— Quel Pablo ?

— Et quel Pablo ce serait ? » Ma mère me dévisagea, soudain perplexe. « Pablo Martinez Castro, l'ami de Marcelo, je ne sais pas ce qui t'arrive ces derniers temps, Marisa, mais on dirait que tu bêtifies, ma fille... »

Je ne répondis pas, ne fis pas un geste, je ne voulais donner prise à personne.

Je plongeai le nez dans mon livre en essayant de réagir au plus vite. Je pensai que c'était Paris, certainement Paris, ce n'est plus à la mode du tout mais le mysticisme non plus après tout, ni s'en aller vivre à l'étranger maintenant que le vieux con branle dans le manche et n'est pas loin de casser sa pipe... On peut aller à Paris en train, le Puerta del Sol, je le sais, on ne doit pas se ruiner pour un billet de troisième classe, ou de quatrième, enfin de dernière classe, ce ne doit pas être la ruine, c'est tout près, Paris...

« Il va dans une université américaine, je ne sais plus le nom, à Philadelphie, ou près de Philadelphie, je ne sais plus où ton frère a dit... »

Quelque part venait de se casser quelque chose en verre. J'entendis comme un carillon et le tintement des éclats tombant sur le sol.

Je n'eus même pas la force de me demander combien pouvait coûter un billet d'avion pour Philadelphie.

Je levai la tête de mon livre et pris la résolution de rester calme. Personne ne devait se rendre compte de

* Guillaume d'Ockham, franciscain anglais, philosophe nominaliste. (*N.d.T.*)

rien, et ces deux-là moins que quiconque. Je ne pus cependant retenir une manière d'imprécation générale.

« Ce n'est pas possible, mais il n'a même pas trente ans encore...

— Tiens donc ! » Ma remarque avait éveillé la curiosité de ma sœur, qui jusqu'alors s'était cantonnée dans l'affliction muette, son meilleur rôle. « Et quel est le rapport ?

— Bon, ils partent tous dans une université américaine, mais plus âgés...

— Qu'est-ce que tu en sais ?

— Il suffit de lire les journaux... »

Je le répétai en moi-même, ils partent tous, et lui aussi. Pourquoi ne partirait-il pas ? Les pièces s'emboîtaient, les constatations annexes venaient confirmer un scénario vraisemblable, certainement inévitable. C'était la vérité. Pablo s'en allait. A Philadelphie. A l'autre bout du monde.

« Professeur de littérature espagnole, c'est ça ? »

Ma mère approuva de la tête.

« Le Siècle d'Or, je crois...

— Quelle originalité ! »

Amelia reprit ses lamentations de plus belle, ma mère s'empressa auprès d'elle et moi j'étais debout au milieu de la pièce, la tête vidée. J'avais encore mon livre à la main, le bocadillo entamé me donnait la nausée mais je ne me rendais encore compte de rien, je ne réalisais même pas ce qui était en train de me tomber dessus.

« Marcelo est à la maison, Maman ?

— Non, voilà deux jours qu'il n'a pas pointé le bout du nez, tiens, ça aussi, ton frère prend cette maison pour un hôtel, il me ramène son linge sale et repart, il va me tuer de chagrin...

— Bon, eh bien, je vais chez lui travailler. J'ai une interrogation de philosophie demain. »

Au moment où je franchissais la porte, je les entendis chuchoter, Amelia essayait de convaincre ma mère : « Dis-lui, Maman, dis-lui », qui la rassurait : « Ne t'inquiète pas. »

« Marisa, dis... Tu ne vois pas d'inconvénient à ce qu'Amelia t'emprunte ce soir ta robe jaune, celle que t'a offerte ta grand-mère ?

— Si, j'en vois un, je ne l'ai même pas encore portée une seule fois.

— Mais enfin, ma grande, vous ne sortez jamais ensemble, vous n'avez pas les mêmes amies, alors, que t'importe ? »

Un autre jour j'aurais bataillé, protesté, tempêté, pleuré peut-être, ce qui n'aurait servi à rien. Cette fois-là, je donnai aussitôt mon assentiment. J'avais seulement envie d'être seule, de m'enfermer dans la chambre de Marcelo pour rester seule, seule, mais dix minutes ne s'étaient pas écoulées que je la vis entrer.

D'habitude, elle ne prenait pas la peine de s'annoncer.

« Marisa, ma petite, il faut que je te parle. » Je reconnus immédiatement le ton je-suis-ta-mère-mais-aussi-ta-meilleure-amie qu'elle avait adopté à la suite de ses retraites spirituelles pour pères et mères de famille nombreuses, style post-conciliaire.

« Pas maintenant, Maman, je ne suis pas d'humeur à ça. » Je battais énergiquement des cils pour refouler mes larmes. « Je dois travailler et puis je me moque qu'Amelia ait pris ma robe, si le problème est là, je te jure que non...

— Ne jure pas, Marisa.

— Pardon, Maman, je veux dire que je m'en moque, totalement, à condition qu'elle ne me la fasse pas craquer...

— Oui, Amelia est plus enveloppée que toi, elle est aussi beaucoup plus laide... » Sa voix n'était qu'un murmure. « Regarde-moi, ma petite, laisse ce livre. »

Je la regardai. Ses dernières paroles m'avaient sérieusement intriguée. Elle remarqua les traces de chagrin dans mes yeux rougis. Elle était assise sur le lit de Marcelo, elle venait d'avoir cinquante et un ans mais en paraissait quinze de plus. Elle portait une robe de laine imprimée bleu marine et noir, et des bas épais de couleur foncée, du genre de ceux qu'on vend en pharmacie contre les varices. Elle avait les jambes esquintées, où le sang formait un réseau tourmenté de veines rougeâtres et violettes sous la peau transparente. Neuf enfants et onze grossesses, onze en dix-sept ans. Son corps n'en était plus un, seulement un sac distendu plein de viscères épuisés, annihilés. Et elle pleurait encore les enfants qu'elle n'avait pas eus, celui qui était mort entre la naissance de Vicente et celle d'Amelia, et les deux avortements, deux rien qu'en l'espace de quatre années, entre les jumeaux et moi. Elle me faisait peine mais aussi, en des moments d'extrême lucidité comme ce soir-là, tandis que je la regardais avec attention, elle pouvait m'inspirer un sentiment proche du dégoût. Plusieurs années auparavant, j'avais cru être parvenue à la détester. Désormais je comprenais que je n'avais jamais cessé de l'aimer, mais que je ne la supportais pas.

« Bien sûr que l'histoire de la robe t'a contrariée ! » Elle m'offrit un sourire compatissant. « Tu as quinze ans, il est normal que tu sois contrariée... Je pense beaucoup à toi, même si tu ne le crois pas, je t'aime beaucoup, Marisa, viens un peu près de moi.

— Non, merci, je préfère rester assise. » Je pensai que son dernier accès de fièvre maternelle remontait à cinq mois.

« Tu ne manques pas de raisons de rendre grâce à Dieu, ma fille. »

Elle susurrait. « Tu es belle, intelligente, tu aimes étudier, tu as de bonnes notes, tu as du caractère, beaucoup de caractère, tu sais faire face aux difficultés, aux contrariétés... Je ne me fais pas de souci pour toi, ce qui ne signifie pas que je ne t'aime pas. »

Elle demeura silencieuse un instant, et je choisis d'intervenir pour hâter sa confession :

— Oui, oui... » Il était évident qu'elle ne se faisait pas de souci pour moi.

« Je veux dire que tu n'as pas besoin de moi, toi, tu t'en tireras sans l'aide de personne, tu iras à l'Université, tu iras jusqu'au bout avec de bons résultats, et tu auras du succès, tu te marieras avec un garçon beau et riche, enfin, tu auras plein de beaux enfants et tu ne grossiras pas. Tu me seras d'un grand réconfort quand je serai vieille... » Elle m'adressa un sourire que je ne lui rendis pas, tout cela dépassait les bornes de la mauvaise foi. « Amelia, au contraire, comme elle est complexée, comme elle a besoin de moi, elle a encore besoin de mon aide, de même que Vicente qui a du sang de poulet, de même que José, qui est tellement impulsif, et puis évidemment les deux petits. Marcelo, non, lui est comme toi, fort et très intelligent, même s'il n'a rien trouvé de mieux que devenir un rouge, je ne comprends toujours pas pourquoi, je ne sais pas ce qu'il a vu de mal dans cette maison », à ce point elle faillit fondre en larmes, « et un débauché avec ça, un noctambule, un voyou... » Elle se retint par égard pour moi, sans doute avait-elle peur que je tente de vérifier par moi-même ce que signifient ces mots. « Ces histoires de politique m'inquiètent beaucoup. Regarde Isabel, malgré tout son quant-à-soi, elle se fourre toujours plus dans les embrouilles... Enfin, Dieu m'a donné neuf enfants, et je l'en remercie tous les jours qu'Il fait, mais je ne peux pas m'occuper de vous tous en même temps, et toi tu es tellement intelligente, tellement volontaire, tellement dure aussi, je ne dis pas que tu n'es pas sensible mais tu as l'air tellement sûre de toi, rien ne te touche, tu poses si peu de problèmes… Marisa, ma fille à moi, tu comprends ce que je veux dire ? »

Je fis oui de la tête. J'aurais eu envie de lui répondre, de lui crier que mon aspect physique et mes résultats scolaires ne me dispensaient pas d'avoir une vraie mère, de la secouer et de lui clamer que je ne pouvais pas continuer ainsi toute ma vie, avec un seul frère pour toute famille, j'aurais eu envie de l'enlacer, de me réfugier dans ses bras et de pleurer comme Amelia auparavant, de lui dire que je l'aimais, que j'avais besoin d'elle, mais je me contentai de faire oui de la tête car tout était désormais inutile, il était beaucoup trop tard.

Elle s'approcha de moi, m'embrassa et m'annonça qu'elle devait retourner à la cuisine pour écosser des haricots. Avant qu'elle ne disparaisse, je lui demandai pour quelle raison Amelia avait pleurniché.

Elle s'arrêta pour me regarder. Elle hésitait.

« Tu me promets que tu ne te moqueras pas d'elle ?

— Oui, Maman, je te le promets.

— Amelia est amoureuse de Pablo, depuis plusieurs années. Lui ne la regarde même pas, mais la pauvrette ne peut pas se l'enlever de la tête. »

Je pensai : C'est dingue, dans cette maison, on ne peut rien faire toute seule, pas même pleurer.

Elle, la directrice de l'internat, avait connu diverses transformations avant de se stabiliser dans l'image d'une femme d'environ trente-cinq ans, belle, de type nordique, à lunettes, le stéréotype de la bibliothécaire nymphomane que j'avais aperçu dans les revues de Marcelo, au temps où je pillais systématiquement ses étagères à la recherche du moindre livre interdit, je suppose qu'il devait s'en rendre compte mais il ne m'a jamais fait la moindre remarque.

Les cheveux soigneusement ramassés en un chignon haut, l'aspect sévère avec son chemisier blanc et sa jupe sombre, assise très droite derrière un énorme bureau encombré de papiers, elle, la directrice, parlait toujours la première :

« J'ai le regret de vous dire que vous devez la reprendre, nous ne pouvons la garder ici plus longtemps. »

Pablo l'observait. Il n'était pas en colère, il trouvait la scène amusante, ce qui ne faisait qu'irriter davantage la directrice d'internat. Il avait quarante ans, mais curieusement il donnait toujours l'impression d'en avoir vingt-sept. Son personnage, à lui aussi, avait connu bien des transformations. Au début, il était mon tuteur, l'exécuteur testamentaire de mes géniteurs pour ainsi dire. Plus tard, on put croire qu'il m'avait achetée quelque part et qu'il gaspillait son argent à me payer des études, pour des raisons connues de lui seul. Finalement, il avait été mon père, tout simplement, et il s'était acquitté de ce rôle durant la plus grande partie de mon adolescence.

« Oserais-je vous demander de tout me raconter encore une fois, plus en détail ? Je n'ai pas saisi où était exactement le problème. Voici bien longtemps que je ne vois pas ma fille...

— Bien. Loulou est une enfant... très sale. » La directrice se penchait en avant et jetait un regard à mon père par-dessus ses lunettes. Elle était très excitée, parler de moi l'excitait toujours beaucoup. « Comprenez-vous ce que je veux dire ?

— Non. » Pablo lui souriait.

« Eh bien... Elle est très précoce, elle est obsédée par le sexe, elle ne porte rien sous sa robe, le savez-vous, elle dit que le tissu la gêne, et en classe elle s'assoit toujours les jambes très écartées, elle se caresse constamment, elle oblige les autres filles à la caresser, elle excite ses camarades, et puis, je répugne à le dire, mais elle s'est liée à sa professeur de mathématiques, je les ai surprises toutes les deux et vous n'allez pas me croire mais c'est elle, Loulou, qui menait la danse...

— Donc, vous êtes restée à les regarder ? » Pablo l'interrompait, un sourire sardonique aux lèvres.

« Oui, je... Je devais m'en assurer avant de devoir prendre des mesures, et je les ai vues, votre fille était nue, couchée sur le lit, elle se pinçait le bout des seins de ses doigts, elle porte les ongles longs, savez-vous, et vernis de rouge, ce qui est interdit ici, mais il est impossible de la plier aux normes, votre fille, et Pilar, cette enseignante, avait la tête enfouie entre ses cuisses, elle était en train de la sucer puis elle s'est arrêtée, a relevé la tête et a dit quelque chose comme : Je n'en peux plus, mon amour, vraiment, j'ai mal à la langue, tu as déjà joui trois fois. Alors Loulou s'est redressée et lui a envoyé une gifle, et je suis intervenue. »

A ce stade la directrice se taisait. Elle était hors d'elle et se branlait furtivement d'une main. Ici intervenait une variante. Dans la version classique, il ne se passait rien. Dans la version accélérée, quand je sentais que j'étais sur le point de jouir avant même d'avoir pu entrer en scène, Pablo faisait de l'esprit sur cette « intervention » mentionnée par la directrice : « Dois-je comprendre que vous les avez rejointes au lit ? », qui répondait par l'affirmative et lui racontait l'épisode en relevant lentement sa jupe afin que mon père puisse voir les horribles ecchymoses que je lui avais laissées sur la peau.

Mais cette dernière version était fort rare.

La directrice décrochait son téléphone et aussitôt j'apparaissais à la porte. Pablo se retournait pour me regarder. Ma propre physionomie, elle aussi, connut de considérables retouches, surtout en ce qui concerne l'âge. Au début, j'étais très grande, j'avais quinze ans, comme dans la réalité. Cela ne cadrait pas avec plusieurs aspects de l'histoire et donc je me fis descendre à quatorze ans. J'avais peur de devoir encore me retirer des années jusqu'au jour où j'ai pensé mais enfin ne sois pas stupide, puisque tout ça est inventé, et où j'ai décidé d'en rester à douze ans, avec cependant un physique bien trop épanoui pour une fillette de cet âge. Je portais un uniforme très différent du mien, de mon uniforme de la réalité, une jupe plissée ultracourte, bleu marine, avec des bretelles en forme de H sur le devant.

Pablo me regardait attentivement.

« Comme tu as grandi, Loulou ! »

J'allais vers lui, l'embrassais sur la figure et m'asseyais sur le bras de son fauteuil. Lui glissait discrètement une main derrière moi, sous ma jupe, pour vérifier qu'en effet je ne portais rien dessous.

La directrice lui demandait ce qu'il comptait faire.

« J'avais pensé te ramener à la maison avec moi, pour un moment. » Pablo me paraissait fantastique. « Nous avons été séparés si longtemps... Et toi, qu'en penses-tu ? »

Moi je lui répondais : « Je veux m'en aller avec toi, chez toi », nous prenions congé de la directrice et nous montions dans une énorme voiture, sombre, que conduisait un chauffeur parfois noir et parfois blond, toujours très séduisant en tout cas.

« Alors, ta petite chatte te tourmente sans cesse, hein ? »

A ce moment, je comprenais qu'il me désirait, même s'il était mon père, et moi je le désirais, terriblement, et surtout je ne voulais pas étudier, je ne voulais pas aller dans un internat, j'étais une effrontée perdue, moi, et en plus j'avais toujours envie, je le lui expliquais de ma petite voix innocente en triturant des doigts un pan de ma robe, en tirant sur la ceinture et en soulevant un peu le tissu pour qu'il puisse apercevoir mon ventre nu.

« Ce n'est pas de ma faute, Papa, c'étaient elles, à chaque fois, elles ne me laissaient jamais tranquille, la directrice aussi, celle-là est parmi les pires, elle me corrigeait avec une baguette quand je refusais de la sucer, c'est une pute, cette nana, mais elle me donnait tant de plaisir quand j'étais docile, et je ne peux pas m'en empêcher, c'est que ça me démange tellement, ici », je prenais sa main et l'approchais jusqu'au contact de mon sexe, je choisissais un de ses doigts et le frottais dessus, « je suis une grande fille maintenant, j'en ai besoin, Papa...

— C'est bien ce que je vois. » Pablo avait les yeux brillants en me regardant, il se penchait sur moi et m'embrassait, il plaisantait avec le chauffeur : « Comment tu trouves ma fille ? », il avait déboutonné le chemisier et me caressait les seins, retenus par la bande de tissu qui reliait les deux bretelles. « Elle est ravissante, Monsieur, ce sera splendide de l'avoir auprès de nous, elle nous donnera de grandes satisfactions », et alors nous franchissions une grille impressionnante, noire avec des festons dorés, et nous arrivions devant une maison énorme, Pablo me prenait dans ses bras et me la faisait visiter. Elle était vide, pleine de pièces vides, il n'y avait pratiquement pas de meubles et tout était immense, et je vivais là, sans frères ni sœurs, seulement mon père et les domestiques, des escouades de domestiques, et il y avait toujours des bigorneaux au dîner, et je pouvais en manger un plateau entier pour moi toute seule sans que personne fasse de remarque.

Tout le monde savait que je couchais avec mon père, sans y voir rien à redire. De temps à autre, il m'amenait en ville et m'achetait des vêtements, une garde-robe de tout ce que j'aimais, et du chocolat, il me gâtait, et moi j'étais une mal élevée finie, lui s'en amusait, il adorait me gâter et moi j'étais heureuse, j'allais dans la maison à moitié nue, je l'aimais beaucoup et je baisais avec lui tout le temps.

A ce stade, presque toujours très proche de l'orgasme, se présentaient d'infinies variantes.

Nous étions assis autour d'un souper fin, trois ou quatre messieurs d'âge mûr, lui, et moi, moi j'avais une robe blanche et vaporeuse, parfois je la relevais et m'asseyais en tailleur sur la chaise, les jambes très écartées pour lui permettre de mouiller chaque bouchée dans mon sexe avant de la porter à ses lèvres, parfois il me prenait sur ses genoux, soulevait ma jupe et me montrait à ses amis, tous en convenaient, c'est une merveille, ta fille, il m'embrassait sur la joue, il ne pourrait pas vivre sans moi, moi je me caressais lentement d'un doigt gracile, en me faisant bien voir à tous ces messieurs, Pablo me hissait sur la table, balayait d'un geste les verres, les assiettes, les bouquets de fleurs, me poussait dans le dos et me pénétrait sur-le-champ, devant tout le monde, je jouissais, quand il avait terminé, il conviait ses hôtes, vous pouvez continuer si vous le désirez, je ne suis pas jaloux, et ils venaient à moi et me pénétraient tous, l'un après l'autre, mais aucun ne me donnait autant de plaisir que lui.

D'autres fois, il était fâché. Je m'étais mal conduite, peu importe pourquoi, et il me punissait, il me plaçait sur ses genoux, relevait ma jupe et me donnait sur le cul, elles étaient humiliantes, ses fessées, il me donnait fort, je pleurais et je me tordais, je promettais de ne plus jamais le faire, mais il se montrait alors particulièrement intraitable, il m'attachait quelque part et s'en allait, il me laissait seule des heures durant, voire des jours, parfois venaient une ou un domestique, ils m'apportaient à manger mais je ne pouvais rien prendre car j'avais les mains liées ; parfois eux aussi me frappaient, parfois ils m'obligeaient à leur faire des choses, ou me les faisaient à moi, puis Pablo revenait, il revenait toujours, il me fourrait sa queue dans la bouche, je l'avalais sans rechigner, et il s'adoucissait, il me détachait et me baisait sur le sol de pierre, elles étaient délicieuses, ces réconciliations.

Nous nous réveillions ensemble, dans un lit immense, il me caressait un moment puis me découvrait, continue toute seule, je veux te regarder, nous descendions un énorme escalier pour aller prendre le petit déjeuner, j'ai une surprise pour toi, je suis très content de toi, je t'ai acheté un jouet, tu vas le voir mais d'abord finis ton petit déjeuner, et il me prenait par la main, me conduisait à la bibliothèque où nous attendait un jeunot en bleu de chauffe, il est à toi, tu peux en faire ce que tu veux, je m'approchais de l'aide-jardinier, j'ouvrais la fermeture Éclair, il avait un beau vit, j'étais nue, il m'enlaçait gauchement, on aurait dit un ours, il me suçait les seins et les mordait, il ne savait pas s'y prendre et me faisait mal, nous nous couchions sur le sol et il remuait sur moi comme un animal, il était vorace, au début il était amusant mais finissait par me lasser, laisse-moi, Pablo était assis dans son fauteuil, à nous regarder, il ne me plaît pas du tout, Papa, il ne me plaît pas, j'attrapais son sexe d'une main et me laissais tomber sur lui, je recevais de lui un plaisir immédiat, il savait bouger si lentement, tu es délicieuse, Loulou, il me parlait en murmurant, délicieuse, je t'aime tant...

Mon professeur de grec me regardait d'un air ironique tout en restant adossé à l'une des épaisses colonnes du hall.

« Où vas-tu avec cette dégaine ? »

Je lui souris tandis que je cherchais une excuse anodine pour expliquer mon allure, mais je ne trouvai rien. Je remarquai que mes mains tremblaient, et je les fourrai dans mes poches. Comme mes lèvres tremblaient elles aussi, je me décidai à parler :

« Allez, Félix, viens me payer un café…

— Tu te trompes joliment si tu t'imagines que je vais compromettre la réputation que j'ai si durement gagnée dans cette maison en m'affichant avec une fille vêtue de cette manière.

— Mais de quelle réputation tu parles ? Allez, paye-moi un café. » Je le pris par le bras et l'entraînai vers la cafétéria en sous-sol.

Félix était un excellent professeur de grec, un homme très intelligent doué d'un sens de l'humour particulièrement développé, et un vieil ami à moi. J'avais couché avec lui trois ou quatre fois, et cela m'avait plu. Mais il avait un défaut. Il était terriblement mauvaise langue et c'était donc la dernière personne sur qui j'aurais eu envie de tomber ce soir-là.

Cela tournait plutôt mal pour moi.

Je m'étais tellement énervée toute seule, à attendre chez

moi, que j'avais finalement décidé de sortir une demi-heure à l'avance. Comme d'après mes calculs, je prévoyais déjà d'arriver à la faculté une demi-heure avant l'horaire habituel afin d'occuper une place au centre du premier rang, j'avais une heure entière devant moi quand je rencontrai Félix, ce qui était trop pour rester à faire les cent pas devant les portes de la salle, fermées à double tour.

Je n'aurais jamais pensé que les portes auraient pu être fermées. Je n'aurais non plus jamais eu l'idée de m'en assurer avant, d'autant que je passais devant tous ces fichus matins de cours.

Le mieux était de descendre à la cafétéria, de s'asseoir à une table discrète et de cancaner ensemble un moment.

J'étais tellement avide de présages favorables que je finis par me persuader que ma rencontre avec Félix était une aubaine.

« Tu portes quelque chose d'autre sous ton manteau ? » Il m'examinait avec un intérêt sincère.

« Mais bien sûr, voyons ! Des vêtements. Je suis entièrement habillée. » J'essayai de paraître choquée. « Je ne comprends vraiment pas pourquoi tu t'intéresses tellement à ma dégaine, que je sache, je ne suis pas déguisée en...

— Tu es déguisée. Je ne sais malheureusement pas en quoi, mais il est clair que tu t'es déguisée. » Me sachant incapable de l'abuser, je préférai changer de sujet.

Lorsque j'allais vers le bar pour commander les cafés, quelques étudiants de première année assis à l'une des tables les plus proches laissèrent échapper des ricanements à mon passage, tout en se poussant du coude.

J'avais peut-être un peu forcé la note.

Le manteau ne m'inquiétait pas trop, il n'était pas très discret, un manteau de laine blanc, mais je l'avais justement emprunté pour qu'il attire l'attention.

Le pire, c'étaient les mi-bas de sport vaguement beiges qui me tombaient sans cesse sur les chevilles. Leur élastique avait opposé une résistance tenace mais au bout du compte, après les avoir fait bouillir à trois reprises et les avoir laissés sécher passés autour de deux bouteilles de champagne, j'avais réussi à les distendre de telle sorte qu'ils semblaient naturellement glisser vers le bas, alors qu'ils étaient flambant neufs.

Mais peut-être n'étaient-ils pas vraiment en cause, peut-être que le pire, c'était de les avoir associés à ces chaussures. Je me rappelais comment les vendeuses du magasin avaient fait cercle autour de moi lorsque, après avoir demandé le modèle marron avec les plus hauts talons possibles qui existerait en trente-neuf, j'avais sorti un mi-bas de mon sac, je l'avais fait plisser sur ma cheville et j'avais essayé une centaine de chaussures en étudiant avec soin le résultat dans les miroirs posés contre les piliers, avant de me décider pour un modèle classique, très simple, qui me gratifiait d'au moins neuf centimètres supplémentaires.

Et pourtant, dans le magasin, je portais aussi des bas en nylon, normaux. Ce soir-là je gardais les jambes nues, en plein mois de février, alors qu'au contraire je portais mon manteau fermé de haut en bas.

J'avais peut-être forcé la note, mais de toute façon il n'y avait plus rien à faire, je me suis donc assise avec Félix et j'ai attendu. Un appariteur m'avait appris que les portes n'ouvraient que dix minutes avant l'heure indiquée sur la convocation.

Cinq minutes avant les dix minutes, je m'esquivai en annonçant que j'allais aux toilettes. Je me dirigeai lentement vers les escaliers, parvins à l'étage et me glissai à travers les portes ouvertes pour m'asseoir exactement au milieu de la première rangée.

Durant un long moment, je demeurai la seule âme vivante dans l'amphithéâtre.

J'avais découvert l'événement par hasard. La faculté de philologie hispanique organisait à tour de bras des raouts de ce style, et je n'avais jamais prêté une attention particulière aux invitations et aux affiches disposées sur le panneau de la faculté. Mais j'étais à la recherche de leçons particulières à donner, j'avais besoin d'argent car j'étais décidée à aller en Sicile l'été suivant, coûte que coûte, et l'on m'avait signalé l'apparition de deux petites annonces, deux nouveaux crétins intimidés par l'approche du baccalauréat et l'usage du datif.

Ce fut alors que je vis son nom, en toutes petites lettres, au milieu d'un tas d'autres noms.

Effroi, peur panique devant la réalité, devant la possibilité d'une déception irrémédiable, car ensuite je ne pourrais plus le reprendre en moi, le ramener à la grande maison vide où nous nous aimions, peur de le perdre à jamais.

Beaucoup de temps avait passé.

Il ne m'avait pas été difficile de le garder en moi, j'avais une existence studieuse et monotone, j'étais seule, surtout depuis que Marcelo avait quitté la maison, mes journées étaient sans surprise. D'un gris uniforme, avec le combat incessant pour conserver un espace vital dans une maison bondée, avec la tenace solitude au milieu de tant de gens, avec les disputes incessantes : « Il n'est pas question que je fasse du droit, Papa, que cela te plaise ou non », avec les interrogatoires incessants à propos de la solidité de ma foi religieuse ou de la recevabilité de mes opinions politiques — j'étais entrée au Parti, avant tout pour des raisons sentimentales, même si eux, les deux, l'avaient déjà quitté, et Marcelo m'avait adressé un étrange sourire quand je lui avais annoncé ma décision —, avec les encouragements incessants à amener mes fiancés successifs dîner à la maison — ma mère s'entêtait à considérer comme des fiancés tous les types avec lesquels je couchais au cours de ces années —, avec l'incessant esclavage d'un amour solitaire et désenchanté, tous les jours la même chose.

Qui sait, j'aurais pu être heureuse s'il n'était pas entré dans ma vie, mais seulement il l'avait fait. Il m'avait imposé sa marque vingt-trois jours avant de partir à Philadelphie et tout le temps écoulé depuis lors ne comptait pas pour moi, ce n'était qu'un intermède, une insignifiante péripétie, un succédané du temps pour de vrai, de la vie qui recommencerait lorsqu'il serait de retour.

Et il était revenu.

J'avais aperçu son nom sur le panneau, en toutes petites lettres, et aussitôt mon corps ne fut plus qu'un trou béant.

En moi-même je me tordais de désir.

Jour après jour, tandis que je préparais la mise en scène, je révisais à la baisse la portée de mes ambitions de manière alarmante. J'étais allée voir Chelo pour lui demander le sac en plastique qu'elle conservait pour moi dans son armoire depuis trois ans, depuis cet après-midi où ma mère m'avait fait remarquer que Patricia portait cette même robe jaune qu'avait étrennée Amelia à ma place, celle que m'avait offerte la grand-mère, comme cette petite a grandi, elle a presque la même taille que toi maintenant. Je n'avais donc pas attendu le moment où elle viendrait me le demander, je l'avais fait disparaître quelques mois avant l'échéance prévisible et j'avais passé l'été à prendre une mine stupéfaite, à répéter qu'il y avait de la sorcellerie là-dessous, dans la mystérieuse disparition de mon uniforme.

J'avais commis l'erreur de demander à Chelo si elle était prête à me rendre un service inestimable, mais bien sûr, comment donc, alors rase-moi le con, quoi ? Vois-tu, j'ai un peu peur de le faire moi-même, quoi ? Eh bien, si tu peux me le raser, à deux ce sera plus facile, elle refusa, évidemment qu'elle refusa, je m'y attendais, parce que je lui avais raconté ce qui s'était passé avec Pablo, elle savait que c'était pour lui et ma demande l'ulcéra, jamais, jamais elle ne lui pardonnerait son manque de scrupule contraceptif qu'elle avait toujours jugé avec une double sévérité parce qu'à l'époque Chelo n'avait pas encore découvert les délices de la chair faisandée et ne se plaisait qu'avec des garçons terriblement à gauche, elle vantait le coïtus interruptus comme un mélange de courtoisie et de prise de position en faveur de l'égalité des sexes, et finalement je dus m'en acquitter toute seule, dans le secret de la salle de bains, je décrochai sans bruit le miroir à trois heures du matin, pour éviter toute intrusion, je besognai pendant au moins deux heures car je connaissais ma maladresse et j'allais très lentement, mais au bout du compte, j'obtins un résultat plutôt satisfaisant, et je sentais à nouveau ma peau dénudée et lisse tandis que je restais assise en plein milieu du premier rang, priant tous mes dieux morts adorés de l'inviter à m'accepter, à ne pas me rejeter, je me contentais seulement de cela, désormais, qu'il ne me rejette pas, qu'il me prenne au moins encore une fois avant de s'en aller une nouvelle fois.

Peu à peu la salle se remplit.

Un petit homme chauve mais avec rouflaquettes fut le premier à s'asseoir à la tribune. Pablo, arrivé en bavardant avec un barbu d'aspect antédiluvien qui le serra dans ses bras avec effusion au pied de l'estrade, fut le dernier à monter et occupa un des bouts de la table.

Cinq ans, deux mois et onze jours depuis la dernière fois que je l'avais vu. Son visage, le nez trop fort, la mâchoire trop carrée, avait à peine changé. Les cheveux gris n'avaient pas proliféré non plus. Il avait même plutôt minci, ce qui m'étonna car Marcelo disait toujours que la cuisine était bonne à Philadelphie, mais lui avait minci et n'en paraissait que plus grand et dégingandé, un des aspects de lui que j'avais toujours aimé, il donnait toujours l'impression d'être sur le point de se disloquer, avec tellement d'os et si peu de chair dessus.

L'âge lui seyait à merveille.

Pendant que le type à rouflaquettes présentait les intervenants avec une componction exaspérante, il alluma une cigarette et jeta un coup d'œil sur la salle. Il regardait partout sauf dans ma direction.

En moi le trou béait de plus en plus.

J'avais très chaud. Et très peur.

Je ne me risquai pas à le regarder ouvertement, mais je sentis qu'il s'était figé.

Il me fixait avec insistance, les yeux mi-clos, avec une expression impénétrable. Puis il me sourit et seulement après fit bouger ses lèvres en silence, deux syllabes, comme s'il prononçait mon nom.

Il me reconnaissait.

J'agis selon le plan établi, je déboutonnai lentement mon manteau en découvrant mon horrible uniforme marron de lycéenne. J'affectais un air paisible mais en mon for intérieur je me faisais l'effet d'un vieux jongleur sans talent qui tente de sauver les apparences tout en s'apprêtant à recevoir sur la figure les huit quilles de bois qu'il prétendait faire danser dans les airs. Pablo posa une main sur son visage, demeura ainsi quelques secondes puis recommença à me regarder. Il souriait toujours.

Ce soir-là il parla peu, et mal, perdant parfois le fil de sa phrase, bégayant, donnant l'impression qu'il lui coûtait de prononcer plus de trois mots à la suite, il ne me quittait pas des yeux et mes voisins m'observaient avec curiosité.

Quand le vieux à rouflaquettes donna le signal du jeu des questions-réponses, je me levai de mon siège.

A ma grande surprise, mes jambes étaient toujours capables de me soutenir.

Je remontai l'allée très lentement, sans aucun faux pas, et je quittai la salle. Je traversai le hall sans regarder derrière moi, je passai les portes vitrées de l'entrée et j'avais seulement fait sept ou huit pas qu'il m'arrêtait. Son bras se posa sur le mien, il attrapa mon coude et m'obligea à me retourner, puis, après m'avoir scrutée quelques secondes, il me toucha de sa baguette magique.

« Fantastique, Loulou, tu n'as pas grandi du tout... »

Il accepta toutes mes offrandes avec une exquise élégance. Il sut lire tous les signes sans un seul commentaire. Il parla peu, juste ce qu'il fallait. Il tomba de bon gré dans tous mes pièges. Il me laissa m'informer de tout ce que je voulais savoir.

Il m'amena chez lui, un duplex très grand mais encombré de meubles, dans le centre.

« Que s'est-il passé avec l'atelier de Moreto ?

— Ma mère l'a vendu il y a quelques années. » Il semblait le déplorer. « Elle s'est acheté un pavillon absolument atroce à Majadahonda *. »

Ensuite il se mit à me jauger en silence, soigneusement, des pieds à la tête. De ses mains il hissa mes bras au-dessus de ma tête et les maintint dans cette position tandis qu'il remontait mon pull et me le retirait. Il déboutonna ma blouse, l'enleva et me regarda bien en face, souriant. Je ne portais pas de soutien-gorge et il se souvenait

* Ancien village célèbre pour les combats qui s'y déroulèrent durant la guerre civile, aujourd'hui banlieue « middle class » de l'hydre madrilène. *(N.d.T.)*

encore de tout. Il se pencha en avant, m'agrippa par les chevilles qu'il tira brusquement vers le haut et me fit perdre l'équilibre. Il attira mes jambes vers lui jusqu'à les placer sur les siennes. Je demeurai étendue en travers du canapé. Il fit sauter les attaches de ma jupe. Avant de la retirer, il me prit une main, l'approcha de son visage et l'observa avec attention, s'attardant sur le bout de mes doigts, tout arrondi. J'avais négligé ce détail.

Je savais que je n'aurais pas dû rompre le silence, mais je ne pus m'en empêcher :

« Tu aimes les ongles longs et vernis de rouge ? »

Il gardait toujours mes doigts dans les siens, et m'adressa un sourire ironique.

« Est-ce vraiment important ? »

Je ne pouvais lui répondre qu'en effet c'était important, très, et je me contentai donc d'un vague haussement d'épaules.

« Non, je ne les aime pas », reconnut-il enfin, et moi je pensai que ce n'était pas plus mal.

Il acheva de me déshabiller sans hâte. Il enleva mes chaussures pour retirer mes bas mais me rechaussa ensuite. Il me regarda un instant, inactif. Puis il étendit sa main ouverte et la fit glisser délicatement sur moi, depuis mes talons jusqu'au cou, plusieurs fois. Il semblait si tranquille, ses gestes étaient si paisibles et discrets que j'en vins à penser qu'il ne me désirait plus, qu'il agissait seulement dans le souvenir d'un désir ancien, irrémédiablement éteint. J'avais peut-être trop grandi, après tout.

Il me redressa en me prenant sous les aisselles. Je me retrouvai assise sur ses genoux. Il m'entoura de ses bras et me donna un baiser. Le seul contact de sa langue fit vibrer mon corps, frissonner mon dos. Je pensai : Il est ma raison de vivre. C'était une idée déjà ancienne, rabâchée jusqu'à la nausée durant son absence, dans les derniers temps rejetée pour son inutilité, sa pathétique mesquinerie, il y avait encore tant de grandes causes à embrasser en ce monde, mais à ce moment-là, tandis qu'il me cajolait et me berçait dans ses bras, c'était la vérité, la vérité pure et simple, il était ma seule raison de vivre.

Je saisis sa main et la portai à mon visage, je la laissai un moment ainsi, je sentai la pression de ses doigts, je plantai un long baiser humide dans sa paume, puis je pliai ses doigts un à un, cachant son pouce sous les phalanges, et je pressai son poing fermé contre mes joues et mes lèvres.

J'essayais de lui faire comprendre que je l'aimais.

« J'ai quelque chose pour toi... »

Il me repoussa sans aucune brusquerie, se leva et traversa la pièce. Il tira une longue boîte rectangulaire d'un des tiroirs du bureau.

« Je te l'ai acheté il y a environ trois ans, dans un moment de faiblesse... » Il me sourit. « Ne le raconte à personne, maintenant je crois que j'en ai honte, mais à l'époque j'avais des lubies de temps en temps, surtout quand j'étais seul, je prenais la voiture et je me barrais à New York, 14e Rue et 8e Avenue, un endroit très spécial, comment t'expliquer... » Il resta silencieux, concentré, puis son visage s'éclaira. « Si, écoute, la 14e Rue, c'est un peu comme Bravo Murillo puissance dix, pleine de monde, de bars, de boutiques, et moi je passais au moins quatre heures aller-retour sur la route pour aller manger une *empanada* au thon et chanter *Asturies, ma chère patrie* au bar d'un type de Langreo, je picolais jusqu'à tomber par terre et ensuite je me sentais beaucoup mieux. Je t'ai acheté ça à l'occasion d'un de ces stupides assauts de nostalgie. » Il s'assit à mes côtés et me tendit la boîte. « Je sais que ça ne se fait pas de le dire mais ça m'a coûté très cher et à l'époque je n'avais pas d'argent, je te l'ai quand même acheté. Parce que je te le devais. C'est bizarre comme je me suis senti responsable de toi toutes ces années. La vérité est que je m'attendais à te retrouver déjà femme, et les femmes ne savent pas toujours apprécier les jouets... »

La boîte, soigneusement enveloppée de cellophane tranparente, contenait une douzaine d'objets en plastique blanc, beige et rouge : un vibromasseur électrique cannelé, avec ses embouts et ses accessoires branchables. Il y avait aussi, dans un sachet, deux petites piles.

Il ne me fut pas difficile de paraître satisfaite. J'étais très contente, et pas seulement parce qu'il s'était souvenu de moi.

« Merci beaucoup, ça me plaît. » Je lui fis un large sourire. « Mais tu aurais dû me l'envoyer, ça serait très bien tombé. Je suppose que c'est à ma taille... » Il me regardait en riant. « Si tu veux, je peux me l'essayer... tout de suite. »

Je déchirai le papier pour inspecter avec soin le contenu. Je trouvai facilement le magasin où loger les piles. Je tournai le contact à la base du vibromasseur qui se mit à trembler. J'augmentai la puissance jusqu'à le faire danser au creux de ma main. C'était aussi amusant que le matin de Noël, dans mon enfance, quand il suffisait de glisser deux piles dans le dos d'une poupée banale, inerte, pour qu'elle se mette à parler ou à dodeliner de la tête. Je me surpris en train de sourire. Je regardai Pablo, qui souriait lui aussi.

« Lequel est le meilleur, d'après toi ? » Il ne me répondit pas, se contenta de se lever et d'aller s'asseoir dans un fauteuil à environ trois mètres de là, juste devant moi.

Maintenant tu vas voir, maintenant tu vas voir si j'ai grandi ou non, je me sentais bien, très à l'aise, je devinais tenir là mon unique recours, j'y avais souvent pensé ces derniers jours et j'avais été incapable d'établir un plan définitif, une tactique précise, mais il m'avait simplifié la tâche, je lui plaisais, il se souvenait toujours de moi, et puisque les filles sales lui plaisaient, eh bien, j'allais lui prouver que je pouvais être sale, très sale, le simple fait de me rappeler les paroles de la directrice de l'internat me donnait des ailes, j'avais seulement peur que ma démonstration puisse se révéler trop théâtrale, légèrement hystérique et donc peu convaincante, tout le reste m'était égal, il faut dire que j'ai la pudeur étrangement placée, j'éprouve une montée de pudeur devant une dame à qui la vue d'un enfant handicapé dans sa petite chaise roulante arrache des cris d'admiration condescendante, devant un nouveau riche qui plante un scandale au tout jeune serveur d'un boui-boui sur la plage sous prétexte qu'il n'y a pas de pain complet, devant un couple de gros lards bien habillés qui ne trouvent que cinquante centimes à donner en aumône, mais l'autre pudeur, la pudeur des braves gens, celle-là ne m'a jamais effleurée.

J'ai écarté lentement les jambes avant de faire glisser un doigt tout au long de mon sexe, une seule fois, puis je me suis mise à jacasser :

« Je crois que je vais commencer avec celui-là. » J'ai sorti de la boîte un embout de plastique couleur chair qui offrait une copie assez fidèle de la réalité, avec les nerfs et tout. « Tu sais quoi ? Je ne suis plus aussi contente d'être grande, avant j'étais très fière de ma taille mais maintenant, j'aimerais bien avoir vingt centimètres de moins, comme Susana, tu te souviens de Susana ?

— Celle de la flûte ? » L'expression de son visage, réfléchie et amusée tout à la fois, était exactement celle que j'avais essayé de retenir au cours de toutes ces années.

« Exact, celle de la flûte, tu as une bonne mémoire... » Je le regardais droit dans les yeux pendant tout ce temps, je m'efforçais d'adopter cet air froidement calculateur qui caractérise les femmes expertes et lascives, mais mon sexe encore vide n'arrêtait pas de s'épanouir et de palpiter, et cette sensation n'avait jamais pu me laisser impassible.

« Voilà, c'est en place, mais c'est énorme ! J'espère que tu ne seras pas choqué si je me le mets là, n'est-ce pas ? » Il a fait non de la tête. Je me suis branlée un moment avec le jouet avant de l'enfoncer précautionneusement en moi. Je n'ai pas pu observer sa réaction, alors que pourtant il était la raison d'être de cette scène, car j'avais perdu les pédales. C'était la première fois que j'utilisais un tel engin, et mes propres réactions m'occupaient entièrement.

« Tu aimes ? » Sa question m'a déconcentrée.

« Oui, j'aime... » Je me suis tue un moment et je l'ai regardé avant de continuer à parler : « Mais ça ne fait pas l'effet d'une vraie queue comme je m'y attendais, d'abord parce que ce n'est pas chaud et ensuite, comme je dois le faire bouger moi-même, il n'y a plus d'effet de surprise, tu comprends ? Plus de changements de rythme, quand il y a une pause et que brusquement ça accélère, c'est ce qui me plaît par-dessus tout, quand ça accélère...

— Tu as souvent baisé cette année, non ?

— Bon, je me suis pas mal défendue... » Maintenant je faisais aller ma main plus vite, je me pistonnais vigoureusement avec ce simulacre d'homme et cela me plaisait plus, toujours plus, je commençais à y prendre trop de plaisir, aussi me suis-je arrêtée brusquement en décidant de changer d'embout, je ne voulais pas précipiter le dénouement.

« Celui-là, qui a des pointes, c'est pour faire mal ?

— Je ne sais pas, non, je ne crois pas.

— Bon, on va voir... Mais j'étais en train de te raconter quelque chose ? Ah oui, Susana, comme elle mesure à peine un mètre cinquante, tous les mecs lui paraissent énormes, c'est génial, à chaque fois que je l'interroge, elle me répond la même chose, il en avait une comme ça », j'écartai mes mains l'une de l'autre, avec exagération, « super-grosse, mais elle se plaint, je ne la comprends pas, elle se plaint toujours, moi j'adorerais mais je suis tellement grande qu'ils ne me remplissent jamais jusqu'au bout, c'est pour ça que c'est un handicap, je trouve, d'être si grande, parce qu'on a tout trop long...

— D'accord... » Il riait à gorge déployée en me regardant, tout cela lui plaisait, j'en étais sûre, et j'ai donc décidé d'enchaîner avec une histoire d'un tout autre tonneau, que je ne me serais jamais crue capable de lui raconter mais qui alors m'a paru sans conséquence.

« Dis, tu sais que ces pointes ne font pas mal du tout ? Maintenant je vais mettre encore ça par-dessus, on va voir ce que ça donne. » J'ai pris une sorte de capuchon rouge, couvert de petites aspérités, que j'ai installé sur la pointe. « C'est vraiment rigolo, à propos de Susana, il y a quelques mois j'ai rêvé de toi et les godes avaient une grande importance dans ce rêve. » Je me suis arrêtée un instant, je voulais observer son visage mais je n'ai rien pu y lire. « Il se trouve que Susana est devenue très bêcheuse d'un coup, avant elle était la plus dessalée de la classe mais il y a quelques années elle s'est trouvé un fiancé sérieux, très sérieux, un vioque de vingt-neuf balais...

— J'en ai trente-deux... » Il m'a d'abord lancé le même regard qu'avait ma mère lorsqu'elle me surprenait en train de farfouiller dans le garde-manger, puis il est parti d'un grand éclat de rire.

« D'accord, mais tu n'es pas un vioque.

— Pourquoi ?

— Parce que, c'est comme Marcelo, lui non plus n'est pas un vioque, même s'il a déjà un fils et tout, bon, de toute manière, le fait est que le fiancé de Susana a plein d'argent, une agence de pub mais pas un gramme d'humour, et l'autre soir, nous sommes sortis dîner, eux deux, Chelo qui avait amené avec elle un type plutôt drôle et moi qui n'avais personne avec qui aller, crois-moi, si j'avais déjà eu ça, au moins, je serais sortie avec, déjà en place. » J'ai retiré le gode de mon ventre et j'ai commencé à le dépouiller de ses accessoires. Je voulais l'essayer tout nu, il serait ainsi certainement moins efficace, les pointes commençaient à me faire perdre la tête. « Le fait est que nous avons pris une cuite, Susana aussi, et on lui a raconté l'histoire de la flûte, l'ami de Chelo s'est tordu de rire, aux anges, mais l'autre est monté sur ses grands chevaux, il a dit que c'était affligeant, que ce genre de stupidités ne l'excitait pas du tout, et moi j'ai répliqué que je trouvais ça bizarre, que toi, rien que d'entendre cette histoire, tu avais eu la trique, n'est-ce pas ? » Il a opiné de la tête. « Tu m'as rapporté aussi une flûte de New York ?

— Non.

— Quel dommage ! » Je n'ai pas pu m'empêcher de rire à ce moment, mais je me suis aussitôt ressaisie et j'ai continué : « Bon, le fait est que cette nuit-là, j'ai rêvé que nous roulions tous les deux dans une très grande voiture, une voiture très chère conduite par un chauffeur noir très beau qui te disait Monsieur et qui en avait une très grosse, je ne sais pas pourquoi mais j'étais sûre qu'il en avait une très grosse. » Son sourire changea de nuance, et j'eus peur qu'il ne se soit douté de quel genre de rêve il s'agissait réellement, si bien que je me mis à broder pour donner à tout cela un air de vraisemblance. « Je portais une robe longue, gris perle, à la mode du XVIe siècle, avec un énorme décolleté, une collerette blanche, une jupe à paniers avec un polisson de tulle posé sur le cul et une montagne de bijoux partout, mais toi, tu étais en pantalon et en pull, rouge, à grosses côtes, rien de spécial, et on s'arrêtait dans la rue Fuencarral qui en fait était Berlin, même si toutes les enseignes étaient en espagnol, la rue était exactement comme elle est, et on entrait chez un chausseur, avec les vitrines pleines de chaussures, évidemment... Dis, tu ne vois pas d'inconvénient à ce que je continue avec un doigt, rien qu'un petit moment ? J'ai besoin de souffler un peu.

— Mais, je t'en prie...

— Merci, c'est trop aimable à toi, enfin, où en étais-je ? Ah oui, dans le magasin il y avait un vendeur vêtu en page, à l'ancienne, mais son costume n'avait pas grand-chose à voir avec le mien, il était habillé à la française, comme Louis XIV, avec toute cette dentelle et une perruque poudrée, tu vois le genre, alors moi je m'asseyais toute modeste sur une banquette, toi debout à mon côté, et le vendeur s'est approché et t'a dit : Monsieur désire, parce que le plus rigolo, que tu ne peux pas imaginer, c'est la relation que nous avions toi et moi, tu ne peux pas imaginer...

— Une relation de père et fille ?

— Oui... » J'en balbutiais. « Comment tu as deviné ?

— Bof, j'ai dit la première chose qui me passait par la tête.

— Et tu ne trouves pas ça incroyable ? » La stupéfaction, une stupéfaction non dénuée de honte, de véritable honte malgré ma solide réputation d'effrontée, était sur le point de me paralyser d'un instant à l'autre.

« Non. C'est charmant. » Sa réponse dissipa mes doutes.

« Et qu'est-ce qui arrivait ? Je suppose que je n'étais pas en train de t'équiper pour la rentrée des classes ?

— Non, quelle idée ! » J'ai ri, j'étais entièrement sortie de cette passe inconfortable, et je me sentais encore mieux, encore plus convaincante, j'ai recommencé à me caresser pour me donner en spectacle à lui, je me suis lentement glissée sur la moquette, j'étais très excitée à l'idée de l'exciter à distance mais j'éprouvais aussi une terrible envie de le rejoindre, de le toucher. « Tu as dit au vendeur que tu partais à Philadelphie pour quelques semaines, donner un cours sur saint Jean de la Croix à ces malheureux sauvages, je veux dire aux Indiens, et que tu redoutais de me laisser seule ici, toute seule, parce que j'étais une dévergondée capable de n'importe quoi, et que tu avais donc pensé me faire monter une prothèse qui me comblerait et me tiendrait compagnie durant ton absence, le vendeur t'a donné raison, il a dit, avec les jeunes filles d'aujourd'hui on ne saurait être trop prudent, maintenant je le trouve bien raisonnable. Alors cet individu est allé dans l'arrière-boutique et il en est revenu avec deux portemanteaux, bon, ce n'était pas exactement des portemanteaux mais je ne sais pas comment les appeler, deux tiges de fer qui se terminaient en cercle, et il les a posés devant moi, un de chaque côté, alors moi, je savais ce que je devais faire, j'ai relevé mes jupes, j'ai ouvert les jambes et j'ai calé mes hauts talons dans les ronds des portemanteaux, et je suis restée dans cette posture, comme quand on va se faire examiner par le gynécologue, je portais des pantalons bouffants blancs, qui descendaient jusqu'aux chevilles mais qui étaient tout ouverts par-derrière, avec une boutonnière brodée de petites fleurs, et le vendeur m'a mis un doigt, il t'a regardé et il a dit ainsi, je ne peux rien lui essayer, elle est totalement sèche, si vous le désirez, je puis tenter d'y remédier, et tu as donné ton accord, et donc il s'est agenouillé devant moi et s'est mis à me bouffer le con et il le faisait très bien, et il me donnait beaucoup de plaisir, mais quand j'ai été sur le point de jouir, je lui ai dit, ça suffit, et il s'est arrêté...

— Comme je me suis montré peu à la hauteur ! » Il souriait en tambourinant des doigts sur sa braguette.

« En effet, tu as été très grossier. Bon, alors ce mec-là a commencé à m'enfiler des godes dorés, longs et toujours plus gros et comme j'étais déjà très chaude, je me suis mise à jouir en plein milieu de l'essayage, toi tu as aimé mais le vendeur n'a pas paru satisfait du tout, il n'a rien dit mais à la fin il m'en a placé un effrayant, j'avais très mal mais toi tu étais enchanté et tu as dit, oui, celui-là, celui-là, alors il a poussé encore un peu plus et je l'ai eu tout entier en moi, et je n'arrivais plus à l'enlever, je pleurais et je protestais, je ne veux pas celui-là, je te l'ai dit clairement mais toi tu es parti à la caisse, tu as payé, tu m'as aidée à me lever et tu m'as tirée dehors en disant que tu allais rater l'avion, parce que tu allais à Philadelphie en avion à partir de Paris, ouf, je veux dire de Berlin, et je ne pouvais pas marcher, je ne pouvais pas, je devais garder les jambes écartées et je la sentais en moi, cette poutre, quand nous sommes remontés dans la voiture, le chauffeur a demandé ce que j'avais et toi tu as soulevé ma jupe pour le laisser regarder, lui il m'a mis le bout d'un doigt et s'est exclamé, c'est une taille 56, fantastique, c'est la meilleure, et moi je t'ai dit en pleurnichant, mais comment allons-nous pouvoir nous dire au revoir avec ça en moi et toi tu as répondu, ne t'en fais pas, il y a d'autres moyens, et tu m'as forcée à me mettre à genoux sur le siège arrière, tu as relevé ma jupe, tu m'as mis un doigt dans le cul... et à ce moment je me suis réveillée, j'étais trempée et je me suis souvenue de toi. » Je l'ai regardé, pendant très longtemps, il demeurait silencieux, il se contentait de me sourire, et j'ai repris la parole : « Tu as aimé le rêve ?

— Beaucoup, je serais très heureux d'avoir une fille comme toi.

— Dis, Pablo... » Ses paroles et ses yeux m'indiquaient que j'avais réussi, maintenant il savait enfin, il savait combien je pouvais être sale, et sûrement plus encore, mais ce n'était pas encore assez, il me fallait aller jusqu'au bout. « J'aimerais bien te la sucer. Tu me laisses ? »

Il ouvrit sa fermeture Éclair, sortit son sexe de la main droite et se mit à le caresser.

« Je ne fais que t'attendre... »

J'ai parcouru à genoux la distance qui me séparait de lui, je me suis penchée sur sa queue et je l'ai prise dans ma bouche. Cela prenait l'allure de vraies retrouvailles.

« Loulou...

— Hmmm. » Je n'avais pas envie de parler.

« J'aimerais bien te sodomiser. »

Je n'ai même pas ouvert les yeux, je ne voulais pas réaliser ce qu'il était en train de dire mais ses mots sont restés à danser dans ma tête quelques secondes.

« J'aimerais bien te sodomiser. Je peux ? »

J'ai distrait mes lèvres de leur prenant labeur et j'ai levé les yeux vers les siens tout en faisant doucement glisser son sexe dans ma main.

« Bon, il ne faut pas prendre les choses au pied de la lettre comme ça... » J'avais seulement envie de l'impressionner, ai-je pensé, c'est vrai, je voulais l'impressionner, mais pas à ce point. « Il n'est pas rationnel de croire aux rêves et en plus, je te l'ai déjà dit, je suis habituée à ce qu'on ne m'emplisse pas entièrement, tu n'as pas besoin de te donner tant de dérangement...

— Ça ne me dérange pas du tout. » Il m'a regardée en riant, il m'avait eue, il m'avait bien eue, j'ai compris que je n'arriverais jamais à être une femme fatale, une femme fatale selon les règles, ma stratégie s'était retournée contre moi, et désormais je ne trouvais plus d'autres saletés à dire, plus rien de brillant à dire. « De plus, d'après ce que j'ai pu voir et entendre, il me semble que ce ne serait même pas la première fois pour toi...

— Eh bien, tu vois, je crois bien que si... » Ici je suis restée silencieuse, je l'ai regardé un moment puis j'ai décidé que le mieux était de revenir à l'ordre antérieur et j'ai donc fermé à nouveau ma bouche sur son sexe, j'ai déployé toutes les ressources de mon expérience, l'une après l'autre, à toute vitesse, je pensais que de cette façon son envie pourrait lui passer mais à peine quelques minutes plus tard la pression de sa main m'a contrainte à abandonner.

« Eh bien ? » Il insistait, sur un ton fort courtois.

« Je ne sais pas, Pablo, c'est que... » J'essayais d'éveiller sa compréhension en le regardant avec des yeux d'agneau qu'on mène à l'abattoir, je n'avais pas vraiment à me forcer car j'étais perdue, je ne pouvais pas lui dire non, à lui je ne pouvais pas dire non, mais dans le même temps je ne voulais pas, je savais pertinemment que je ne voulais pas. « Pourquoi tu me demandes de telles choses ?

— Tu aurais préféré que je ne te le demande pas ?

— Non, ce n'est pas ça, je ne veux pas dire que je trouve mal que tu me l'aies demandé, mais c'est que moi, comment te dire, moi...

— Ça m'est égal, ne t'en fais pas, c'était seulement une idée. »

Ses bras se glissèrent sous mes aisselles, signe que je devais me lever. Quand j'ai été debout face à lui il a plongé sa langue dans mon nombril, un moment, puis il s'est levé à son tour, m'a prise dans ses bras et m'a donné un long baiser sur la bouche. Ses mains sont lentement remontées dans mon dos, depuis la taille jusqu'à peser sur mes épaules. Alors il m'a fait pivoter d'un coup, m'a déséquilibrée d'un croc-en-jambe pour me faire tomber sur le tapis, et s'est jeté sur moi. Il a emprisonné mes cuisses entre ses genoux pour bloquer mes jambes, faisant porter tout son poids sur sa main gauche, posée entre mes omoplates et qui me maintenait contre le sol. J'ai senti un emplâtre visqueux et froid, puis un doigt, déjà terriblement présent, qui entrait et sortait de mon corps en rejetant finalement le reste de la substance autour de l'orifice.

« Tu es un fils de pute... »

Il a claqué plusieurs fois la langue contre son palais.

« Allons, Loulou, tu sais bien que je n'aime pas t'entendre parler de cette manière. »

J'ai lancé mes jambes vers le haut, réussissant parfois à le frapper dans le dos. Je tentais de dégager aussi mes bras quand j'ai senti la pointe de son sexe m'évaluer.

« Reste tranquille, Loulou, je t'assure que ça ne sert à rien... Tout ce que tu vas gagner, si tu continues à faire l'idiote, c'est une paire de claques. » Il n'était pas en colère, sa voix était chaleureuse, et même apaisante malgré les menaces qu'il proférait. « Tiens-toi bien, c'est seulement l'affaire d'un instant, et puis il n'y a pas de quoi en faire un plat. » Il m'a ouverte de sa main droite, je sentais la pression de son poing distendant la peau, repoussant la chair vers l'extérieur. « En plus, tout est de ta faute, sincèrement, c'est toujours toi qui commences, tu restes là à me regarder, avec ces yeux affamés, et je ne peux pas m'empêcher d'avoir tellement envie de toi... »

Sa main droite, que j'imaginais fermée autour de sa queue, appuyait contre l'orifice que je sentais si fragile, si pitoyable.

« Tu es un fils de pute, un fils de pute... »

Ensuite je n'ai plus été capable de parler, la douleur m'a laissée muette, aveugle, inerte, entièrement paralysée. Je n'avais jamais connu une telle souffrance, de ma vie. J'ai explosé en hurlements, j'ai hurlé comme une bête mise à mort, en laissant échapper de longues plaintes stridentes, jusqu'au moment où les pleurs ont noyé ma gorge et m'ont privée même de la consolation de pouvoir crier, j'en étais réduite à lâcher de temps en temps des sanglots oppressés qui m'humiliaient encore plus car ils proclamaient ma faiblesse, ma totale impuissance face à cette brute qui se tordait sur moi, qui haletait et soupirait contre ma nuque, en train de succomber à un plaisir inique, insultant, en train de se servir de moi exactement comme je m'étais servie de ce jouet de plastique blanc auparavant, il était en train de se servir de moi, il tirait de moi, par la force, un plaisir auquel il m'obligeait à demeurer étrangère.

Je ne l'aurais jamais cru possible mais soudain la douleur se fit encore plus aiguë. Ses coups de boutoir étaient toujours plus violents, il se laissait tomber sur moi en me pénétrant de toute sa puissance puis s'éloignait et je sentais que la moitié de mes boyaux s'en allait avec lui. Ma tête se mit à tourner, je crus que j'allais m'évanouir, incapable de le supporter une minute de plus, lorsqu'il se mit à gémir. Je compris qu'il jouissait mais moi je ne pouvais rien éprouver. La douleur ne me laissait plus le loisir de ressentir rien d'autre que la douleur.

Puis il demeura immobile, sur moi, encore en moi. Il mordit le bord de mon oreille en prononçant mon nom. Je continuais à pleurer, sans bruit.

Je sentis qu'il m'abandonnait lentement, mais c'était comme s'il restait toujours dedans, le gouffre qu'il avait ouvert en moi refusait de se refermer.

Il me retourna, avec délicatesse. Je ne l'aidai d'aucune manière, mon corps était un vrai poids mort, je ne bougeais pas, je restais tranquille, les yeux fermés, toujours en pleurs.

Il essuya les larmes de mes yeux et me caressa le visage de sa main. Il se pencha sur moi et m'embrassa sur les lèvres. Je restai sans réaction. Il m'embrassa encore.

« Je t'aime. »

Ses lèvres ont descendu mon menton, suivi la gorge pour venir se serrer sur mes tétons, puis il a continué à descendre avec sa langue, qui glissait le long de mon corps, traversait mon nombril et parcourait mon ventre. De ses mains il a replié mes jambes, avant de les écarter largement.

Je me sentais honteuse, très malheureuse. Mon sexe était humide.

Ses doigts se sont posés sur mes lèvres qu'ils ont pressées l'une contre l'autre. Ils pressaient, relâchaient, pressaient à nouveau, descendaient toujours plus bas sans arrêter leur mouvement, produisant un son étouffé, comme un gargouillement. A la fin, sa main a ouvert mes lèvres pour mettre mon sexe entièrement à nu, pour découvrir la peau rosée, tendue, qui me donnait la même sensation de brûlure qu'une cicatrice à moitié ouverte encore. Il a plaqué sa langue dessus, allant et venant de haut en bas sans hâte, puis il s'est concentré sur l'insignifiante crête de chair dans laquelle toute l'énergie de mon corps avait afflué, l'effleurant, la cajolant, l'attaquant, je sentais le bout durci de sa langue frotter cette chair qui grossissait, qui grossissait scandaleusement, et qui palpitait, alors il l'a prise entre ses lèvres et l'a sucée, l'a abandonnée pour la reprendre et l'avaler, la lécher à l'intérieur de sa bouche, et j'ai bien dû remuer, me cambrer, tendre mon corps plus haut vers lui, me livrer à lui pour ne rien perdre du plaisir qu'il me donnait.

Il a mis deux doigts dans mon sexe et a commencé à les bouger en suivant la même cadence que celle de mon corps venant au-devant de sa langue. Peu après, il glissait deux autres doigts un peu plus bas, dans le canal qu'il avait lui-même percé auparavant.

Le souvenir de la violence est venu combler le plaisir qui était en train de me posséder, pour une explosion finale d'une exquise brutalité.

Sa langue est restée là, pressante, jusqu'au dernier de mes petits soubresauts. Ses doigts me pénétraient encore quand il a posé sa tête sur mon nombril.

Nous sommes quittes, ai-je pensé, nous avons échangé des jouissances solitaires, il m'a rendu ce qu'il m'avait auparavant arraché.

Cette idée m'a fait du bien.

C'était un point de vue, évidemment discutable, mais tout de même un point de vue.

« Je t'aime. »

Je me suis alors rappelé qu'il me l'avait déjà dit, je t'aime, et je me suis demandé ce qu'il voulait signifier par cette répétition.

Il s'est allongé à côté de moi, m'a embrassée et s'est retourné sur le ventre. Je me suis laborieusement hissée au-dessus de lui, tout mon corps me faisait souffrir, j'ai placé mes jambes sur les siennes, j'ai couvert ses bras des miens et j'ai posé ma tête au creux de son épaule.

Il m'a reçue avec un grognement de plaisir.

« Tu sais, Pablo, tu es décidément un dangereux individu... » Je souriais par-devers moi. « Ces derniers temps, à chaque fois que je te vois, je me paie une semaine sans pouvoir m'asseoir... »

Tout son corps a remué sous le mien. C'était plaisant. Il n'avait pas fini de rire qu'il m'a appelée :

« Loulou... »

Je lui ai vaguement répondu, à peine un son. J'étais trop absorbée par mes propres sensations. Je ne l'avais jamais fait avant, m'étendre sur un homme, de cette manière, et j'en retirais une impression délicieuse, sa peau était fraîche et la géographie de son corps sous le mien, aux antipodes de la face dont j'avais l'habitude, s'avérait pleine de surprises.

« Loulou... » Je compris que maintenant il était sérieux. Je n'en fus pas étonnée et même je m'y attendais, malgré toute ma mise en scène j'étais prête à encaisser une nouvelle séparation, c'était inévitable.

Cependant j'approchai ma bouche de son oreille. Je n'étais pas certaine que ma voix pourrait ne pas me trahir.

« Oui ?

— Tu veux te marier avec moi ? »

Nous avions souvent joué aux cartes en équipe, dans le

temps. Jamais je n'avais vu quelqu'un mentir aussi bien que lui. J'étais convaincue, pratiquement convaincue, qu'il voulait m'esbroufer, mais j'acceptai sa proposition, à tout hasard.

J'ai trouvé une place pour me garer du premier coup, une véritable aubaine pour un vendredi soir. J'étais en train de fermer la voiture quand l'un d'eux a trébuché contre moi.

« Pardon. » Sa voix était douce, maniérée, immédiatement reconnaissable.

Je les ai regardés attentivement pendant qu'ils descendaient la rue. Ils étaient deux. Celui qui s'était excusé portait ses cheveux bruns très courts, et tondus au-dessus des oreilles. Une longue mèche teinte en blond était plaquée sur son œil qu'elle dissimulait entièrement. L'autre, dont je n'ai pu discerner les traits, était basané. Il avait ramassé ses cheveux frisés en un petit catogan sur la nuque.

Ils avançaient d'un pas cadencé, en plein milieu de la chaussée pavée. Le plus petit rejetait sans cesse sa mèche en arrière. Il avait une très jolie chemise, dans un tissu mordoré, et un pantalon noir très ajusté. Son ami, qui me paraissait beaucoup plus intéressant, du moins vu de dos, avait le teint très sombre. Un foulard orange qui lui servait de ceinture venait égayer la sobriété de sa tenue, une chemisette noire très ouverte et un pantalon noir aussi, très ample, mais serré aux chevilles.

Je les ai suivis de loin. J'avais du temps devant moi. Deux pâtés de maisons plus loin, un type adossé à une voiture sous un lampadaire les a salués en levant le bras.

Celui-là était en blanc, tout en blanc, des espadrilles jusqu'au bandeau dans les cheveux. Il était très beau et très jeune.

Il avait encore l'aspect fragile des adolescents.

Je me suis arrêtée devant une vitrine pour les regarder dans le reflet. Le plus petit, arrivé le premier, a déposé un léger baiser sur les lèvres du jeunot. Alors ce dernier s'est redressé et s'est dirigé vers celui vêtu tout en noir, qui s'était arrêté sur le trottoir, les bras croisés. Il s'est pendu à son cou et l'a embrassé sur la bouche. On voyait leurs langues s'entremêler tandis qu'ils s'embrassaient voracement.

Ils ont continué à descendre la rue tous les trois, celui à la mèche un peu à l'écart, les deux autres se tenant par la taille, le basané flattait de temps à autre la croupe de celui tout de blanc vêtu, en lui donnant de petites tapes. Je les suivais, sans objectif particulier. J'étais enchantée de les avoir rencontrés, j'avais eu de la chance.

Ils ont obliqué dans une ruelle. Depuis le coin, j'ai vu qu'ils entraient dans un bar que j'avais pas mal fréquenté quand j'étais étudiante. J'ai trouvé amusant que ce repère de militants soit devenu une boîte gay.

Je suis passée devant la porte, mais je ne les ai pas aperçus. Quelques quadragénaires aux allures de fonctionnaires progressistes, ce que jadis on aurait appelé des femmes émancipées, étaient juchées sur des tabourets au comptoir. A leur côté, un couple de petits jeunes, garçon et fille, flirtait tranquillement.

Je suis entrée pour donner un coup de fil.

Ils étaient debout dans un coin. J'ai jeté un coup d'œil à l'établissement. Il y avait de tout ici, des clients de tous poils, aussi ai-je décidé de rester. Je me suis accoudée au comptoir pour commander un verre.

« Oui ? » C'était la voix de mon frère à l'autre bout de la ligne.

« Marcelo ? Dis donc, c'est moi, écoute, je suis désolée mais je ne vais pas pouvoir venir dîner. » J'ai pris une voix pâteuse. « J'ai passé toute la soirée à boire des verres avec une amie qui vient de divorcer et je ne suis pas très en forme, tu comprends, je préfère rentrer me coucher, dis à Mercedes que je regrette beaucoup, que la semaine prochaine...

— Petit canard ? » Il avait l'air inquiet. Je savais ce qu'il allait me demander. « Petit canard, ça va ?

— Mais bien sûr, je suis bourrée, mais ça va. » Depuis que j'avais quitté Pablo, Marcelo semblait obsédé par mon moral.

« C'est sûr ? » Il ne me croyait pas.

« Et comment, tout va bien, Marcelo, c'est seulement que j'ai trop bu.

— Tu veux que je vienne te chercher ?

— Dis donc, mon vieux, j'ai passé la trentaine au cas où tu ne le saurais pas, je peux rentrer chez moi toute seule, jusqu'à plus ample informé...

— C'est vrai, j'oublie toujours, excuse-moi. » Il n'avait jamais cessé de me traiter comme une petite fille, en cela il ressemblait à Pablo, mais je n'en étais pas plus contrariée, lui aussi je l'ai toujours adoré, mon frère. « Appelle-moi demain, d'accord ?

— D'ac. »

En levant mon verre, je me demandais ce que je cherchais en venant ici, pourquoi j'avais annulé mon dîner chez Marcelo, ce que je pouvais en espérer. Aussitôt je me suis répondu à moi-même que je n'espérais rien. J'étais seulement entrée pour les regarder, ce à quoi je me suis consacrée.

Ils étaient toujours debout à l'autre bout du comptoir. J'avais la possibilité de les observer à loisir, ils ne pouvaient certainement pas me voir, à moitié cachée par les étagères comme je l'étais.

Le jeunot et celui en noir étaient fiancés, j'en aurais mis ma main au feu. Ils formaient un couple magnifique. A peu près de la même taille, un peu plus d'un mètre quatre-vingts, ils avaient la même allure saine et détendue. Le basané était d'un superbe facture, un athlète grec avec d'énormes épaules, un torse puissant, des membres déliés et solides, pas un soupçon de graisse, la musculature ni plus ni moins que désirable. Il devait travailler tout ça avec soin, ai-je pensé, comme mes garçons californiens. Il avait un visage long et anguleux, des yeux sombres, très grands, ses traits étaient loin d'être laids mais finalement se révélaient trop accusés, ne cadraient pas avec le catogan ni avec sa condition de sodomite. Qu'il le veuille ou non, il avait une tête de macho méditerranéen, du genre qui mène les femmes à la baguette, et cela aucun club de musculation ne pourrait rien y changer.

Son fiancé était fascinant, d'une ambiguïté adorable et totale. Son corps très mince avait une touche de languidité qui rappelait le charme des éphèbes classiques et pourtant il était trop grand, trop massif, trop masculin en somme pour correspondre entièrement à ce canon antique. C'était d'ailleurs ce que je préférais en lui, je ne supporte pas les éphèbes aux allures d'enfant, de femme, ils ne me disent rien. Son cul était parfait, ferme et rond, dont les lignes se découpaient nettement sous la toile légère du pantalon bien tendu, exacte réplique de celui que portait son compagnon. Parfait aussi l'ovale de son visage, avec ses joues rosées, ses yeux marron en amande ombrés de longs cils, ses lèvres aussi fines et cruelles que ses yeux paraissaient doux, son nez petit, son cou flexible, interminable, il doit tous les rendre dingues, ai-je pensé.

Ils parlaient entre eux, face à face, au début ils se souriaient tendrement puis leur conversation sembla changer de style. Celui à la mèche teinte, qui ne me plaisait pas du tout car il se rapprochait trop de l'archétype de la tantouze sans pour autant en avoir les attributs, maquillage, ongles longs et compagnie, s'en mêla. Le jeunot prit alors une attitude des plus obligeantes. Il caressait les bras de son ami, flattait ses muscles, cachait la tête dans son épaule, l'embrassait dans le cou, il semblait vouloir exprimer tout son amour et il l'aimait sans aucun doute, mais le basané jouait les durs. Ses gestes étaient distants, et même brusques au fur et à mesure que se précisait ce qui ne pouvait être rien d'autre qu'une dispute. L'adolescent avait l'air prêt à tout pour l'amadouer, il semblait demander pardon avec ses mimiques, avec ses mains, avec ses moindres mouvements, mais c'était en vain, à un moment il fut rejeté, les bras de l'athlète le repoussèrent, le petit à la mèche ne put dissimuler sa satisfaction, il jubilait, mais lui aussi en prit pour son grade, le basané l'insultait et le secouait copieusement. Il avait l'air d'être excédé par les deux autres. Le plus jeune lui tourna le dos, posa ses mains contre le mur et cacha sa tête dans ses bras, visiblement désespéré. Son compagnon en fut ému, il se décida à s'approcher et à l'enlacer par-derrière, en caressant ses cheveux d'un blond naturel. Finalement le jeunot consentit à se retourner, et ils s'embrassèrent avec autant de passion qu'au moment où ils s'étaient rencontrés. En un clin d'œil, ils se comportèrent comme si de rien n'était.

Je m'amusais beaucoup. Je demandai un autre verre sans les quitter des yeux.

« Les homosexuels sont des êtres humains, comme n'importe qui. »

Je me retournai, toute surprise, non tant par l'étrange tournure de cette phrase que par la soudaine et mystérieuse incursion de son auteur.

Derrière le comptoir, un petit jeune qui ressemblait beaucoup au type à la mèche me fusillait du regard.

« Ça ne fait aucun doute. » Tout en lui répondant, je lui fis face.

« Alors, je ne vois pas pourquoi tu reluques Jimmy comme ça. » Le pauvre, il était vraiment moche.

« Je ne sais pas qui est Jimmy.

— Non, vraiment ? » Ma réponse semblait l'avoir renversé.

« Vraiment.

— C'est celui en noir, mais je ne comprends pas pourquoi tu le regardes autant si tu ne le connais pas...

— Parce qu'il me plaît.

— Parce qu'il te plaît ? » Il ricana. « Eh ben, que ce soit clair, ma grande, c'est un gay, tu vois ? Un gay cent pour cent, et ce blondinet, là-bas, c'est son coup.

— J'avais cru comprendre, en effet. » Mes yeux étaient si froids qu'il observa un temps d'arrêt. « Je suis une nana mais pas une conne, c'est clair ? » Je ne lui donnai pas le temps d'approuver. « En plus, c'est justement parce qu'il est gay qu'il me plaît, uniquement pour ça, tu saisis ?

— Non. » Il en était si déconcerté qu'il me fit sourire.

« Simplement, les homosexuels me plaisent. Ils me plaisent, ils m'excitent, beaucoup.

— Tu veux dire... sexuellement ?

— Oui. » Il resta pétrifié, son verre à la main, abasourdi par ma réponse. « Je ne vois rien de sidérant là-dedans, après tout, les hommes, je veux dire les hommes hétérosexuels, aiment bien les lesbiennes, en tout cas les jolies lesbiennes, et personne ne trouve ça incroyable.

— Peut-être, mais moi c'est la première fois que j'entends une chose pareille, de ma vie...

— Tu n'as pas dû vivre beaucoup. » Je ne disposais pas de statistiques à ce sujet, mais je me refusais à croire que mon envie n'avait aucun précédent.

Les envies sans précédent n'existent pas.

« C'est la première fois... » Il se répétait, abasourdi, secouant la tête tout en plaçant le verre devant moi. Après une minute de silence, il revint à la charge :

« Tu veux dire que tu aimerais coucher avec eux... même s'ils ne te font rien, je veux dire seulement être là à les mater, par exemple ? » Son visage restait méfiant, il continuait à me regarder comme une sorte de monstre.

« Par exemple. Oui, j'adorerais.

— Tu veux que je leur en parle ? » Je le jaugeai discrètement. Il paraissait plein de sollicitude mais dénué de prétentions mercantiles, du moins pour l'instant.

« Avec plaisir. » A peine lui avais-je répondu que je réalisai le pétrin dans lequel je m'étais fourrée, toute seule comme une grande.

Il disparut par une porte qui donnait derrière le comptoir. Quelques secondes après, je le revis en train de parler à Jimmy et à son fiancé, en tout cas, moi, je l'appelais ainsi.

Le barman leur racontait tout l'épisode comme s'il s'agissait d'une gigantesque plaisanterie, son rire strident retentissait sans fin. Le blondinet trouva cela amusant lui aussi, mais pas Jimmy. Lui seul me regardait. Tout en soutenant son regard, je me demandais ce que je ferais s'ils me demandaient de l'argent. Il était honteux de payer pour coucher avec un homme, évidemment bien plus honteux que d'être payée, par ailleurs ils n'étaient pas des hommes, ou plutôt ils ne pouvaient entrer dans un tel raisonnement.

Ils délibérèrent un moment tous les deux, le barman restant à l'écart. Puis Jimmy fit un signe au personnage à la mèche qui se joignit à la discussion en ne me quittant pas des yeux, qu'il avait comme des soucoupes. Ils mirent longtemps à trouver un accord. Enfin, le blondinet échangea quelques mots avec le barman et tous deux se dirigèrent vers moi.

Le fiancé de Jimmy tomba sur moi en me plantant deux baisers sur les joues.

« Salut, moi c'est Pablo.

— Ah, mais c'est dingue...

— Pourquoi est-ce que tu dis ça ? » Je l'avais choqué avec cette exclamation évidemment peu courtoise.

« Non, pour rien, c'est une bêtise, je t'assure... Aucune importance. » Son visage restait de pierre, aussi fallut-il lui raconter. « Écoute, il se trouve que mon mari aussi s'appelle Pablo, et comme je viens de le quitter...

— Ah, d'accord. » Il me sourit. « Tu parles d'une coïncidence !

— Oui. » Je ne savais plus quoi dire.

« Tu peux te lever ? Mon ami désire te voir. »

Là, je ne m'y attendais vraiment pas.

Je me mis debout pour me retourner entièrement, puis je me rassis et regardai dans la direction de Jimmy. Son fiancé aussi le regardait. Lui leva une main avec le pouce en l'air. Le gars à la mèche était toujours à son côté.

« Bien. » Le blondinet me scruta. « Il y aura du fric ?

— Il pourrait y en avoir... » Je crois n'avoir jamais prononcé de ma vie une phrase sur un ton aussi peu convaincant.

« Trente sacs pour chacun.

— Tu rêves, mec, et puis quoi encore ? » J'étais consciente de mon inexpérience, je pouvais même comprendre leur désir de profiter de l'occasion pour me rouler, mais pas à ce point. « Vingt, ou allez mourir.

— Vingt-cinq...

— Vingt. » Je le regardai en plein visage mais je ne pus rien y lire. « Vingt sacs. C'est ma dernière proposition. Je viens seulement regarder et vous...

— D'accord. » Il répondit en hâte, visiblement pas mécontent.

Bravo Loulou, pensai-je, tu es vraiment une poire.

« Vingt chacun. » Il insistait.

Il aurait accepté quinze, et même douze, j'en étais sûre.

« Quarante... » Je le répétai deux ou trois fois, d'un air pensif, comme si j'étais capable d'estimer ce chiffre. Cela me paraissait horriblement cher, une complète couillonnade, mais enfin, je pouvais me permettre ce caprice, pas tous les jours bien sûr, une fois dans ma vie... En réalité, je n'avais même pas la moindre idée du tarif d'une putain, mais eux devaient pratiquer des prix plus élevés, ou bien était-ce le contraire, et puis ils gonflaient peut-être leurs prix si le client était une femme, ou bien non ? Comment pouvais-je deviner ? Pablo aurait su quoi faire, certainement, mais il n'avait même pas voulu me dire combien il avait donné à Ely cette fameuse nuit. Ely était un travesti, mais eux n'avaient même pas l'air de professionnels... Bref, j'étais paumée.

« Non, soixante. » La surprenante mise au point du blondinet me tira brusquement de mes divagations.

« Comment ça, soixante ? » Je le regardai avec des yeux indignés. « On avait convenu de vingt chacun. Vingt et vingt, quarante.

— Oui, mais nous sommes trois.

— Et qui est le troisième ?

— Mario, celui qui est avec Jimmy...

— Celui avec la mèche ? » Il fit oui de la tête. « Pas question, celui-là ne vient pas, il ne me plaît pas du tout.

— Mais... » Il me lançait un regard suppliant, il semblait pris entre deux feux. « Mais si lui ne vient pas, Jimmy ne va pas vouloir.

— Et pourquoi ?

— Bon, c'est que... » Il rougissait. « C'est que Mario est son coup.

— Je croyais que Jimmy sortait avec toi ?

— Oui... Mais il sort aussi avec Mario.

— Vous êtes un trio ? » C'était une possibilité, mais il secoua négativement la tête. « Ah oui... » La dispute surprise tout à l'heure m'éclaira d'un coup. « Vous êtes deux couples avec un membre interchangeable, c'est vraiment le cas de le dire... » Je l'observai en détail. De près il était encore plus beau. « Ce que je ne comprends pas... Ce que je ne comprends pas, c'est que tu sois aussi couillon, toi. Toi, tu ne devrais jamais avoir à partager un mec avec qui que ce soit, jamais, tu dois en avoir des centaines qui sont là à t'attendre...

— Ce n'est pas ton affaire.

— Juste. Bon, je ne veux pas du type à la mèche, s'il doit venir, qu'il vienne, mais moi, je vais vous donner quarante sacs, pas un de plus, ensuite si vous voulez vous vous arrangerez entre vous mais je ne veux rien savoir. »

Il me regarda un moment en silence. Puis il se retourna et partit d'un air penaud informer le comité. Les deux autres se mirent à discuter, ils ne devaient pas accepter le marché, le blondinet haussait les épaules, enfin ils se mirent d'accord et lui revint me parler.

« Bon, c'est conclu, mais je leur ai dit quarante-cinq, quinze pour chacun. » Ses yeux semblaient me demander pardon. « Je ne pouvais pas faire autrement, sérieux... Toi ensuite, tu me donnes le fric à moi, je garde dix sacs pour moi et basta.

— Mon jeune ami, tu es vraiment un imbécile ! » J'étais sincèrement indignée, amener cet autre garçon me paraissait du gâchis.

Il demeura paralysé, muet. Mais je n'en avais pas encore fini avec les préliminaires.

« Où va-t-on le faire ?

— Dans ta piaule... » Il me regarda d'un air hésitant. « Ou non ? »

J'avais besoin d'un instant de réflexion. Inés passait le week-end avec Pablo, il n'y avait pas de problème de ce côté-là mais je n'étais pas certaine d'avoir envie de les amener chez moi. Aller dans un hôtel correct me coûterait évidemment beaucoup plus cher, car c'est moi qui devrais le payer, et les quarante mille balles qu'allait me coûter cette plaisanterie suffisaient largement. Je ne pouvais pas non plus les laisser décider eux-mêmes, je n'avais aucune confiance dans le genre de bouge où ils seraient capables de m'amener. Au bout du compte, je décidai donc que le mieux était d'aller chez moi.

« D'ac. Vous n'avez pas de voiture, n'est-ce pas ?

— Non, mais Jimmy a une moto. Il peut aller la chercher. Moi j'irai avec toi, si tu n'y vois pas d'inconvénient, et s'il te plaît, ne recommence pas à m'insulter. »

Je notai mon adresse sur une serviette en papier qu'il alla remettre à son ami. Il lui donna un long baiser d'adieu sur la bouche. Ils me dégoûtèrent, Jimmy me dégoûta, soudain.

J'étais sur le point de regretter tout cela et de partir en courant quand le blondinet revint et me prit par le bras.

Une fois dans la rue, nous avons marché vers la voiture, d'abord en silence, puis j'ai trouvé un sujet de conversation banal, le charme du vieux Madrid ou quelque chose dans le même genre, et il s'est dégelé.

A la faveur de notre bavardage, il m'a raconté sa vie, comme tous les autres :

« Je suis un type très spécial, vois-tu. Par exemple, je n'aime pas ma vieille.

— Moi non plus je n'aime pas ma mère. Tu vois, nous avons déjà quelque chose en commun. »

Il me dit qu'il avait vingt-quatre ans mais je ne le crus pas, il n'avait peut-être même pas encore vingt ans. Il était très amoureux de Jimmy, c'était son premier homme, il me raconta leur histoire et son récit me renforça dans l'idée que son fiancé n'était rien d'autre qu'un maquereau répugnant.

« Des fois, je donnerais n'importe quoi pour que les nanas me plaisent, vraiment, n'importe quoi. »

Il n'était qu'un enfant, un enfant adorable et maladroit, il me rappelait beaucoup Ely.

Il se cognait la vie avec un courage fantastique.

Je m'arrêtai à la première banque avec un distributeur encore allumé et je tirai trente mille balles. Je voulais en garder dix pour les courses du lendemain, et je n'avais quasiment plus d'argent à la maison.

J'en garde des souvenirs fragmentaires, éclatés, des détails d'une intensité renversante.

Il était le favori, j'en étais certaine, en dépit des humiliations permanentes.

Au début, ils ne l'ont pas laissé intervenir. Assis à côté de moi, il ne pouvait que tout voir. Jimmy a excité Mario très longtemps. Ses lèvres lui susurraient des mots tendres, des mots d'amour et de désir, ses bras l'enlaçaient avec douceur, puis sa cour s'est faite plus pressante, finalement il l'a brusquement obligé à se retourner, il l'a fait avancer en le tenant quasiment à bout de bras et ils se sont placés devant nous. Alors une de ses mains s'est portée sur le sexe de son ami, qui a écarté les jambes, l'autre a glissé le long de sa croupe et toutes deux se sont mises en mouvement, à malaxer la chair par-dessus les vêtements, les extrémités de ses doigts se rejoignaient entre les cuisses puis revenaient à leur point de départ, ses paumes s'agitaient sur le pantalon comme pour le faire briller, toujours plus vite, le sexe grandissait, prenait du volume, se dessinait nettement malgré la pression du tissu qui était sur le point de se déchirer, de céder sous la pression de la chair tendue, les cuisses lui en tremblaient, il pointait sa langue entre les lèvres, son visage se déformait jusqu'à se figer dans une expression bestiale, la face d'un retardé mental qui halète et qui grogne, qui est incapable de parler, de garder les yeux ouverts, de maintenir sa tête droite.

Ils sont comme des animaux, ai-je pensé, comme des animaux, de belles petites bêtes se roulant dans la fange d'un plaisir immédiat, absolu, autosuffisant.

En un clin d'œil, il s'était débarrassé de tous les obstacles, alors il a saisi fermement le sexe de son amant dans une main, a plongé son autre index dans la fente de la croupe, l'a fait glisser lentement vers le bas et l'a enfoncé d'un coup en même temps qu'il commençait à le masturber en me regardant droit dans les yeux.

Mario s'est plié en avant instinctivement, moi j'ai fermé les paupières quelques secondes puis j'ai regardé Pablito qui les observait avec des yeux rougis en se mordant la lèvre inférieure, violacée déjà, il était sans doute le favori mais il ne se rendait pas compte, il était trop jeune pour comprendre, j'aurais aimé lui parler, lui raconter comment les hommes mûrs ont parfois d'étranges manières d'aimer, je sais ce que tu ressens, moi aussi je suis passée par là, mais la compassion était beaucoup moins forte que le désir qui était en moi. Je me suis donc contentée de lui tendre une main qu'il a serrée sans me regarder, Jimmy a tout vu, il l'a appelé, il m'a jeté un regard méfiant, je n'ai pas baissé les yeux, j'étais d'accord, je ne recommencerais pas à m'immiscer dans sa vie sentimentale si compliquée, lui donnerait les ordres et moi je me limiterais à observer, alors il a inauguré la prévisible cérémonie d'avilissement de Pablito, pantin articulé, objet des objets, j'en garde des souvenirs fragmentaires, éclatés, des détails d'une intensité renversante, les autres avaient les yeux dans les yeux, ils se caressaient lascivement tandis que lui les satisfaisait en même temps, ses lèvres fines et cruelles distendues en un rictus grotesque, jusqu'au moment où il était rejeté d'un coup de pied qui le projetait violemment loin d'eux, il tombait à mes pieds, gémissait en attendant d'être à nouveau réquisitionné, obéissait, retournait leur donner du plaisir en échange de coups et d'insultes, Jimmy le menaçait tout en ouvrant de ses mains la croupe de Mario, hissé à quatre pattes sur le divan, lui il approchait sa tête, sortait sa langue et la plongeait humblement dans la chair abhorrée, il léchait son rival qui gigotait comme un bébé capricieux, les mains de Jimmy gardaient sa croupe prisonnière mais cela ne l'empêchait pas de changer de position, il se contorsionnait pour porter sa bouche jusqu'au sexe érigé, violet et rigide, il soupirait pour annoncer sa venue puis le suçait, lentement, longuement, en faisant force bruits pour que Pablito, qui ne pouvait pas le voir, entende et sache, sache pourquoi le troisième pris entre eux deux défaillait de plaisir, il était en train de défaillir, et puis finalement la suprême humiliation, quand je n'ai plus été capable de me retenir, j'avais d'abord décidé de ne pas me toucher avant qu'ils aient quitté la maison, je trouvais intolérable de me tordre là, sous leurs yeux, tellement seule et tellement éloignée d'eux, tristement comique ou le contraire, mais je n'en pouvais plus, je me frottais les tétons du bout des doigts, je me caressais les cuisses, toujours habillée, et je sentais tout mon corps tendu à se rompre, alors Jimmy m'a demandé si je ne pensais pas me déshabiller, sa question ressemblait à une invitation et je l'ai fait, je me suis mise entièrement nue, et je l'ai entendu : « Regarde, ça là-bas c'est une nana, et plutôt bonne en plus », Pablito me regardait d'un air inquiet, Mario riait à gorge déployée : « Elle ne te plaît pas ? », le petit Pablo n'a pas répondu, je me trouvais infiniment sale parce que l'autre était un maquereau répugnant, une crapule de la pire espèce, mais à ce moment-là je lui aurais nettoyé la semelle de ses chaussures avec ma langue s'il me l'avait ordonné, je l'aurais fait, tout simplement, et je me suis approchée de lui, je me suis étendue sur la table, une table basse, je suivais ses instructions, sur le dos, et lui parlait toujours : « Tu n'as jamais baisé de nana, pas vrai ? », Pablito a protesté, il a dit que si, qu'évidemment il l'avait déjà fait, mais il mentait et même moi je m'en rendais compte. « Eh bien, maintenant, l'heure est arrivée, tu es déjà un assez grand garçon pour essayer », Mario s'étouffait de rire : « Ne t'en fais pas, je te donnerai un coup de main », je me suis redressée en m'appuyant sur les coudes pour les observer, Pablito pleurait, priait, suppliait, il ne voulait pas le faire, Jimmy le maintenait avec un sourire sinistre, je me demandais comment il pensait l'obliger à me baiser avec ce sexe mou qui lui pendait sans force entre les jambes, « Monte à genoux sur la table », il est venu vers moi et s'est mis en position, les épaules voûtées, les bras plaqués au corps, la tête basse, il pleurait en me regardant, moi je n'éprouvais plus aucune compassion à son égard, plus aucune, désormais il était seulement un animal, un chien battu, maltraité, infiniment désirable, « Et maintenant je vais te bourrer le cul, mon cœur », il s'est collé à lui par-derrière, il lui caressait la poitrine en plantant ses ongles dans les tétons, « Je m'en vais te bourrer le cul et tu vas en crever de plaisir », il a attrapé le sexe de Pablito à deux mains et s'est mis à le flatter et le masser avec maestria mais le sexe se refusait à grandir, la voix de Jimmy allait bien avec son corps, une magnifique voix d'homme : « Elle va durcir, tu sais bien, tu ne peux pas l'éviter, quand je vais te mettre la mienne, elle va durcir, c'est sûr, et alors la seule chose que tu auras à faire, ce sera de la mettre dans le con de cette fille, ce petit trou que tu vois là, allez, si ça se trouve, tu vas aimer », Mario a recommencé à rire, Pablito a fermé les yeux, il ne pleurait plus mais il était au supplice, ce qui n'a pas empêché son sexe de commencer à gonfler, Jimmy s'est penché sur lui pour lui parler à l'oreille, je n'entendais pas ce qu'il disait mais je pouvais en voir les effets, une érection foudroyante, puis il l'a poussé en avant, il l'a contraint à rester à quatre pattes au-dessus de moi et l'a pénétré en lui arrachant un hurlement inhumain, sa main demeurait sur le sexe de son ami, il le masturbait en même temps qu'il le défonçait jusqu'au moment où il a décidé que cela suffisait : « Toi, relève ton cul », j'ai glissé mes poings serrés sous mes reins et je me suis élevée dessus aussi haut que je pouvais, mes jambes tremblaient, mon sexe tremblait, il a lui-même guidé son fiancé et soutenu de sa main la queue de Pablito tandis qu'elle entrait en moi, presque aussitôt j'ai senti quelque chose se presser contre ma tête, j'ai levé les yeux et j'ai compris qu'il s'agissait des cuisses de Mario, il s'était approché de la table par l'autre côté et tenait maintenant son sexe dans la main, il le caressait sous le nez de Pablito qui l'a fixé des yeux une seconde avant de pousser comme un soupir de résignation et de le prendre dans sa bouche, nous sommes restés ainsi un bon moment, lui saturé, pressé, utilisé jusqu'au dernier recoin, nous obéissant à tous les trois, me communiquant contre son gré, de force, les poussées qu'il recevait de son amant, j'étais consciente de ce qu'il ne prenait aucun plaisir de moi mais cela ne diminuait en rien le plaisir intense que je tirais de lui, bien au contraire, j'étais satisfaite, tous mes espoirs étaient comblés, ils étaient comme des animaux, délicieux, brutaux, sincères, violents, esclaves d'une chair affamée, aussi capricieux que des moutards, incapables de refréner le moindre désir et moi non plus désormais je ne refrénais plus rien, je mourais de plaisir sous le petit Pablo tout en regardant comment il était en train de payer son dernier gage, avec la queue de Mario entrant et sortant de sa bouche, puis le séisme définitif, j'ai été la première de la chaîne, je n'en pouvais plus, je me suis abandonnée à un orgasme furieux, un chœur de gémissements s'est joint aux miens, et tout s'est mis à trembler autour de moi, tout remuait, une goutte de sperme a glissé sur ma joue au moment même où Pablito parvenait à conclure honorablement sa tardive initiation forcée en se vidant enfin à l'intérieur de moi.

Demain il sera temps de penser à tout cela.

J'étais en train de croquer un petit feuilleté, il ne m'en restait d'ailleurs plus avec des pignons, quand j'entendis la sonnette de la porte d'entrée.

Demain il sera temps de penser à tout cela, à l'horrible vertige qui m'avait assaillie, à cette honte qui m'avait finalement glacée dès que je m'étais retrouvée seule, nue, jetée sur la table, ma seule pensée cohérente était que je devais les payer, je me sentais si mal, si désemparée, ils parlaient entre eux, ils ne représentaient rien pour moi, je ne les connaissais pas plus qu'ils ne me connaissaient, mais je devais les payer et je m'en étais acquittée, puis je leur avais dit un maladroit au revoir, j'avais laissé Pablito compter les billets et je m'étais enfermée dans la salle de bains, je pensais que j'avais eu au moins de la chance, ils auraient pu me dévaliser, que sais-je, il n'y avait que moi pour avoir l'idée de les faire entrer à la maison, j'avais fait couler la douche et j'avais attendu, après avoir entendu une porte claquer j'étais sortie vérifier que je restais bien seule puis j'étais revenue me mettre sous le jet très chaud, fumant, afin de balayer les gouttes d'eau tiède qui auraient pu rester sur ma peau, demain il sera temps de penser à tout cela, je le répétais en mon for intérieur, demain, pendant que j'allais ouvrir la porte.

Pablito pleurait, le visage caché dans son bras, appuyé contre un des montants.

Après un long silence, troublé il est vrai par les sanglots nerveux qui semblaient sur le point de lui faire éclater le thorax, je cherchai une phrase quelconque à dire. Je ne trouvai rien d'autre qu'une ânerie mais je me résignai à la lâcher :

« Tu as oublié quelque chose ? »

Il se découvrit le visage, me regarda et fit un signe de tête négatif. Au moment où il semblait sur le point de se calmer, il fondit de nouveau en larmes et sa plainte s'amplifia, s'exalta, finit par atteindre une puissance de stentor. Je le forçai alors à entrer. S'il continuait sur sa lancée, il allait réveiller tous les voisins.

Je passai un bras autour de ses épaules, j'étais émue, je n'avais jamais vu pleurer personne de cette manière, je n'avais jamais été témoin d'un tel abattement, il était malheureux, très malheureux, et pour cela je lui enlaçai les épaules mais lui referma ses deux bras autour de mon cou et s'abandonna contre moi, il continua à pleurer, comme il était beaucoup plus lourd que moi, surtout dans cet état désespéré, je compris que nous allions tomber et c'est ce qui arriva, mais je ne trouvais pas correct de lui demander de me lâcher et je guidai notre chute d'une manœuvre rapide pour au moins tomber sur le divan.

Je lui caressai les cheveux, encore ramassés dans une coiffure en déroute, pendant au moins vingt minutes, le temps qu'il soit en mesure de parler :

« Je peux rester dormir ici ? » Sa requête me surprit peut-être plus encore que sa crise de larmes. « C'est que je n'ai aucun endroit où aller…

— Bien sûr que tu peux, mais je ne comprends pas bien. » Je l'observai un bon moment, à la recherche de cicatrices, de marques, d'un signe quelconque qui aurait pu m'avoir échappé, mais je ne découvris rien de nouveau, rien qui aurait pu expliquer sa situation, il avait l'air de tout sauf d'un vagabond. « Tu n'as pas de maison ?

— Si, je vis avec Jimmy, mais on s'est disputés... Il m'a dit qu'il n'avait plus l'intention de supporter mes crises de jalousie, que j'étais une hystérique... Il va passer la nuit avec Mario... maintenant... Après ce qu'il vient de m'obliger à faire... Maintenant, il ne veut même plus dormir avec moi... »

Ses propos étaient en réalité beaucoup plus confus, une confusion de mots déjetés, étouffés, déformés par la douleur.

« Je ne peux pas retourner là-bas, j'en crèverais... Si je vais à la maison, j'en crève, je ne pourrais pas le supporter, en plus il m'a pris tout l'argent, le tien, à propos, écoute... », il releva les yeux vers moi en s'appliquant à parler plus clairement, « merci beaucoup de toute façon pour les cinq mille balles de plus, il me les a pris aussi, avec trois mille autres que j'avais sur moi, je n'ai plus un rond, s'il te plaît, laisse-moi rester ici...

— On peut dire que tu as un fiancé vraiment exquis, petit... » Je savais que mes paroles allaient l'enfoncer encore plus mais je me sentis dans l'obligation de les prononcer. « Évidemment que tu peux rester. »

Il remua la tête pour me remercier et continua à pleurer jusqu'à ne plus avoir de larmes.

Quand je le jugeai suffisamment apaisé pour être de nouveau en mesure d'émettre des sons articulés, je lui demandai où il préférait dormir.

« Tu peux coucher avec moi, dans un grand lit, ou dormir dans la chambre de ma fille, qui n'est pas là, comme tu veux...

— Tu as des enfants ? » Il semblait renversé par la découverte.

« Oui, j'ai une fille de quatre ans et demi qui s'appelle Inés. » Il prit un air encore plus étonné. « Ça te surprend ?

— Oui, je n'aurais jamais pensé que tu étais maman, ça ne te va pas du tout...

— Merci beaucoup, j'adore qu'on me dise ça.

— Pourquoi ? » Maintenant il souriait. « Je ne comprends pas, on a toujours le même âge avec ou sans enfants.

— Je me doute bien qu'en effet tu ne peux pas comprendre, toi, tu es loin de tout ça. » C'était mon point final au débat.

« Bon, où préfères-tu dormir ?

— Eh bien, je ne sais pas... Je préfère dormir avec toi, me mettre dans le lit d'une fille de quatre ans, je ne sais pas, ça me fait quelque chose... » Il termina sa phrase par un éclat de rire.

« Très bien, donc, allons au lit, je suis très fatiguée et je suppose que tu dois l'être aussi, aujourd'hui n'a pas été un jour comme les autres. » J'essayais de glisser une certaine complicité dans mon sourire, « les premières fois sont toujours épuisantes... »

Il rit à nouveau. Son rire me faisait plaisir, me réconfortait, je me sentais très proche de lui. En définitive, pensai-je, nous sommes tous les deux des agnelets du même troupeau, tout blancs et lustrés, si résignés avec leur petit ruban autour du cou, le mien rose et tellement lâche qu'il en devient insupportable, le sien... rose aussi, je suppose, mais beaucoup plus serré, beaucoup plus douloureux.

En revenant de la salle de bains où j'étais allée me laver les dents, je le trouvai blotti à ma place habituelle.

« Tu veux bien glisser jusqu'à la droite du lit ? »

J'enlevai mon peignoir et mes pantoufles. « Ce côté-ci, c'est le mien...

— Tu vas dormir sans rien sur la peau ?

— Oui, j'ai toujours dormi toute nue. » Ce qui était faux, jusqu'à l'âge de vingt ans j'avais porté des chemises de nuit qui descendaient encore plus bas que les chevilles mais Pablo ne voulait pas en entendre parler, il ne tolérait que les vêtements indispensables et pour dormir aucun ne l'était, tel avait été l'un de ses premiers enseignements.

« Pourquoi ?... Je te dégoûte ?

— Non, pas du tout... » J'ai eu l'impression qu'il était même un peu effrayé. « C'est que je n'ai jamais dormi avec une femme...

— Ne t'en fais pas », je voulais le rassurer mais je n'ai pas pu m'empêcher de rire, « je ne vais pas t'attaquer par-derrière, c'est promis. »

Je suis entrée dans le lit, il me regardait en souriant. Il m'a embrassée délicatement sur les lèvres puis, malgré tout, il s'est pelotonné le plus loin possible de moi.

Quand je me suis réveillée, c'est lui qui était en train de m'attaquer par-derrière.

Je sentais ses bras serrés autour de ma taille et son sexe dressé qui venait cogner entre mes fesses, tout son corps remuait en rythme contre le mien, et il était profondément endormi.

J'ai pris une de ses mains et je l'ai posée sur mon sein.

Il l'a retirée dès que je l'ai lâchée, mais ce contact avec l'une des parties les plus incontestablement féminines de mon anatomie ne l'a pas du tout découragé. C'est la meilleure, ai-je pensé, voilà qu'il me prend pour un travesti. J'ai tenté encore la même opération, avec les mêmes résultats, et j'ai laissé échapper un petit rire, l'expérience à laquelle je m'étais livrée me réjouissait, jusqu'alors j'avais toujours vérifié une loi aussi immuable qu'un axiome de physique, quand un mec se réveille collé au dos d'une nana, son premier geste est de tendre une main pour s'accrocher à ses seins, il n'y avait jamais eu de contre-exemple, mais celui-là se refusait à le faire, c'était amusant.

J'étais sur le point d'entraîner une de ses mains entre mes cuisses pour voir si cela le mettrait en berne ou pas, quand retentit la sonnerie de l'entrée.

Soudain je m'aperçus que je l'avais déjà entendue avant, elle m'avait certainement réveillée et voilà qu'on sonnait pour la deuxième fois, je jetai un coup d'œil à ma montre, midi moins le quart, je jetai en hâte mon peignoir sur mes épaules, je pensai que c'était Marcelo, il n'avait pas eu l'air très convaincu par mes excuses au téléphone, mais à vrai dire les sonneries qui se succédaient maintenant en un carillon ensorcelé, trépidant, ne paraissaient dignes que d'Inés.

C'était Inés.

Pablo la portait dans ses bras, roulée dans une gabardine trempée, lui-même était mouillé des pieds à la tête, l'eau ruisselait sur son visage.

« Salut. » A en croire le ton de sa voix, n'importe qui aurait pensé que nous ne nous étions pas vus depuis deux heures, pas plus. « On t'a réveillée ? » J'approuvai de la tête. « Je regrette, mais il s'est mis à faire froid d'un coup, avec la pluie et tout, et Inés n'avait que des habits d'été dans son sac, on est venus chercher un imper et des pulls... »

J'attendis un baiser, en vain.

« Bonjour, mon amour. » Inés, au contraire, se jeta vers moi pour m'embrasser et Pablo la retira de la gabardine avant de la faire passer de ses bras dans les miens. Puis il entra chez moi comme s'il était chez lui.

« Voici Cristina. » Il me jeta un bref regard, très dur.

« Cristina, je te présente ma femme... »

Je réalisai alors qu'ils étaient trois. Elle, la rouquine pas si décolorée que Chelo avait bien voulu le dire, était à moitié dissimulée par le battant de la porte. Elle fit quelques pas en avant et menaçait de continuer mais je lui tendis la main avant qu'elle ne puisse approcher ses lèvres de ma joue. Elle la serra, visiblement confuse. Pablo vint à sa rescousse.

« Marisa déteste les baisers mondains...

— S'il te plaît, ne m'appelle pas Marisa. » Ces derniers temps il prenait un soin cruel à cultiver cette mesquine vengeance personnelle, et en effet quelque chose se brisait en moi à chaque fois que je l'entendais m'appeler ainsi.

« Et pourquoi pas ? C'est un petit nom très gentil. » Il se retourna vers sa fiancée. « Bon, elle ne se laisse embrasser par personne, c'est elle qui choisit toujours, elle est très spéciale pour ça, tu vois ? Elle n'est pas très bien élevée, évidemment c'est de ma faute plus que de la sienne... »

Inés se mit à rire comme une folle. Elle avait le défaut d'éclater de rire soudainement, sans aucune raison. Cette fois, pourtant, sa crise d'hilarité tomba à point.

Le salon portait encore les traces de la joute nocturne. Sur la table en verre, un jet de sperme séché avait dessiné un S tourmenté. Il n'y eut cependant aucun commentaire.

« Je vais me faire un café. » Je posai Inés par terre. Pablo s'assit sur le divan, la rouquine se laissa tomber à côté de lui et essaya de lui prendre le bras mais il l'en empêcha. « Vous voulez quelque chose ? »

Ils voulaient du café, tous les deux.

Elle était mignonne, très mignonne, et à l'évidence très jeune, vingt ou vingt et un ans. Elle aurait pu être sa fille, moi je n'aurais jamais pu passer pour sa fille, même s'il l'avait voulu malgré moi, mais elle, elle était mince et souple, élastique, agile, elle avait de vilaines jambes, trop maigres, ce qui me redonna courage, mais ses yeux verdâtres étaient énormes, sa chevelure rousse épaisse et soyeuse, elle était très mignonne et ses seins étaient bien fermes, on en devinait les pointes sous son pull, elle avait encore des seins d'adolescente.

Inés entraîna Pablo dans sa chambre pour lui montrer le carton dans lequel nous gardions ses dessins de l'école. L'autre me suivit jusqu'à la cuisine et se posta sur le pas de la porte, à me regarder.

« Je t'admire beaucoup, tu sais ? » Elle paraissait tranquille, sûre d'elle.

« Non, écoute, s'il te plaît. » Je n'allais pas en supporter autant, c'était le comble. « Je suis une idiote et tu le sais bien, et s'il y a quelque chose qui me met en rage, ce sont les séances de confidences entre femmes, alors, s'il te plaît, épargne-moi les tiennes.

— Je ne parlais pas du tout de ça. » Sa voix était encore assurée. « J'ai lu ton livre.

— J'en doute. Je n'ai écrit aucun livre.

— Mais bien sûr que si ! » Elle insistait, elle semblait surprise. « Pablo me l'a passé, le livre des épigraphes. Et il m'a beaucoup plu.

— Épigrammes.

— Quoi ? » Elle donnait l'impression de n'être vraiment concernée par rien.

« Épigrammes, pas épigraphes.

— Ah oui », elle eut un rire bref, « c'est la même chose.

— Non ! » Je hurlais, soudain. « Ce n'est pas la même chose, mais alors, pas du tout. »

Elle se tut et baissa les yeux. Désormais elle constituait une cible rêvée.

« Ce livre n'est pas le mien. » Tout le café était en train de se répandre à mes pieds, le gâchis était complet. « Je l'ai seulement traduit, j'ai écrit les notes et une préface, point final. L'auteur, c'est Martial. »

Elle me regarda avec stupéfaction. « Marco Valerio Martial, un type de Calatayud, et il ne t'a plu ni beaucoup ni pas beaucoup, parce que tu ne l'as pas lu, et je n'ai aucune envie de poursuivre cette conversation, tu ne m'admires pas, tu éprouves seulement de la curiosité pour moi, ce qui n'est pas réciproque, en fait je trouve que tu es une minette plutôt commune, donc nous n'avons rien à nous dire, barre-toi et fous-moi une bonne fois la paix. »

J'avais l'avantage.

Elle n'avait que des seins bien fermes, c'est tout.

Moi j'avais trente ans, et j'étais mariée à lui.

Elle m'a regardée un moment, rouge comme une tomate, puis m'a tourné le dos et a disparu.

Martial. L'époque bénie de ma vie, ce magnifique travail, sans aucun profit matériel, mais plus d'une année comblée de petites satisfactions personnelles, j'étais si fière de moi quand le livre a fini par être édité, Pablo était si fier de moi...

Je refermai la cafetière et la mis sur le feu. Elle est mignonne, très mignonne, pensai-je, et très jeune, elle gardait encore cet air fragile des adolescents.

Je restai plongée dans mes méditations, j'essayais de me rappeler qui m'avait produit la même impression il n'y avait pas si longtemps.

La cafetière sifflait. J'éteignis la cuisinière et me ruai dehors. Mais quand j'arrivai dans ma chambre à coucher, il était trop tard.

Pablito était toujours endormi, nu, il bandait splendidement et allégrement sous les draps, son sexe faisait penser au poteau central d'un chapiteau de cirque.

Inés, assise au bord du lit, le montrait du doigt.

« C'est quoi, ça, Papa ? »

Pablo, agenouillé à ses côtés, lui souriait.

« Oh, ça... C'est parce que Maman lui manque.

— Oh, la pauvre, c'est une petite orpheline ? » Sa question était empreinte d'une sincère compassion.

« Non, Inés. » Pablo a ri. « Ce n'est pas un orphelin, Maman lui manque, ta maman, Loulou, tu comprends ?

— Tu n'as pas un truc comme ça quand je dors avec toi, et toi aussi tu dis que Maman te manque... » Elle s'est retournée vers lui, d'un air intrigué.

« Mais moi je suis plus vieux que lui.

— Mais qu'est-ce que tu racontes, idiot, c'est une fille ! »

Elle retrouvait sa bonne humeur, elle adorait nous surprendre en train de nous contredire ou de nous tromper, l'un comme l'autre. « Elle a une queue de cheval comme moi... » Elle se toucha les cheveux, j'aimais la regarder, elle me ressemblait beaucoup, Pablo me disait souvent, je veux avoir une fille comme toi, moi je touchais mon gros ventre et je riais, mais finalement il a obtenu gain de cause, nous avons eu une fille comme moi.

« Non, Inés. » Il parlait d'une voix contenue, tranquille, apaisante, didactique, la voix des grandes occasions qui la fascinait, elle et moi aussi. « Ce n'est pas une preuve, moi aussi je pourrais avoir une queue de cheval si je me laissais pousser les cheveux. C'est un garçon, regarde-le bien, il a une bille dans la gorge...

— Élisa, elle a une bille aussi, et c'est une fille. » Inés avait toujours appelé Ely Élisa, elle l'aimait beaucoup, elle s'amusait énormément de ses gestes, de son accent, de sa démarche, et surtout de sa pomme d'Adam.

« Mais Elisa a des seins et celui-là non, regarde. » Pablo désigna le torse plat du petit Pablo et Inès resta à l'observer, puis approuva de la tête, ce dernier argument était pour elle suffisant.

Je m'étais bien souvent demandé si c'était là une bonne

manière d'éduquer Inés, je l'avais demandé aussi à Pablo une nuit qu'Ely était à la maison, il était venu voir *Comment épouser un millionnaire* qui passait à la télé. « Je donnerais ma vie pour être Marilyn ! » avait-il clamé à peine la porte franchie, a ce moment-là le téléphone avait sonné, un ami français du temps de Philadelphie était de passage à Madrid et voulait nous voir, nous n'avons pas trouvé de baby-sitter et finalement nous avions accepté la gentille proposition d'Ely, elle était restée pour surveiller Inés qui venait d'avoir deux ans, alors j'avais demandé à Pablo si c'était là une bonne manière d'éduquer une petite fille et lui m'avait répondu qu'elle lui paraissait en tout cas meilleure que mon éducation à moi puisque j'avais fini par tomber sur un type comme lui, j'avais objecté que nous la privions ainsi du plaisir d'être pervertie plus tard, mais il était resté sur sa position, je crois que c'est la meilleure de toute façon, il souriait.

« Comment il s'appelle ? » Inès vouait une confiance aveugle à l'omniscience de son père, mais elle était plutôt circonspecte à l'égard de mes propres connaissances.

« Pablo. » Ils se retournèrent tous les deux pour me regarder. « Il s'appelle Pablo, comme Papa, et il est très fatigué, donc on va le laisser dormir. En plus », je m'adressai à Inès, « Cristina te cherchait il y a un moment, elle voulait jouer avec toi à cache-cache...

— Mais pourtant elle ne veut jamais... » Cela ne m'étonne pas, ai-je pensé, jouer à cache-cache avec Inès était un véritable martyre, elle ne s'en lassait jamais et trouvait ruse après ruse.

« Eh bien, aujourd'hui elle en a envie », Pablo pouffa, « et moi à ta place je sauterais sur l'occasion... »

Elle s'est levée et elle est partie en courant. Lui aussi s'est mis debout et nous avons quitté la chambre.

« Dis donc, toi », sa voix était redevenue cruelle, « où as-tu pêché cet animal ? »

Tous mes espoirs s'envolèrent en fumée.

« On pourrait te poser la même question... » Je marmonnais.

« Cristina ? » Il me regarda, surpris. « Non, grâce au ciel, chez elle c'est moins évident, et tu le sais parfaitement.

— Mais elle est très jeune, c'est ce qui te plaît, non ? »

Ses yeux étaient durs, encore plus durs. Puis il parut retrouver son calme. Il s'apprêtait à me blesser.

« Elle a dix-sept ans, mais elle grandit très vite.

— On grandit tous. » Je lui jetai un regard de triomphe mais je n'osai pas le garder longtemps. Ses yeux lançaient des éclairs, ses narines palpitaient toujours plus vite, je connaissais parfaitement tous ces symptômes, il allait piquer une crise de colère d'un moment à l'autre.

« Eh bien, pas toi ! » Ses paroles agressèrent mes tympans, ses doigts se plantèrent dans mon bras, ses yeux me fusillèrent, je fermai les paupières, je restai immobile et craintive, aussi molle qu'une poupée en tissu, je savais qu'il allait me secouer et je le laissai faire. « Pas toi, Loulou, tu n'as pas du tout grandi, et tu ne grandiras jamais, la purée de tes os, tu n'as jamais arrêté de jouer et tu continues à jouer encore maintenant, tu joues à l'adulte, seulement tu essaies de respecter des règles bizarres que tu t'es choisies toute seule, je ne comprends pas pourquoi, de fille brillante, tu t'es convertie peu à peu en femme vulgaire, je ne comprends toujours pas pourquoi, tu as pris peur et tu es partie rejoindre le troupeau, mais tu as échoué parce que tu n'as pas compris, tu n'as pas grandi, Loulou, pas toi, nous deux nous ne faisions pas partie du troupeau, nous n'en faisons pas partie, même si toi tu as tout gâché... »

Il me relâcha, je n'osais pas le moindre mouvement, il

me prit le menton pour relever mon visage vers le sien mais je ne voulais pas le regarder. Jamais je ne te le pardonnerai, jamais.

Il s'était détourné pour s'écarter de moi mais il s'approcha à nouveau. Je m'étais laissée aller contre le mur. Je le regardai. Il paraissait décomposé.

« Tu n'as pas beaucoup pensé à moi, hein ? »

Je réalisai alors qu'il était saoul, complètement saoul à midi et demi, il se contrôlait très bien mais il ne pouvait pas m'abuser, moi, et j'ai eu mal parce que j'avais pensé que maintenant, avec la rouquine et même simplement avec le temps qui s'était écoulé, il s'était arrêté, j'aurais préféré ne pas me souvenir de tout cela, quand je m'étais enfuie de chez nous, Marcelo ne m'avait plus adressé la parole pendant trois mois, mon propre frère, tous ils m'avaient montrée du doigt, mais Pablo non, jamais, seulement il buvait beaucoup, sans cesse, à cette époque il était bourré du matin au soir.

« Il ne me reste plus beaucoup de temps, tu sais ? Je me fais vieux, je me sens à chaque fois un peu plus ridicule avec toutes ces petites sauteuses, il n'y a pas moyen de parler avec elles, et ça ne me dit plus rien de leur apprendre quoi que ce soit, à aucune... Des fois je pense que je commence à radoter, d'accord ça ne me demande pas trop d'efforts, je les soulève facilement, c'est un des rares avantages qu'il y a à être poète, un poète qui entre parenthèses ne vend pas un livre en ce moment, pouvoir draguer et prendre des pots gratis, tu connais le truc, mais je suis fatigué, si fatigué... »

J'attendais le moindre signe, la moindre invite, pour me jeter à ses pieds, mais il ne dit plus rien, me tourna le dos et se dirigea vers le salon. Je pensai que je perdais mes réflexes. Pablito sortit alors de la chambe et me regarda, comme toujours avec l'air de s'excuser. Il avait tout entendu.

« Tu veux un café ? » Il fit oui de la tête.

Le petit déjeuner fut vite expédié. Pablo ne desserra plus les lèvres. Cristina déployait en vain des trésors de discrétion pour draguer mon invité, qui esquivait ses assauts avec une aisance diabolique. Inés jouait la mouche du coche. Elle voulait tous nous voir jouer avec elle à cache-cache, un jeu qui d'après elle était encore plus amusant à plusieurs.

Pablo ne daigna même pas me dire au revoir quand ils s'en allèrent.

« C'est donc ton mari ? » L'invité s'était calé dans un fauteuil, il n'avait pas du tout l'air de vouloir partir. Je lui confirmai la chose. « Ah, eh bien, il est très attirant avec ses cheveux gris, j'aime beaucoup, les hommes mûrs ont un charme… comment dire, vénéneux… »

J'hésitais entre éclater de rire et le jeter dehors, mais je ne voulais surtout pas rester seule.

Peut-être ne reviendra-t-il plus, ne reviendra-t-il plus jamais, l'idée m'obsédait.

« Bof, tu te trompes », je travaillais à saper au plus vite tout fondement à cette obsession, « ton fiancé en a une bien plus grosse.

— Mais c'est seulement psychologique !

— Oui, bien sûr, et les Rois mages*, ce sont les parents. »

Il me jeta un regard étonné, il ne me suivait pas.

« Tu demandais des jouets aux Rois mages quand tu étais petit, non ? » Il approuva énergiquement de la tête et je lui fis un sourire. « Et tu as continué à demander des jouets à tes parents quand tu t'es aperçu que l'histoire des Rois mages était une fumisterie, non ? » Il approuva de nouveau. « Et quand est-ce que tu rêvais le plus à tes jouets, avant ou après ?

* En Espagne, les Rois mages occupent la place du Père Noël occidental. *(N.d.T.)*

— Avant, mais je ne vois pas le rapport avec la taille de la queue de ton mari… »

J'éclatai franchement de rire, c'était trop drôle.

« Pas avec celle-là en particulier, mais avec la taille de la queue de tous les mecs en général si, parce que finalement, les Rois mages et les grosses queues, c'est la même chose, non, c'est un mythe, tu comprends ? » Non, il ne comprenait pas et cela se voyait. « Écoute, tout le cinéma des chameaux, des chaussures sur le balcon, de la cavalcade, ne changeait rien à la quantité ni à la qualité des cadeaux, mais ça leur ajoutait un quelque chose, tu en rêvais plus comme ça, non ? Eh bien, c'est du pareil au même avec la taille de la queue de Pablo, elle ne change rien à la quantité ni à la qualité des coups qu'elle tire, mais pourtant Jimmy en a une plus grosse, tu comprends maintenant ? Nous vivons dans un monde bourré de mythes, le monde entier repose là-dessus et toi tu arrives et tu me sors que c'est purement psychologique… Pourquoi s'attaquer en premier au mythe de la grosse queue, pourquoi liquider celui-là avant les autres ? Les mythes sont utiles, ils facilitent beaucoup la vie…

— D'accord, mais je vais te dire une chose », je compris que je ne l'avais pas convaincu, « j'adorerais coucher avec ton mari, même s'il n'en a pas une aussi grosse que mon mec.

— Moi aussi j'adorerais coucher avec lui », j'étais devenue sérieuse, je n'avais plus envie de plaisanter, « mais il se trouve que c'est de plus en plus difficile, ces derniers temps… »

La deuxième fois j'ai eu recours à Sergio, dernier fiancé en date de Chelo, serveur dans un bar à la mode.

Je voulais me tenir loin du lumpen, rester dans Malasaña *, là je me sentais à l'aise, sûre de moi, j'y avais fait mes crocs, assise des heures durant sur ces insupportables banquettes industrielles aux coussins de mousse étique, à boire de la vodka-citron, boisson répugnante mais qui sied aux femmes, au temps où je risquais mes premiers rires, mes premières cuites, mes premières gueules de bois, là j'avais vécu tout le temps avec Pablo, dans un énorme duplex avec poutres plus qu'apparentes, il y vivait toujours, un des derniers survivants, et ma silhouette faisait déjà quasiment partie du paysage, là mes manœuvres pouvaient passer totalement inaperçues, et pourtant j'y connaissais beaucoup de monde, presque tous ceux d'avant, nous étions encore beaucoup, même si pas mal d'entre nous avaient abandonné le navire en route, et nous racontions tous la même chose, comme le quartier a changé, ce n'est plus la même chose, et pourtant il n'y avait peut-être que nous qui avions changé, nous tous, dix, douze, quinze ans après, avec les stigmates de l'âge, les calvities, les brioches, les cheveux

* Malasaña, vieux quartier de Madrid transformé par la « movida » des années 70 en rendez-vous des noctambules « post-modernes » et autres « branchés ». Glauque, pour tout dire. *(N.d.T.)*

blancs, les soutiens-gorge sous le chemisier, les rides chaque nuit plus profondes, la chair toujours moins ferme, chaque nuit un peu moins ferme, mais nous étions toujours les mêmes, presque les mêmes, nous nous amusions beaucoup, et en réalité l'endroit restait le même, les rues et les bars restaient les mêmes, à peu de chose près.

Je voulais me tenir loin du lumpen, j'étais terrorisée à l'idée que Pablo puisse apprendre que je hantais la zone toute seule, la nuit, à lâcher du pèze pour coucher avec un couple de pédés, ou avec trois pédés, ou quatre, cette idée me rendait malade, et il avait beaucoup de contacts dans le lumpen, d'étranges amitiés, des délinquants tout à fait accessibles qu'il avait connus en prison et en dehors de la prison, des gens qui l'adulaient et qui me connaissaient, des gens qui seraient allés tout lui raconter à la première occasion.

Je voulais m'en tenir à Malasaña, là j'avais connu Jimmy et le petit Pablo, là j'en connus quelques autres, bisexuels avides et bien nourris, pas toujours beaux mais toujours disposés à partager leur petit ami par simple curiosité, mais le filon s'épuisa vite, très vite, et je n'en avais pas assez, je violai donc la règle d'or, une seule dose de toute chose, je n'en avais pas suffisamment, je renonçai à passer par mes intermédiaires et je me mis à les chercher par moi-même, les résultats furent catastrophiques, certains me rirent au nez, ils étaient seulement là pour boire un verre et ni mon corps ni mon argent ne les intéressaient, ma curiosité n'éveillait aucunement la leur, d'autres n'éprouvèrent que du mépris pour moi et me le lancèrent à la figure, cela me fit de la publicité, et il ne pouvait rien y avoir de pire, plusieurs de mes amis me tournèrent le dos, les rumeurs allèrent bon train, Marisa est de plus en plus fêlée, finalement une vieille copine de fac qui avait compris depuis des années la mine d'or que constituait ce créneau et qui avait ouvert un bar me dit mes quatre vérités, écoute, si tu cherches des types dans ce genre, paie-les-toi, tu devrais en trouver à la pelle, il faut de tout pour faire un monde, mais pas ici, bordel, parce que ici tout ce que tu arrives à faire, c'est me faire fuir la clientèle...

« Pas efféminés, c'est le premier point, grands, un mètre soixante-dix-huit minimum, costauds, avec une belle gueule classique, tu vois le genre, le type de garçons qui plaisent aux lycéennes, minces mais musclés, sans excès, pas de culturistes, de vingt-cinq à trente ans, un d'entre eux peut-être plus jeune mais seulement un, en tout cas aucun plus âgé, peau mate si possible, cheveux noirs si possible, des jambes longues et s'il te plaît pas beaucoup de poils, le moins possible. Il vaudrait mieux qu'ils n'aient pas d'histoire d'amour entre eux, l'idéal serait qu'ils se connaissent et qu'ils se plaisent, mais je sais qu'on ne peut pas trop demander, la race m'est égale du moment que ça ne fait pas monter le prix, à condition qu'aucun ne soit asiatique, les Asiatiques ne m'attirent pas, ah, et puis, si possible, j'aimerais bien qu'au moins l'un d'eux soit bisexuel, ou sinon en tout cas capable de le faire avec une nana, bon, avec moi je veux dire, même s'il n'en raffole pas, ça m'est égal, je ne vais pas demander en plus qu'il adore ça, ensuite, bon, le mieux... Le mieux monté, le mieux ce sera... enfin, tu vois, regarde ce que tu peux faire, le pèze n'est pas un problème, vraiment. »

J'ai débité ça sans reprendre souffle, à toute allure, sans même écouter ce que je disais, comme une leçon seulement apprise pour une épreuve orale.

Je voulais en terminer au plus vite.

Je me sentais terriblement honteuse d'en être arrivée là.

Lui approuvait de la tête à chacune de mes conditions, il me laissait entendre qu'il comprenait exactement la nature de mes exigences, mais j'ai tout de même tenu à mettre les points sur les i :

« Je veux des homos, pas des tantouzes. C'est clair ?

— Très clair. »

C'était un type sinistre, le petit Pablo m'avait déjà mise au courant, sinistre, mais aussi un des grands manitous du trottoir, il contrôlait beaucoup de monde, beaucoup d'agnelets sans défense, égarés, beaux, troublants.

J'avais eu la prétention de me tenir loin du lumpen, je voulais rester en dehors et je m'y efforçais, mais je n'ai pas pu.

Quand je compris que je n'avais plus le choix, je pris certaines précautions, j'évitai d'avoir recours à mes propres connaissances, dès le début je fis une croix sur Ely parce que lui ne m'aurait jamais aidée, j'en étais certaine. Après tout, je représentais tout ce qu'il essayait d'être, j'avais tout ce qu'il voulait avoir, et cela lui avait tant coûté, tant de honte, tant de chirurgie esthétique, tant de larmes... Pour lui, l'humanité se partageait en deux catégories nettement délimitées et moi je ne pouvais figurer que parmi les êtres favorisés par la vie, il n'aurait jamais pu accepter une telle débâcle.

Je m'arrangeai pour œuvrer avec discrétion, pour prendre mes rendez-vous en dehors des circuits habituels, pour éviter tous les risques prévisibles, mais il me fallut du temps avant d'obtenir les contacts adéquats dans les endroits adéquats, des mois passèrent avant que tout puisse se régler par téléphone.

J'étais terrorisée à l'idée qu'il découvre tout et je pris mes précautions mais à chaque fois elles se révélèrent inefficaces, la maladresse me poursuivait encore comme une punition.

Au début, je suis même tombée nez à nez avec Ely.

Gus, un revendeur ami de Pablo, je le rencontrais partout tandis que moi aussi j'arpentais le trottoir, en sens inverse il est vrai, car moi je demandais au lieu de proposer, à la recherche de n'importe quoi qui me conduise dans un lit. J'en arrivai à me dire que tant de coïncidences ne pouvaient être le fait du hasard mais je finis par écarter cette hypothèse. J'avais en effet assez d'indices pour comprendre que certains de mes meilleurs contacts comptaient aussi parmi ses meilleurs clients.

Et puis un beau jour Pablito me parla de ce maquereau, Remi.

A côté de lui, Jimmy avait l'air de la mère supérieure d'un ordre strictement contemplatif, mais cela ne m'empêcha pas de nouer avec lui une longue et profitable relation commerciale. La première fois, il me trouva une paire de mecs vraiment très bons, très séduisants, très coûteux aussi. J'en tirai le plus grand plaisir. La fois suivante, le plus vieux des deux, pas beaucoup plus âgé que moi en tout cas, m'interrogea avec courtoisie sur ce que lui aussi considérait comme une passion excentrique, qu'est-ce que tu retires vraiment de tout ça, pour reprendre ses paroles exactes.

Je m'étais déjà souvent adressé la même question, et j'allais encore me la poser maintes fois tout au long de ces nuits sombres et fébriles qui succédèrent à la première nuit, qu'est-ce que je retirais vraiment de tout ça, que me donnaient-ils au-delà de la chair rassasiée ?

L'assurance.

Le droit de décider quand, où, combien et avec qui.

La possibilité d'être de l'autre côté de la rue, sur le trottoir des plus forts.

L'illusion de la maturité.

Il y avait d'autres moyens, je devinais bien d'autres moyens, des chemins moins baroques, moins tourmentés, moins épuisants, pour parvenir au même point, mais aucun n'était aussi facile pour moi parce que je ne savais pas exactement jusqu'où je voulais aller. J'étais tombée sur eux et je m'étais laissée aller, je pensais que ce n'était rien de plus, je pourrais revenir sur mes pas dès que je le voudrais, sans traumatismes ni lamentations, c'était un passe-temps innocent, et je me sentais bien, tellement mûre, tellement plus forte, tellement catégorique, pendant que je jouais avec eux...

Pourtant j'avais peur, chaque fois un peu plus, et ce n'était pas seulement pour l'argent, qui allait devenir un sérieux problème avec le temps, quand le compte d'Inés se retrouva à sec, envolé l'argent que Pablo y versait tous les mois, moi je ne lui avais jamais rien demandé, je ne demandais rien de plus que de partager à égalité les frais d'éducation de la petite, mais il virait tout de même plus d'argent que cela, beaucoup plus. Au début, j'essayai de ne pas y toucher mais à cette époque mes bonnes intentions n'étaient pas de la plus grande fermeté, et je l'avais là, à portée de la main... Finalement je dépensai tout, je brûlai tout jusqu'au dernier billet, alors le pèze commença à être un problème, mais il ne fut jamais le plus grave des problèmes.

J'avais peur, peur d'être incapable de réagir, de ne savoir m'arrêter à temps, parfois je me sentais totalement incapable de reconnaître la frontière entre mes fantaisies et la réalité, agressée par les ombres d'un monde sale et sans rapport avec moi, auquel j'avais cru ne jamais pouvoir appartenir mais qui désormais resserrait un cercle cruel, obsédant, autour de moi.

J'aurais dû le faire, je m'en rendais bien compte, mais je n'arrivais pas à renoncer à eux, parce que personne ne leur ressemblait, parce que aucun désir n'était comparable à celui qu'ils m'inspiraient, parce que aucun plaisir n'était comparable à celui qu'ils me donnaient, ils étaient la seule chose à quoi je tenais dans la vie laborieuse et monotone que j'avais retrouvée, une vie de jours tout gris et sans surprise, eux, ce passe-temps innocent, étaient mon seul bien et ma seule diversion tout à la fois.

La limite, une ligne qui se profilait toujours plus nettement, concrètement, la limite était proche, très proche, et elle me faisait peur.

Je pensais beaucoup à Pablo alors, car avec lui tout avait été toujours si facile.

Leurs yeux brillaient et ils se riaient de tout, ils étaient si beaux, tous les deux, et paraissaient si jeunes que je les ai reconnus en même temps que tous ceux d'il y a vingt ans, ce matin de printemps au Retiro *, où nous étions partis avec les bonnes sœurs voir le Parc aux fauves, elles appelaient ça une excursion, quatre stations d'autobus et c'était déjà une excursion, mais pour un jour de semaine, c'était une véritable fête, les cages empestaient, les fauves n'en étaient pas, à peine de pauvres bêtes efflanquées et déchues avec leur pelage terne plein de trous, les mouches tourbillonnaient autour de leurs têtes accablées, l'éléphant faisait désormais partie de la famille après toutes ces années à le regarder, à donner quelques piécettes à son gardien pour qu'il lui jette les éternels bouts de pain rassis, les éternelles cacahuètes, je fus très triste quand il finit par mourir de vieillesse, le pauvre, la même mort que connut cette caricature de zoo qui n'en finissait pas de s'écrouler, c'était quand même joli malgré l'odeur pestilentielle, et très petit, tellement petit que nous avions terminé la visite trop tôt, trois quarts d'heure avaient suffi, alors elles nous avaient laissées partir, eux deux étaient là, assis sur un banc au soleil près de l'étang, ensemble, je les enviais terriblement, ils auraient dû être en cours ce matin-là mais à la faculté sécher n'était plus

* Grand jardin public près du musée du Prado. *(N.d.T.)*

vraiment sécher, comme j'aurais aimé être à leur place, alors je m'étais détachée du groupe, j'avais prévenu Chelo, je vais avec mon frère, Pablo tenait un livre, il monta sur le banc, Marcelo m'envoya un baiser de loin et me fit un signe de la main, il ne voulait pas que je m'approche plus, je m'assis par terre pour les observer, Pablo se racla la gorge puis il annonça d'une voix forte et claire : *Les Fleurs du mal*, et il se mit à déclamer, à bramer en français, il faisait de grands moulinets avec son bras libre, il se recroquevillait puis se déployait, de temps en temps il cachait son visage dans son épaule sous l'emprise d'une douloureuse émotion, et m'apostrophait pathétiquement, moi, son unique spectatrice, finalement un cercle commença à se former autour de nous, huit ou dix personnes, certaines abasourdies, d'autres qui riaient et que j'imitais pour adopter une contenance, pourtant je ne comprenais rien, Marcelo, tourné vers Pablo, le regardait avec admiration, il paraissait recevoir de plein fouet chaque mot et son visage passait successivement par la tristesse, la joie, la terreur, l'inquiétude, la peur, le désespoir... Au début j'ai pensé qu'ils étaient devenus fous puis, quand ils commencèrent à se tordre de rire, incapables de se contenir plus longtemps, je ne sus que penser, leurs convulsions étaient de plus en plus violentes, à la fin Pablo arrêta de déclamer d'un coup et fit une révérence au public, Marcelo grimpa sur le banc à côté de lui et le montra du doigt en criant : « Camarades, ça c'est le socialisme ! », des applaudissements éclatèrent, de longs applaudissements, peut-être sincères, je ne sais pas, au loin j'entendais les appels toujours plus nerveux de ma directrice, Maria Luisa Ruiz-Poveda y Garcia de la Casa : « Voulez-vous bien venir ici ! », je n'y ai pas prêté attention, j'ai désobéi, je me suis contentée de crier dans sa direction : « Je rentre à la maison avec mon frère aîné » et ils m'ont donné la main, un policier municipal rôdait par là, nous sommes partis discrètement, nous avons franchi la grille sans encombre et ils m'ont invitée à prendre l'apéritif à une terrasse de café, Coca-Cola et gambas grillées, le grand luxe, à ce moment-là je décidai de raccourcir moi aussi mon patronyme à sa partie la plus estimable, depuis lors je suis une Ruiz Garcia, Ruiz Garcia tout court — Marcelo signait ainsi depuis des années déjà, uniquement pour faire chier, et il y parvenait sans problème, mon père piquait une crise à chaque fois qu'il répondait au téléphone pour lui ou qu'il trouvait une lettre à son nom dans la boîte, il était tellement fier de la résonance aristocratique du nom infligé à ses rejetons *, de la pure coïncidence qui avait donné un vernis de noblesse à deux lignages totalement plébéiens, il tenait tout particulièrement au « y » copulatif, il voulait cultiver la légende d'une origine aristocratique par tous les moyens, y compris cette avalanche de prénoms soigneusement choisis dont il avait aspergé tous ses enfants sur les fonts baptismaux, pour faire encore plus authentique, moi-même j'en avais quatre, et des plus croquignolets, Maria Luisa Aurora Eugenia Ruiz-Poveda y Garcia de la Casa, mais je suis seulement Loulou Ruiz Garcia depuis ce jour où je les ai rencontrés au Retiro, à Paris on lançait alors des pavés contre les flics, eux se contentaient de déclamer du Baudelaire dans un jardin public, mais ils étaient jeunes et beaux, leurs yeux brillaient et ils se riaient de tout.

« Qu'est-ce qui t'arrive ? » La voix de Marcelo me parut venir de très loin, mais en tournant la tête, je tombai nez à nez sur lui. « Ça ne va pas mieux ?

— Si, si, bien sûr que si, je n'ai plus de fièvre... » Je

* En Espagne, la tradition est de former le patronyme en unissant le nom de famille du père et de la mère, voire en faisant courir cet usage sur deux générations, comme c'est ici le cas. *(N.d.T.)*

récupérais juste d'une mauvaise grippe mal soignée, aussi n'étais-je pas allée dîner avec eux. « C'est que j'étais plongée dans un vieux souvenir, ce matin au Retiro avec *Les Fleurs du mal,* vous vous en souvenez ? Je ne sais pas pourquoi mais aujourd'hui vous me faites penser à vous ce jour-là, vous mijotez quelque chose, j'en suis sûre, et ça vous rajeunit, je ne sais pas pourquoi... » Mes réflexions les amusèrent beaucoup, ils se regardèrent tous les deux d'un air entendu mais ne soufflèrent mot.
« Vous n'allez pas me dire... ?

— Non. » La réponse de Pablo fut couverte par la sonnette de la porte d'entrée, un mécanisme compliqué et assourdissant qui devait friser les quatre-vingts ans et que nous avions sauvé de justesse.

J'ignorais que nous attendions des visiteurs, mais il en arriva une escouade.

Luis, un de leurs copains de lycée, un vieil ami plutôt laid en plein processus de désintoxication suite à une grave déception sentimentale, avec une paire de cornes assez douloureuses à oublier, arriva avec deux nanas. La première était petite, blonde, bien en chair et féminine jusqu'à la nausée, exactement son genre à lui, il ne s'en lassait jamais. La seconde, grande et osseuse, avec un accent sud-américain, me parut très bizarre, son air masculin avait quelque chose de suspect, même si sa voix suraiguë démentait l'hypothèse. Je tentai de me renseigner sur son authenticité mais Pablo ne semblait pas disposé à répondre à la moindre de mes questions, et Marcelo décida de suivre son exemple.

Luis jetait de temps à autre sur Pablo des coups d'œil pleins d'expectative.

Je crus deviner sa situation, évidemment, pensai-je, il est venu donner un coup de main mais il n'est pas dans le coup, il ne sait même pas quand il devra intervenir.

« Bon, dit-il enfin, peut-être en réponse à un signal que je ne pus capter. Par qui on commence ?

— Bah, ne me dis pas que tu penses encore à ça. » Marcelo me regarda à la dérobée, je ne me trompais pas, il voulait éveiller ma curiosité. « Moi, je passe.

— Tu passes pour quoi ? » Je me piquai au jeu, bien sûr, je n'allais pas les priver de cette satisfaction, avec toute la peine qu'ils s'étaient donnée, faire venir Luis et tout.

« Rien, c'est vraiment une bêtise », Marcelo lui-même me répondait, « la dernière connerie à la mode, mais la moitié de Madrid en est folle...

— Mais qu'est-ce que c'est ? » La curiosité commençait à m'envahir. « Je ne suis pas sortie depuis près de quinze jours à cause de cette grippe.

— C'est un jeu », Pablo me sourit, « un jeu idiot, comme celui du pirate à la jambe de bois... avec le demi-citron et le cou de poulet, évidemment tu étais encore très petite, toi, je ne sais pas si tu auras eu l'occasion d'y jouer.

— Si, si, bien sûr, des tas de fois », je me souvenais encore de ma frayeur, « c'était très rigolo.

— Comment on y jouait ? demanda quelqu'un.

— Oh, c'était un jeu d'initiation, plutôt compliqué. » C'était moi qui expliquais. « Il fallait être au moins trois pour l'organiser. Le premier attendait assis sur une chaise dans une chambre noire, avec une main couverte de petites boules de pâte à modeler, un demi-citron évidé posé sur la figure et un cou de poulet cru, le plus long possible, coincé entre les jambes, en plus d'autres accessoires dont je ne me souviens plus, ah si, il y avait aussi un bâton qui faisait office de prothèse orthopédique. Une seconde personne choisissait quelqu'un à initier et lui expliquait qu'elle allait l'emmener voir le pirate à la jambe de bois, elle le conduisait dans la chambre noire, lui prenait la main, la passait sur les boulettes de pâte à modeler et lui disait que c'était la main lépreuse du pirate, puis elle lui attrapait le doigt et le fourrait brusquement dans le demi-citron en lui disant que c'était l'orbite de l'œil que le pirate avait perdu au cours d'une bataille...

— Quelle horreur ! s'exclama la si féminine nouvelle fiancée de Luis.

— Finalement, il fallait guider très lentement la main le long du corps du soi-disant pirate, pour que la victime sache toujours où elle en était, l'estomac, le ventre... Un peu plus bas, sans prévenir, on serrait la main de l'initié autour du cou de poulet, que le premier avait placé de telle manière qu'on ne pouvait que se tromper, je vous jure que ça faisait exactement comme la queue d'un mec, un cylindre de chair humide qui avait l'air bourré de nerfs à l'intérieur. » Je m'esclaffais en me rappelant les hurlements de rire qui concluaient immanquablement chaque séance. « A ce moment-là, une troisième personne allumait la lumière et tous les mystères s'expliquaient, c'était trop drôle...

— Mais c'est génial ! » Le ou la Sud-Américain(e) paraissait enthousiasmé(e), « Jouons-y tout de suite, par pitié ! Ne me dites pas que vous n'en avez pas envie, vous autres...

— Si, on va y jouer. » Une brune qui en jetait énormément, très mince et pâle, sanglée dans un tailleur en cuir violet, arrivée avec un groupe de visiteurs que je connaissais seulement de vue, se porta à la rescousse de notre invitée ambiguë. Elle fut rapidement imitée par d'autres membres de l'assistance.

« Mais enfin, c'est une idiotie ! » Marcelo bataillait encore contre ce qui prenait l'allure d'un référendum populaire.

« Bon, insista Luis, avec qui on commence ?

— La petite Clara ? » Pablo s'adressait à la fiancée de Luis. Je lui lançai un regard furibond qu'il enregistra et auquel il répondit par un sourire sardonique, il n'osera pas, pensai-je, il n'osera pas. « Très bien, on va commencer avec Loulou. » Il n'avait pas osé. « J'ai besoin de cinq grands mouchoirs.

— Six, corrigea Marcelo.

— Non. » Pablo sortit de sa poche de pantalon une boule de plastique rouge, un peu plus petite qu'une boule de billard, munie d'une sorte de bande ou d'élastique noir, et la fit sauter dans sa main. Seulement cinq. » Mon frère opina du bonnet.

« Je te les amène tout de suite...

— Non. » Il m'arrêta. « Toi, tu ne peux pas rester ici, tu dois être dans une autre pièce, je t'ai déjà dit que ça ressemblait beaucoup au jeu de la jambe de bois. »

Il m'a attrapée par le bras et m'a fait traverser le couloir. J'ai pris cinq mouchoirs dans ma commode et nous sommes repartis pour entrer dans ce que j'avais l'habitude d'appeler la « chambre d'ami », une pièce avec un grand lit réservée habituellement à la baby-sitter d'Inès.

« Je vais te bander les yeux. » Pablo observa par transparence tous les mouchoirs et choisit le plus opaque qu'il enroula sur lui-même et me serra très fort sur les yeux. « Tu vois quelque chose ?

— Non.

— Tu es sûre ? Il est fondamental que tu ne puisses rien voir du tout, sinon le jeu n'a aucun intérêt.

— Je t'assure que je ne vois rien. »

Quelques secondes d'un silence complet s'écoulèrent. Je devinai qu'il était en train d'agiter la main devant moi, ou de vérifier par un autre moyen que j'étais totalement aveugle.

« Bien, je te crois, tu ne vois rien. Allonge-toi au milieu du lit, sur le dos...

— Pour quoi faire ?

— Je vais t'attacher aux barreaux.

— Dis donc », tout cela commençait à m'inquiéter, « de quel jeu est-il question ?

— Si tu veux, on arrête et on le fait avec la petite Clara...

— Tu plaisantes. » Je me jetai sur le lit. « Eh bien, allons-y, attache-moi. »

Tout en riant, il noua un mouchoir à mon poignet droit et le fixa aux barreaux de la tête de lit. Même opération à gauche. Les nœuds étaient solides mais assez lâches, ils ne me blessaient pas et si je ne pouvais absolument pas m'en détacher, ils me laissaient cependant une certaine liberté de mouvement.

« Ensuite, ne viens pas te fâcher contre moi », ma cheville gauche venait d'être attachée, « parce que c'est une vraie couillonnade, ce jeu, sérieusement, tu vas être déçue... »

Après en avoir terminé avec mon pied droit, il s'allongea à côté de moi et m'embrassa. Étrange contact en vérité puisque je ne pouvais ni le voir ni le toucher, je ne savais pas où il était, il retira sa bouche brusquement et je me retrouvai avec la langue dehors, à essayer d'attraper la sienne, tâtonnant dans le vide, il recommença à rire et à m'embrasser.

« Je t'aime, Loulou. »

J'eus alors pour la première fois le soupçon que j'allais être immolée, sans savoir encore comment ni à qui, mais immolée.

Pourtant je gardai le silence. J'avais l'habitude.

Il s'éloigna de moi, je l'entendis gagner la porte et avant de sortir il s'arrêta pour me lancer une dernière mise en garde :

« Ne t'énerve pas si nous ne venons pas tout de suite... Il y a encore pas mal de trucs à préparer. »

Il partit en refermant la porte derrière lui, à en juger par les bruits que je percevais.

Il ne manquait plus que cela, pensai-je, tout le reste s'est déjà réalisé, avec quelques impondérables de nature fondamentalement économique, c'est vrai, évidemment avoir de l'argent peut encourager encore plus à la luxure et au début notre situation financière n'était guère brillante, jusqu'au moment où mon beau-père est mort et où nous avons commencé à profiter des bénéfices de l'entreprise, une solide entreprise familiale, mais de toute manière cela n'avait jamais eu beaucoup d'importance, je m'étais sentie suffisamment aimée, gâtée et plus que gâtée tout au long de ces années.

Nous n'avions jamais eu de domestiques, seulement une femme de ménage venue des environs de Guadalaraja et doublement mère célibataire, très limitée la pauvre et plutôt moche, il était clair que la croix qu'elle portait lui suffisait amplement pour ne pas en rajouter, mais tout le reste s'était réalisé, tôt ou tard.

Au début, je n'arrivais pas à m'y habituer, je disposais des pièges dans toute la maison, un paquet de cigarettes ici, un livre là, mais quand je me levais le matin, ils étaient toujours à la même place, cela paraissait de la magie, ouvrir la porte du Frigidaire et voir qu'il ne manquait jamais de glace ni de bières glacées, personne ne les avait bues, m'acheter une robe, la laisser quinze jours dans une armoire puis y repenser un jour et la retrouver avec toutes les étiquettes, après quinze jours, personne n'avait enlevé les étiquettes, c'était incroyable, et avoir une chambre à moi toute seule, et surtout pouvoir annoncer : « Je vais travailler », et m'enfermer dans ma chambre, une pièce entière pour moi toute seule, Dieu tout-puissant, c'était là le comble du bonheur, je n'arrivais pas à y croire, j'ai mis longtemps à m'y habituer.

Avoir une vie privée, cette sensation tellement nouvelle pour moi, me désorientait au début.

Pablo trouvait très drôle mes perpétuelles et surprenantes découvertes et les encourageait par des cadeaux délibérément impartageables, des trésors pour moi toute seule, des stylos, des peignes, une boîte à musique avec serrure, un dictionnaire de grec-espéranto, un tampon encreur avec mon nom interminable gravé en spirale, des lunettes à verres neutres, c'est le présent qui m'a le plus marquée, je n'en avais jamais eu besoin mais j'avais tellement envie d'avoir des lunettes... Lui ne saisissait pas très bien les arcanes de ma joie. Il n'avait qu'une sœur, ses parents avaient toujours été riches, bien plus riches que les miens. Il n'avait jamais rien eu à reprendre de personne, il avait toujours eu sa propre chambre. Lui aussi il avait toujours cru que les enfants de famille nombreuse s'amusaient comme des fous et vivaient dans la béatitude.

Moi, j'avais cinq ans, je n'avais que cinq ans quand j'ai cessé d'exister.

A cinq ans j'ai cessé d'être Loulou pour devenir Marisa, un nom de grande fille.

Maman est revenue à la maison avec les jumeaux et tout a été ruiné.

Je me suis habituée à errer dans la maison toute seule, avec un panier plein de petits riens, je me suis habituée à ce que personne ne veuille jouer avec moi, ne me prenne dans ses bras, ne trouve le temps de m'amener au parc ou au ciné, ils n'arrêtaient pas de répéter tous que les jumeaux donnent beaucoup de travail.

C'est alors que Marcelo s'est intéressé à moi.

Il a toujours eu un faible pour les causes perdues, et jamais je ne pourrai l'en remercier assez, jamais.

Son amour, un amour généreux et inconditionnel, a été l'unique appui sur lequel j'ai pu compter au cours de mon âge adulte et atypique, entre cinq et vingt ans, au cours de cette horrible vie grisâtre à laquelle Pablo a mis fin en revenant vers moi et en me ramenant par sa grâce magnanime aux plaisirs perdus, à cette enfance qui m'avait été si brutalement et injustement confisquée.

Lui ne m'a jamais causé de déception.

Il ne m'a jamais déçue, pensai-je, il ne me manquait plus que cela, tout le reste s'est réalisé...

Et à ce moment-là, ils sont arrivés.

Je ne savais pas combien et qui ils étaient, ils devaient avancer pieds nus et puis le bruit de ciseaux qui travaillaient rapidement, kris-kris-kris, ce bruit envahissant mobilisait totalement mon ouïe, brouillait le seul contact qui me restait encore avec le monde.

J'ai senti que quelqu'un se laissait tomber sur le lit, à côté de moi, et me mettait une cigarette dans la bouche.

« Tu veux fumer ? » C'était Pablo. « Après, tu ne pourras plus... »

J'ai serré les lèvres sur le filtre, tirant avec anxiété sur la grâce que l'on me faisait. Je l'ai fumée presque jusqu'à la dernière bouffée puis on me l'a retirée et alors, acte deux, j'ai senti une pression inattendue sous mon oreille gauche.

Ce qui semblait être une boule lisse et régulière, sûrement en plastique à en juger par l'absence quasi totale de goût qu'enregistra ma langue en tâtonnant dessus avec inquiétude, m'a obturé complètement la bouche. Des doigts ont frôlé mon oreille droite pour placer quelque chose en dessous. Alors la boule est venue s'encastrer dans mes lèvres et sur les joues j'ai senti la tension de deux bandes, ou de deux cordes, qui se rejoignaient au milieu.

Tout aveuglée que j'étais, je n'ai pas eu de mal à reconnaître la facture de mon bâillon.

La sphère de plastique rouge que j'avais aperçue une seconde dans la main de Pablo devait être trouée au centre. Elle était montée sur un élastique double, sûrement de la même matière que ceux destinés aux cheveux car il ne m'irritait pas la peau, qui faisait le tour de ma tête pour maintenir la boule bloquée entre mes lèvres. Un appareillage très simple mais efficace. Je ne pouvais pas émettre le moindre son.

Aussitôt après, je me suis remise à écouter les ciseaux qui s'ouvraient et se fermaient à côté de moi. A l'autre bout du lit, quelqu'un a retiré mes chaussures et m'a caressé les doigts de pieds, ce qui me chatouillait horriblement. Puis j'ai senti quelque chose de froid, un contact peu agréable, sous la manche de ma blouse, près de l'aisselle. Kris-kris-kris, les ciseaux ont sectionné à la fois le tissu et la bretelle du soutien-gorge. Pablo, je suppose qu'il s'agissait de lui car la pression contre mon corps s'était maintenue constante depuis tout à l'heure, s'est ensuite penché sur moi pour répéter la même opération à droite, les ciseaux se sont glissés entre mes seins pour couper le soutien-gorge en plein milieu, sans hésitation.

Ce dernier détail m'a vraiment convaincue que c'était bien Pablo, car il adorait déchirer les vêtements, parfois cette manie m'avait obligée à me fâcher tout rouge contre lui parce que certains habits ne me duraient pas deux heures, surtout les blouses et les chemisiers, je les choisissais avec le plus grand soin, je restais une éternité dans la boutique, à hésiter, à m'observer dans le miroir, et ensuite je n'avais même pas le temps de les porter une seule fois, certains mois ma consommation de culottes atteignait des niveaux astronomiques, moi je me plaignais : « Tu n'as pas idée du pèze que nous coûtent tes lubies », lui riait : « Tu n'as pas besoin d'en porter, à la maison tu n'en as aucunement besoin », et je finis par l'écouter, comme toujours, je restais nue sous mes jupes parce que je ne portais presque jamais de pantalons, qu'il détestait, mais je ne parvins pas à m'y habituer entièrement et quand se présentaient des visites, comme par exemple ce soir-là, je courais aux toilettes, j'avais des cachettes à lingerie stratégiquement disposées dans toute la maison quand bien même je me baladais presque toujours à moitié nue, cela aussi s'était réalisé, et maintenant, alors que n'importe qui aurait choisi de limiter la casse en dégrafant le soutien-gorge par-derrière, lui avait préféré lui régler son compte d'un coup de ciseaux et m'en avait débarrassée en quelques secondes.

A ce moment, il s'est déplacé légèrement vers l'avant. Mes pieds ont été abandonnés.

Personne ne parlait, ne produisait le moindre bruit qui aurait pu me servir d'indice, je ne savais combien ni qui ils étaient, mais je devinais que mon frère était parmi eux et cette idée ne m'enchantait guère. Je n'avais jamais su jusqu'à quel point Marcelo connaissait les détails de ma vie avec Pablo et j'aurais préféré qu'il en soit toujours ainsi, mais cette nuit-là je sentais qu'il était là lui aussi, à me regarder.

L'énorme boucle argentée de mon ceinturon, un ceinturon en cuir noir si large qu'il me couvrait presque tout l'estomac, a été détachée selon la méthode habituelle. Puis les ciseaux se sont glissés au-dessus de mon nombril sous la jupe et ont poursuivi leur route vers le bas, kris-kris-kris, jusqu'à ouvrir entièrement le tissu en plein milieu. Quelqu'un posté à mes pieds a ensuite tiré sur la jupe, que j'ai sentie s'en aller aisément en s'échappant de mes reins.

Je croyais qu'il allait terminer le travail à la main, comme c'était son habitude, mais il a eu recours aux ciseaux jusqu'à la fin, quand tout a été terminé, on a refermé mon ceinturon.

Je suis restée à nouveau seule sur le lit. Pendant un bref instant, il ne s'est rien passé. J'essayais d'imaginer l'allure que je devais avoir, attachée aux barreaux en haut et en bas, les jambes complètement ouvertes, les yeux cachés par un mouchoir noir, la bouche obstruée par cet appareil dont la présence se faisait toujours plus douloureuse, avec les élastiques qui s'enfonçaient dans mes joues et m'irritaient les oreilles, je me sentais très mal à l'aise, et plus que honteuse de ma stupide crédulité.

A mon âge, j'étais tombée dans un piège grossier, puéril. Je n'étais pas en mesure de m'en dégager, peut-être ne pourrais-je jamais m'en dégager entièrement et même si cette idée ne m'inquiétait pas outre mesure d'habitude, cette fois elle me déprimait particulièrement, peut-être à cause de la présence de mon frère.

J'aurais dû m'attendre à quelque chose dans ce genre depuis déjà des années, car Pablo ne s'arrêtait jamais aux vœux pieux, mais après tout il n'avait pas une seule fois évoqué à nouveau ce thème depuis notre première nuit, la nuit de Moreto.

« Ça te plaît ? » Sa voix trahissait un contentement que je lui connaissais déjà. Il avait l'habitude de se montrer extrêmement fier de moi en ces occasions très spéciales. Son interlocuteur ne répondit pas.

L'une des pointes acérées des ciseaux s'est mise à dessiner des arabesques compliquées sur ma poitrine. Puis elle s'est arrêtée et quelqu'un les a fait tourner ainsi, autour d'une seule pointe, comme s'il se servait d'un compas qui traçait des cercles de plus en plus larges.

Je me suis efforcée de rester aussi tranquille que possible.

Je n'étais pas inquiète car je savais qu'ils ne chercheraient pas à me blesser, mais le contact de l'acier affilé donnait des résultats inquiétants. Les ciseaux ont parcouru tout mon corps, caressant ma gorge, dansant sur mes seins, glissant sur mon ventre, pinçant même parfois la peau, j'étais de plus en plus tendue, aux aguets, à la merci de ces dangereuses caresses, en attente d'un dénouement inavouable qui ne se produirait jamais.

Soudain leur compagnie glacée a disparu. Plus de

frissons sous leurs pointes menaçantes. J'ai pensé qu'il s'était peut-être agi seulement d'une manœuvre de diversion.

Puis quelqu'un a posé une main sur moi, je me demandais à qui elle appartenait, qui commandait à cette main pour commencer ainsi à me palper après une petite tape initiale, à me masser la chair, à comprimer ma taille, à m'écraser les seins, à fouiller mon nombril, à parcourir mes cuisses, à titiller enfin la fente de mon sexe d'abord avec les doigts puis avec toute la paume pressée contre elle.

Et j'ai senti une autre main, une seconde main, puis une troisième, ils étaient forcément deux, j'ai même cru noter la présence d'une quatrième mais je n'arrivais plus à calculer parce que le lit s'est rempli de monde, je notais des présences de toute part, le sommier grinçait à chacun de leurs mouvements, des lèvres se sont posées sur mon cou pour le couvrir de baisers, une autre langue a parcouru mon aisselle, un doigt est entré en moi, un bras est passé sous ma taille, une main a caressé ma main droite, une jambe s'est enroulée sur la mienne, un genou s'est planté dans ma hanche.

J'essayais de réfléchir. Il y avait la Sud-Américaine, j'en étais sûre, et aussi Pablo parce qu'il ne m'avait jamais offerte à personne sans participer au jeu, et il y avait certainement encore un homme, je croyais bien sentir que les formes masculines prédominaient, leur contact rude et anguleux, ou peut-être la Sud-Américaine était-elle un mec finalement, j'étais perdue et eux, anonymes, faisaient tout ce qu'ils pouvaient pour me désorienter plus encore, leurs mains et leurs bouches ne cessaient de parcourir rapidement mon corps en changeant capricieusement d'objectif, je ne pouvais pas suivre leur piste, deviner si la langue qui apparaissait maintenant sur mon oreille martyrisée était celle qui s'était glissée entre mes jambes un instant auparavant, reconnaître chaque caresse, chaque morsure, je ne pouvais savoir qui ils étaient, quelque chose de trop gros pour être un doigt s'est posé contre mes paupières fermées, par-dessus le bandeau, puis s'est pressé sur chacun de mes yeux alternativement, un sexe d'homme — je ne me risquais pas à le désigner autrement, ainsi privée de vue, les mains attachées, comment aurais-je pu savoir s'il s'agissait d'une queue majestueuse, d'un vrai braquemard, ou au contraire seulement d'une pine toute triste et ratatinée ? — m'enfonça sa pointe contre un sein, d'abord en tâtonnant puis en se frottant sur mon téton en rythme jusqu'à m'imprégner d'une bave collante.

Et Marcelo était en train de contempler ce spectacle.

Pendant un moment, je me suis efforcée de me maîtriser, de ne pas m'abandonner, de rester tranquille sans trahir la moindre approbation, de garder tout mon corps collé au matelas, la tête droite, je le faisais pour lui, je ne voulais pas me livrer sous ses yeux, mais j'ai senti que ma peau commençait à se saturer, je connaissais bien le processus, d'abord les pores tout dilatés puis la chaleur, une vague de chaleur qui m'inondait le ventre avant de déferler ensuite partout, des frissons spontanés dans les mollets puis à l'intérieur des cuisses, autour du nombril, un fourmillement exaspéré qui annonçait l'explosion imminente, alors une masse impalpable, d'une puissance fabuleuse, prenait possession de moi et me poussait en avant et c'était le début de la fin, la débâcle de toute volonté, mes mouvements se réduisaient au strict nécessaire, je me contentais de m'ouvrir, de m'arc-bouter jusqu'à en avoir mal aux os, et je maintenais la pression en me balançant à l'unisson de l'agent qui avait précipité le phénomène, quel qu'il soit, à la poursuite de l'ultime déchirement.

Ma peau était en train de se saturer, et je ne pouvais pas lutter contre elle.

« Quand tu voudras... » La voix de Pablo, rauque et cassée, initia une nouvelle phase. Les mains, toutes les mains, et toutes les bouches, m'abandonnèrent comme par magie. Des doigts frais et mouillés, délicieux sur ma peau brûlante, se glissèrent sous mon oreille et la libérèrent du petit supplice qu'était devenu l'élastique. A leur bout, les ongles ne saillaient pas. La Sud-Américaine n'avait pas les ongles longs, je m'en souvenais parce que j'avais remarqué ses mains, de très belles mains fines et délicates qui n'allaient pas du tout avec le reste de son anatomie. La boule de plastique tomba de ma bouche. J'en fus si soulagée qu'aussitôt après avoir fait bouger un peu ma mâchoire inférieure pour dissiper les crampes, je me sentis obligée de manifester ma gratitude.

« Merci... »

Quelqu'un, qui n'était pas Pablo car lui n'aurait jamais eu une telle réaction, réprima un éclat de rire. La sonorité me parut vaguement familière mais je n'ai pas eu le temps d'évaluer sa possible origine, à peine quelques secondes plus tard je me suis retrouvée à nouveau avec la bouche remplie.

Un sexe masculin inconnu se glissait entre mes lèvres.

« Je suis toujours là, à côté de toi. » Cette précision était absolument inutile, je savais pertinemment que ce n'était pas le sien. J'ai senti son souffle sur mon visage, une de ses mains passer entre ma nuque et le coussin pour agripper mes cheveux et me pousser vers le haut, elle dirigeait en rythme ma tête vers le piston de chair qui parcourait ma bouche, une queue anonyme, plus large que la sienne à la base, sans conteste, mais qui allait en s'effilant vers le haut et qui me semblait donc plus courte et moins épaisse. Tandis que les mouvements de mon visiteur inconnu se faisaient parfois plus désordonnés, j'ai senti que Pablo se redressait et s'agenouillait à côté de moi.

J'ai supposé qu'il allait nous rejoindre, mais je me trompais.

Ses mains se sont activées sur le mouchoir qui emprisonnait mon poignet droit, et l'ont bientôt détaché des barreaux dorés. Presque simultanément, d'autres mains que je n'ai pu attribuer en toute certitude à mon amant du moment libéraient mon bras gauche.

Alors le sexe fut retiré de ma bouche.

Quelqu'un a entrepris de relâcher les liens qui emprisonnaient mes chevilles.

Quelqu'un s'est emparé de mes poignets et les a attachés l'un contre l'autre dans mon dos.

Je me doutais déjà qu'ils étaient seulement deux, deux hommes, et peut-être en avait-il été ainsi depuis le début, l'intervention de la Sud-Américaine devait certainement avoir été une illusion. Ils n'avaient sans doute été que deux hommes depuis le début mais maintenant, après toute cette agitation, je ne savais plus qui était Pablo et qui était l'autre, j'étais à nouveau dans la confusion la plus totale.

Quelqu'un m'a obligée à me retourner.

Quelqu'un a attrapé mon ceinturon, l'a tiré vers le haut et m'a fait mettre à genoux sur le lit.

Quelqu'un, installé derrière moi, m'a pénétrée.

Quelqu'un, installé devant moi, a pris ma tête entre ses mains et l'a tenue pendant qu'il poussait son sexe dans ma bouche.

C'était la queue de Pablo.

« Je t'aime... »

Il avait l'habitude de me le dire dans les moments critiques, cela me calmait et me donnait du courage. Il savait que sa voix suffisait à dissiper mes hésitations et mes scrupules.

Marcelo était en train de tout voir. Il avait peut-être aussi entendu cette dernière phrase mais désormais j'étais très loin de lui, très loin de tout, j'étais partie presque complètement, sur le point de jouir.

« Laisse-moi, Loulou. » Sa requête ne manquait pas de piquant, que je le laisse, moi, alors que j'étais pratiquement incapable d'éloigner ma bouche de son corps sans que l'on m'y aide, avec mes mains emprisonnées, tout mon corps emprisonné aussi par les délicieux coups de boutoir qui le secouaient. « Maintenant, c'est mon tour... »

Il souleva ma tête avec précaution et la reposa sur le couvre-lit, où ma joue gauche s'appuya. Comme sous l'emprise d'une sadique intuition, l'inconnu se retira de moi à l'instant précis où mon sexe se mettait à palpiter et à s'agiter par lui seul, étranger à ma propre volonté.

« Vous ne pouvez pas me faire ça, maintenant. » Je discernais à peine ma voix, un murmure quasi inaudible : « Non, pas maintenant...

— Mais... Comment peux-tu être aussi vorace, ma chérie ? » Le rire perçait sous les paroles de Pablo : « Alors que tu ne sais même pas qui c'est... Ou bien tu te l'imagines finalement ? »

Je lui ai répondu que non, que je ne savais pas, et en vérité je n'avais pas la moindre idée de qui ce pouvait être, d'ailleurs je n'en avais cure, pourvu que quelque chose ou quelqu'un me remplisse une bonne fois pour toutes.

« Loulou, Loulou, quelle honte !... Devoir assister à un tel comportement, de la part de sa propre épouse, c'en est trop pour un honnête homme... »

Ils étaient toujours là, les deux, quelque part, sans me toucher ne serait-ce qu'un cheveu.

Le temps s'écoulait, il ne se passait rien, j'étais de plus

en plus hystérique, il fallait prendre une décision, je décidai, bien à contrecœur, de me débrouiller sans eux. J'ai écarté les jambes et j'ai essayé de me branler sur le couvre-lit. Après de malheureuses tentatives, car il était trop difficile de coordonner mes mouvements avec les mains attachées dans le dos, je suis tout de même arrivée à trouver un contact notable, mais bien trop ténu, avec le tissu. Cela ne servait à rien, le résultat était franchement décevant puisque mes contorsions aiguisaient la faim que j'avais dans le sexe au lieu de la calmer, Pablo continuait à parler et sa voix m'excitait plus que mille caresses : « Mais quelle pute tu fais, ma petite, ne te gêne surtout pas pour moi, vas-y, continue à te frotter le con comme ça, mais au moins dis-nous, raconte-nous comment est le jeu, il te plaît ? Quel lamentable spectacle, Loulou ! Et en plus, devant tous nos invités, qui sont tous là à mater, que vont-ils penser de nous maintenant ! Mais toi, continue, ne t'en fais pas pour moi, en fait, je n'ai pas l'intention de supporter ça plus longtemps, je m'en vais, je me barre à l'instant, pourquoi rester là à constater comment tu bafoues l'honneur d'un honnête homme ?... Maintenant, rappelle-toi au moins ça, je te jure que tu vas te le rappeler », il se pencha sur moi pour me parler à l'oreille, mais son corps demeurait inaccessible, « je vais te laisser enfermée ici quelques jours, je vais même t'attacher de nouveau au lit, mais cette fois avec du sparadrap, on va voir si tu te calmes...

— S'il te plaît. » Je tournai la tête vers l'endroit d'où me parvenait sa voix et j'insistai pour la dernière fois, au bord des larmes. « S'il te plaît, Pablo, s'il te plaît... »

Alors des mains m'ont saisie brutalement à la taille et m'ont retournée. Ses doigts enfoncés dans ma chair m'ont attirée en avant dans la hâte. Quand il s'est enfin mis à me bourrer, il a dit à nouveau qu'il m'aimait. Et il l'a répété plusieurs fois, à voix basse, comme une litanie, tandis qu'il me guidait habilement vers mon propre anéantissement.

Mais ils n'en avaient pas encore eu assez.

Ils m'ont pénétrée à la chaîne, à intervalles réguliers, l'un après l'autre, en respectant un ordre bien défini. Puis l'homme qui n'était pas Pablo m'a soulevée par les aisselles et m'a obligée à me lever. Je lui ai demandé de me soutenir parce que mes jambes tremblaient et il m'a aidée à faire quelques pas, jusqu'au moment où j'ai entendu la voix de Pablo qui m'ordonnait de m'arrêter.

Lui seul avait parlé tout ce temps, l'autre n'avait pas encore desserré les lèvres et je ne le voyais toujours pas, je ne pouvais rien voir avec ce mouchoir qui enserrait mes tempes, je supposais que si le plaisir n'avait pas été si fort, ma tête aurait déjà éclaté.

Pablo est venu derrière moi et m'a détaché les poignets.

« Monte sur lui. »

Avec l'aide de ses bras, je me suis d'abord agenouillée sur ce que je supposais être une sorte de *chaise longue* * exiguë et très vieille, capitonnée de cuir noir, rescapée de l'ancien atelier-studio de ma belle-mère. Alors l'inconnu m'a prise par la taille et m'a placée soigneusement sur lui, il tenait son sexe d'une main et de l'autre m'aidait à le prendre en moi. Puis elles sont passées sur tout mon corps un bref instant, un éclair, avant de s'emparer de mon derrière, d'en pétrir légèrement la chair puis de l'écarter avec autorité pour se frayer un deuxième passage en moi.

Eh bien, cette nuit, c'est le grand jeu, ai-je pensé tout en m'émerveillant de la facilité naturelle avec laquelle Pablo et l'autre se partageaient équitablement mon corps, comme s'ils étaient accoutumés à tout partager.

* En français dans le texte.

Immédiatement ou presque, j'ai été à nouveau pénétrée.

Le corps de l'inconnu s'est crispé sous moi, il a rectifié ma position avec ses mains en m'obligeant à m'appuyer sur lui tout en relevant mes bras pour les poser sur le dossier. Puis il est resté immobile, et alors seulement Pablo s'est mis à bouger, très lentement mais aussi très intensément, ses assauts me jetaient contre l'autre qui ensuite me repoussait de ses mains agrippées à ma taille, pour recommencer le mouvement, et tandis que la pénétration trouvait une cadence de plus en plus régulière, fluide, évidente, j'ai noté que mon visiteur anonyme se disposait à renoncer à sa passivité antérieure pour porter tout son corps vers moi, d'abord imperceptiblement, puis avec vigueur, mais toujours en douceur, il reprenait quasi parfaitement le rythme que Pablo imposait par-derrière, leurs sexes bougeaient à l'unisson en moi, je pouvais ressentir très précisément leur double présence, leurs pointes se rejoignaient, se caressaient au travers de ce que je ressentais comme une membrane ténue, une mince cloison dont chaque mouvement semblait annoncer la déchirure, et qui se faisait toujours plus fragile, toujours plus. Ils vont me déchirer, c'était ma seule idée, ils vont me déchirer et alors ils vont vraiment se rencontrer, l'un et l'autre, je me le répétais en moi-même, j'adorais m'écouter dire, ils vont me déchirer, quelle délicieuse idée, cette maladive membrane rompue à jamais, et leur stupeur quand ils constateraient la catastrophe, leurs deux bouts réunis dans mon corps devenu un receptacle unique, uni pour toujours, ils vont me déchirer, je me le répétais encore quand je les ai prévenus que j'allais jouir, en général je ne le faisais pas, ce n'était pas mon genre, mais cette fois l'avertissement a jailli spontanément de mes lèvres, je vais jouir, et leur cadence s'est précipitée, ils m'ont foudroyée, au début j'ai perdu conscience de tout puis j'ai senti le corps de l'inconnu frissonner et se tordre sous moi, ses lèvres gémissaient, ses spasmes venaient prolonger les miens, et alors, venue de derrière, une main a arraché le bandeau qui me cachait les yeux, tout d'abord je ne les ai pas ouverts, je ne pouvais pas encore, pas avant que Pablo finisse de s'agiter sur moi et relâche entièrement sa pression.

Après, nous sommes restés un instant immobiles, tous les trois, en silence.

J'ai pensé qu'il était peut-être préférable de garder les yeux fermés, de sortir de lui encore aveugle, de me retourner encore aveugle et de regarder le lit, de me recroqueviller dans un coin et d'attendre.

C'était sûrement la meilleure solution, mais je n'ai pas pu surmonter ma curiosité, j'ai relevé péniblement ma tête jusque-là cachée dans son épaule, j'ai patienté deux secondes et je l'ai regardé en plein visage.

Mon frère, les traits encore déformés par le passage du plaisir, me souriait.

Puis il s'est penché vers moi et m'a déposé un léger baiser sur les lèvres, sa manière habituelle de consacrer avec moi les événements exceptionnels.

J'ai refermé les yeux.

Alors Pablo m'a prise en charge, comme toujours.

Il m'a allongée sur le lit, m'a couverte, m'a embrassée, et il a entraîné Marcelo hors de la chambre, il est resté avec lui jusqu'à son départ, il a porté un verre d'eau à Inés qui s'était réveillée, il est revenu auprès de moi, il m'a enlacée, cajolée, consolée, et m'a tenu compagnie jusqu'au moment où je me suis endormie.

Pablo connaissait parfaitement la frontière entre ombre et lumière, il ne mélangeait jamais, même par petites doses, c'était là la sereine placidité de notre vie commune.

Avec lui il était facile de dépasser la limite et de revenir ensuite saine et sauve au point de départ, il était facile de marcher sur la corde raide tant qu'il était là, à me soutenir.

Ensuite, je n'avais plus qu'à clore les yeux.

Il se chargeait de tout le reste.

C'était vraiment la dernière personne dont j'avais envie d'entendre la voix. J'eus la tentation de raccrocher sans lui répondre mais aussitôt je me rappelai que je n'avais pas été très gâtée cette année.

« Marisa ?

— Oui, c'est moi.

— Salut, c'est Remi.

— Je t'avais reconnu.

— Je t'ai appelée des tas de fois la semaine dernière, mais tu n'étais pas là...

— Oui, lundi c'était mon anniversaire et je suis pas mal sortie.

— Tous mes vœux. Combien ça te fait ?

— Vingt-huit... » Le mensonge m'horrifia, et je rectifiai sur-le-champ. « Plus trois, en tout trente et un.

— Eh bien, c'est le bel âge.

— Oui », lui devait avoir au moins quarante-cinq ans, « c'est ce qu'on dit.

— Bien, je t'appelais pour quelque chose...

— Je regrette, mon vieux, vraiment je préfère te prévenir tout de suite mais ce n'est pas la peine, je n'ai pas un rond, en ce moment je ne peux me permettre aucun luxe.

— Non, il ne s'agit pas de ça.

— Non ? » J'étais déconcertée. Depuis le début notre relation s'était limitée à un seul aspect, clairement défini.

« Non. Cette fois je t'appelle pour le truc habituel, ou presque, c'est pratiquement la même chose mais tu ne vas rien casquer, sois tranquille...

— Je ne te suis pas.

— Écoute, il se trouve que j'ai un client... spécial, un mec d'Alicante qui a fait fortune en vendant des appartements aux retraités allemands ou belges, tu vois le genre...

— Oui.

— Bon, il se trouve que ce mec-là vient de temps en temps à Madrid en hiver, pour faire la bombe, tu comprends ?

— Je comprends.

— Dis donc, si tu le prends sur ce ton, on laisse tomber, hein ?

— Non, ce n'est rien. » Je me rendis compte que ma dernière réponse avait été trop brutale. « Vas-y.

— Bon. Il se trouve que ce mec court tous les lièvres à la fois, tu vois ? Et bon, il m'a demandé de lui monter une petite fête, il voudrait qu'il y ait une nana aussi, et je me suis dit que ça te plairait peut-être de venir, tu connais déjà les autres, Manolo, Jesus et d'autres, enfin, réfléchis, ce serait après-demain...

— Chez Encarna ?

— Bon, si tu veux, ça peut se faire là, chez Encarna, à partir d'une heure et demie...

— Si tard ?

— Oui, il est pris avant, un dîner avec les anciens de l'armée ou je ne sais quoi, il ne m'a pas bien expliqué, et ensuite on se retrouve à...

— Écoute, Remi, non, vraiment, je ne marche pas.

— Mais puisque tu n'auras pas à aller avec lui ? Toi non, il veut seulement regarder, il ramène un petit gars, et une pute, et tout...

— Je ne te crois pas.

— Je te jure que c'est vrai. Quel intérêt j'aurais à te raconter des histoires ? Mon intérêt, c'est d'être en bons termes avec toi, et tu le sais.

— Oui, peut-être. Mais je ne veux pas, je n'irai pas.

— A toi de voir, puisqu'il paraît que tu as des ennuis d'argent, tu pourrais te faire un paquet... »

A l'heure du dîner, j'étais pratiquement décidée à y aller, même si quelques heures auparavant je lui avais raccroché au nez dès qu'il avait parlé d'argent.

Au début, je m'étais sentie atrocement mal, horrifiée, horrifiée par moi-même, je me demandais de quoi je pouvais avoir l'air pour que Remi puisse se permettre de me faire de telles propositions, j'étais au trente-sixième dessous mais il ne s'était pas avoué battu, il me rappela un peu plus tard, et me prit par mon point le plus faible, après tout, qu'est-ce que ça peut te faire, te retrouver d'un côté plutôt que de l'autre, c'est du pareil au même, non ? Une fois je lui avais confié que je trouvais plus honteux de payer que d'être payée pour coucher avec un homme, il ne se priva pas de me le rappeler et, pire encore, adopta le ton amical et désintéressé d'un frère aîné pour me reprocher mon inconséquence, ce qu'il aurait appelé, s'il en avait été capable, de simples préventions puériles, des scrupules mal placés, lui l'exprimait d'une autre manière, puisque tu t'es fourrée là-dedans, va jusqu'au bout, au moins apprends à en tirer profit, idiote, qu'est-ce que ça peut te faire, tu l'as déjà fait des centaines de fois, pourquoi ce serait différent maintenant...

A l'heure du dîner, j'étais pratiquement décidée à y aller.

La limite était là, toute proche, et sa proximité exerçait sur moi une fascination irrésistible ou presque, l'appel du vide, me précipiter dans l'abîme et tomber, des dizaines, des centaines, des milliers de mètres, tomber jusqu'à s'écraser au fond, et se retrouver pour l'éternité délivrée du besoin de penser.

Et plus tard, en sortant de la douche, je me détaillai dans le miroir et je me rendis compte que je commençais à grossir.

Je me drapai dans un peignoir, pour ne plus avoir la tentation de me regarder.

L'hésitation m'a envahie bien plus tard, dans l'après-midi, tandis que je me demandais comment je pourrais m'habiller pour cet étrange rendez-vous, quel genre de vêtements choisir, quelque chose de noir, de court, d'ajusté, de décolleté, ou bien la tenue banale d'une femme banale.

Je bénissais infiniment ma bonne étoile d'avoir fait que Patricia se propose d'aller chercher Inés à l'école et de l'emmener passer la nuit chez mes parents.

Je n'aurais pas aimé la voir.

J'hésitais.

Le bilan était négatif.

Il n'avait pas même voulu m'écouter, je tentais de le lui expliquer, je parlais, je parlais pendant des heures devant lui, mais mes mots rebondissaient sur ses tympans comme des balles de tennis sur un fronton.

Il n'avait pas voulu m'entendre, il s'en tenait à l'une de mes dernières crises et ne voulait pas voir plus loin, il refusa de m'écouter, il refusa d'entendre, je regrette, dit-il, je le regrette beaucoup mais l'idée venait de moi, de moi uniquement, elle me trottait par la tête depuis des années, après tout Marcelo est mon meilleur ami, lui n'a rien à voir avec tout ça, même si je n'ai pas eu beaucoup à insister pour le convaincre, tous les deux on pensait que c'était sans conséquence, après tout ni toi ni lui n'êtes en âge de vous laisser dévaster par une passion fatale, mais on n'aurait jamais cru que ça pourrait finir par te remuer autant, sur ma vie si je l'avais imaginé, j'aurais su renoncer à temps, je te jure que je regrette.

Moi j'essayais de lui expliquer, par tous les moyens, j'ai parlé toute seule, des heures durant, évidemment l'inceste n'était jamais entré dans mes projets, jamais non plus je n'avais pensé que Marcelo aurait pu se comporter si naturellement après une chose pareille, parce que aucun des deux n'y avait plus jamais fait la moindre allusion, ni ensemble ni chacun de son côté, il ne s'était rien passé, c'est ce que je lisais sur leur visage, dans leur attitude, dans l'imperturbable tranquillité dont ils faisaient preuve, il ne s'était rien passé et pourtant il s'était passé beaucoup de choses, mais mon trouble ne venait pas seulement de là.

A ce moment-là j'avais déjà entrepris de mettre en doute la validité des cours théoriques, à commencer par le tout premier, je me torturais avec le pressentiment que l'amour et le sexe ne pouvaient pas coexister comme deux réalités totalement distinctes, et je finis par me convaincre que l'amour devait être autre chose.

La moitié de ma vie, ni plus ni moins, avait dépendu de Pablo.

Je n'avais jamais aimé personne d'autre.

Cela m'effrayait. Mon inexpérience m'effrayait.

J'avais l'impression que tous mes gestes, depuis le moment où je sautais du lit au matin jusqu'à celui où je m'y replongeais la nuit, avaient été préconçus par lui.

Cela m'écrasait. Son assurance m'écrasait.

Alors je me suis persuadée que je ne pourrais jamais grandir en restant à ses côtés, et j'aurais trente-cinq ans, puis quarante, puis quarante-cinq, puis cinquante, cinquante-cinq, jusqu'à soixante-six, l'âge de ma mère, sans jamais parvenir à grandir, une fillette éternelle, mais pas une belle petite fille de douze ans comme dans cette maison irréelle, énorme et vide, où le temps pouvait s'arrêter, plutôt un pauvre monstre de soixante-six ans, accablé par la malédiction d'une enfance qui n'en finissait jamais.

— S'apitoyer sur soi-même, c'est une drogue dure.

Voilà pourquoi j'étais partie.

Mais je n'ai jamais pu oublier qu'avant, au moins, j'étais heureuse.

J'ai finalement choisi une robe noire, courte, pas si décolletée mais très ajustée, dans un tissu qui me collait au corps comme un maillot de bain.

Et puis l'applicateur de rimmel que j'avais dans la main droite m'a glissé inexplicablement d'entre les doigts, laissant sur ma pommette trois fines traînées noires.

J'ai claqué la langue en signe d'autodésapprobation et j'ai trempé dans l'eau le coin d'un mouchoir pour essayer de réparer ma maladresse.

Je me suis contemplée dans le miroir.

J'avais devant moi le visage d'une femme entre deux âges, vieillie, aux lèvres crispées dans un rictus familier mais déjà différent, deux rides discrètes qui trahissaient l'expérience et l'âge, une nuance complexe, tout le contraire de ce rire spontané, incontrôlable, qui savait transformer en moue le sourire de cette innocente et incorrigible tête brûlée que je fus jadis.

J'ai gardé mon regard braqué sur cette femme, quelques secondes.

Elle ne me plaisait pas.

Le bilan était négatif, négatif.

J'ai ouvert le robinet d'eau froide et me suis lavé la figure au savon, je l'ai frottée consciencieusement avec une éponge, en faisant mousser le savon, jusqu'à m'irriter la peau.

Je me suis sentie beaucoup mieux.

J'avais besoin d'emporter quelque chose, un objet capable de me tenir compagnie, de me réconforter et de m'encourager. Je savais que je ne pourrais pas revenir les mains vides.

Soudain je me suis souvenue d'elle, dans son sac en plastique orange tout flétri et déchiré, auquel il avait toujours manqué une anse. Cinq pièces de porcelaine, deux bras, deux jambes et une tête, un corps bourré de laine, un petit habit sale, et le bonnet blanc, minuscule, déjà jauni, la petite Hollandaise dépecée, complice dans les œuvres de l'enfance éternelle, dont j'avais hérité au berceau de la grand-tante Maria Luisa, restée pour moi à jamais inconnue.

Pendant vingt ans je m'étais promis chaque jour de l'apporter à l'hôpital des poupées de la rue Sevilla, et je ne l'avais jamais fait.

Il était encore très tôt.

J'ai acheté un guide des spectacles au kiosque du coin et je l'ai feuilleté anxieusement à la recherche d'un enchantement.

Dans un ciné d'art et d'essai à Villaverde Alto, ils passaient *Miracle à Milan,* mais Villaverde, ça faisait trop loin pour moi.

Je n'ai pu trouver aucun de ces merveilleux vieux films, nulle part.

J'ai donc choisi Fuencarral, ma rue préférée, et je suis

allée voir une comédie américaine qui venait de sortir, une bêtise sans conséquence avec une splendide actrice de second plan dans le rôle de la mère du héros.

A la fin, je me suis décidée à utiliser ma clef.

La maison semblait entièrement plongée dans l'obscurité.

J'ai d'abord avancé timidement en tenant devant moi le sac orange comme un bouclier, jusqu'au moment où mes yeux se sont accoutumés à la pénombre.

Puis j'ai déposé la petite Hollandaise invalide dans un coin du salon et j'ai commencé à éviter les obstacles avec une inhabituelle dextérité.

J'étais heureuse.

En arrivant à la chambre à coucher, je me suis arrêtée dans le couloir, une oreille collée à la porte, à essayer de deviner.

J'ai enlevé mes chaussures, j'ai tourné doucement la poignée et je suis entrée sur la pointe des pieds.

J'ai respiré à fond, et j'ai souri.

Ce n'était pas le meilleur des cas de figure que j'avais envisagés : personne à la maison, me coucher et attendre, mais ce n'était pas non plus le pire : trouver deux formes étendues sous les draps.

Je me suis déshabillée le plus discrètement possible, j'ai cherché la chemise qu'il devait avoir quittée un moment avant, je l'ai trouvée jetée sur une chaise, je l'ai regardée, palpée, sentie, reconnue, je l'ai enfilée et je me suis couchée sur le sol, de son côté, en suivant le meilleur plan que j'avais été capable de concevoir pendant que sur le grand écran ces deux imbéciles californiens n'arrêtaient pas de divorcer et de se remettre ensemble.

La fille prodigue revient à la maison, se jette au sol comme une chienne, reconnaît publiquement ses fautes et implore le pardon paternel, son père qu'elle sait magnanime et compréhensif.

Ce n'était pas un plan impeccable mais si l'on tenait compte de la précipitation et d'autres circonstances défavorables, il n'était pas si mauvais.

« Je t'aime », ai-je murmuré.

Voilà, tout a été très facile.

Le sol, très dur, me paraissait d'une hospitalité infinie.

J'ai fermé les yeux, j'étais très fatiguée, tout s'est bien passé, je me le répétais, maintenant je vais pouvoir dormir, des heures et des heures, et quand nous nous réveillerons, il me découvrira là et il comprendra, tout a été très facile...

Alors j'ai entendu l'amorce d'un briquet, puis sa voix, glacée.

« Lève-toi, Loulou, ça ne prend pas avec moi. »

Au début, je n'ai pas osé un seul geste, je suis restée là, recroquevillée sur le sol, tremblante, à tenter de me persuader que je n'avais rien entendu, parce que personne n'avait rien dit, mais il parla haut et net :

« C'est trop tard, Loulou. Cette fois, ça ne prend plus. »

Je me suis levée d'un bond, j'ai saisi les pans de la chemise dans chaque main et j'ai écarté les bras de toutes mes forces.

Les boutons ont sauté par terre, l'un après l'autre. J'ai passé ma robe par-dessus la tête, rentré mes bras dans les manches comme j'ai pu et tiré l'ourlet vers le bas, je me suis enfuie dans le couloir pour récupérer mes chaussures et partir en courant.

« Où tu vas ? »

Arrivée au salon, j'ai pris mon sac et j'allais aussi attraper le sac orange quand je me suis rendu compte qu'il arrivait derrière moi et qu'il l'avait déjà vu, je n'avais plus le temps de le cacher.

Là où j'allais maintenant, la vieille petite Hollandaise ne pourrait me tenir compagnie, aussi l'ai-je reposée sur une chaise.

« Où tu vas ? »

Je suis sortie en voulant faire claquer la porte, mais comme d'habitude, j'ai manqué mon coup.

Le battant a battu plusieurs fois sur lui, sans arriver à se fermer.

Je connaissais Encarna depuis des années.

J'étais allée quelquefois avec Pablo dans sa villa de la rue Roma, où toute jeune elle avait fait des débuts respectables, elle tenait alors une pension pour cuadrillas taurines, banderilleros secs et affilés ou picadors courts sur pattes et ronchons qui se l'envoyaient avec délices, conscients qu'elle était peut-être la dernière femme de leur vie, elle évoquait encore cette époque avec nostalgie mais elle se plaisait à dire qu'entre les coups de cornes reçus par le torero et ceux que lui donnaient cette bande de crapules disposées la moitié du temps à partir sans payer, son affaire avait fini par devenir un gouffre financier. C'est la nécessité, selon sa version personnelle, qui l'avait poussée à louer des chambres pour un autre genre de corrida.

Mais la rue Roma, site rêvé pour une pension taurine, n'était pas idéale pour une maison de rendez-vous, surtout quand ce quartier, Salamanca pour tout dire, commença à se peupler de yuppies, de cette nouvelle classe de bien-pensants encore plus incultes que ceux d'avant, incapables d'apprécier le charme des traditions ancestrales, dont la maison d'Encarna était partie prenante, si bien qu'elle finit par la vendre au rabais à un réalisateur de cinéma qui sut l'embobiner en la qualifiant de monument historique et en lui mettant sans vergogne la main au cul, et avec ce qu'elle en retira, elle s'acheta un immense appartement rue Espoz y Mina, dans un vieil immeuble seigneurial, elle le disait avec componction, « seigneurial », elle fit monter du village une nièce, coiffeuse de son état, mais qui avait suivi par correspondance des cours de décoration intérieure, et recruta quelques filles, pas trop jeunes, pas trop belles, mais rentables, au point où nous en sommes, pas de faux pas, aimait-elle répéter.

Quand je ne pouvais pas aller chez moi, j'avais l'habitude de recourir à la Encarna. Je m'entendais fort bien avec elle.

Je pris un taxi pour y arriver, je n'avais pas envie de conduire.

Je fis à pied le tour du pâté de maisons, lentement, en m'efforçant de ne pas penser, d'oublier que j'avais été repoussée, mais il y avait trop d'animation cette nuit de vendredi, qui plus est un vendredi 3 *.

Une vieille putain efflanquée, le visage couvert de taches sombres, ses cheveux grisonnants pointant sous la teinture, avec un décolleté peu charitable pour ses tristes seins flétris, et un mince blouson de plastique, style Formule 1, me demanda en grelottant une cigarette.

Je la lui donnai, les yeux fixés sur elle, et je retournai rapidement sur mes pas.

Dans l'entrée je tombai sur la nièce d'Encarna, qui venait de prendre un verre avec son fiancé, un brave petit qui travaillait chez un opticien et ne se doutait absolument de rien.

La maîtresse de maison faisait une réussite devant le téléviseur. En me voyant entrer, elle me désigna d'un mouvement de la tête une toute petite pièce au fond du couloir, que nous appelions toutes deux pour plaisanter

* Jour de paie, ce qui ajoute à l'effervescence habituelle des vendredis madrilènes. *(N.d T.)*

« la suite nuptiale », c'était la meilleure chambre de la maison.

Elle était bizarre ce soir-là, Encarna, nerveuse, fuyante, je lui demandai comment allait son arthrose mais elle n'était pas disposée à parler avec moi, elle répondit à mes banalités polies par des monosyllabes contrariés, elle prétexta qu'elle était captivée par le téléfilm, ce qui me rappela que j'étais en retard.

Je n'aimais pas la manière dont se présentait cette nuit, d'ailleurs je ne l'avais jamais aimée, depuis le début j'y reniflais quelque chose de mauvais, je pressentais que quelque chose n'allait pas me plaire, mais je ne pouvais plus revenir en arrière.

Je n'avais plus où revenir.

Dans la chambre du fond, trois de mes vieilles connaissances m'ont accueillie avec effusion. Je n'ai pas été aussi chaleureuse.

« Où est Manolo ?

— Et moi, qu'est-ce que j'en sais... » Jesus, un garçon trapu et athlétique qui ne m'avait jamais spécialement attirée, même s'il avait, semble-t-il, beaucoup de succès auprès des mecs, paraissait très surpris. « Autant que je sache, il ne vient pas...

— Remi m'avait dit que Manolo serait là. » Pour moi, son absence venait confirmer mes plus noirs pressentiments. « S'il n'y est pas, je m'en vais...

— Allons, Marisa. » Le nouvel intervenant était l'un des grands favoris, il ressemblait beaucoup, mais beaucoup, à Lester, ce charmant étudiant britannique, fils de bonne famille mais livré au fouet en raison de son inconduite, d'ailleurs j'ignorais son vrai nom et je l'avais toujours appelé Lester. « Qu'est-ce qu'il a donc Manolo que nous n'ayons pas ?

— A lui je fais confiance, pas à vous... »

Manolo aimait bien les filles. Manolo m'aimait bien. Je me suis mis là-dedans seulement pour le pèze, me disait-il souvent, seulement pour ça. Il était jeune mais pas trop, beau mais pas trop, rusé mais pas trop, et il avait un je-ne-sais-quoi, sans parler d'une queue comme un marteau-pilon. Une fois nous nous étions envoyés en l'air seuls tous les deux, à la maison, sur le registre non professionnel, et j'avais fini par lui inspirer une tendresse particulière. Il m'aimait bien et me protégeait, il me conseillait avec qui aller et avec qui ne pas aller, ce que je devais faire et ce que je ne devais pas faire. Lui ne me trahirait pas, j'en étais sûre, mais je ne pouvais me fier aux autres, je ne m'y fiais pas et j'étais déjà sur le point de tourner les talons et de m'en aller quand l'insupportable perspective de passer cette nuit-là toute seule m'a arrêtée.

Entre-temps, eux s'étaient mis au travail.

Ils me connaissaient bien, et ils connaissaient leur métier.

Celui qui ressemblait à Lester s'est posté derrière moi, a passé ses bras autour de mon corps et s'est mis à me caresser, à me pétrir de ses mains ouvertes, en me parlant tout haut, en relevant ma robe par-derrière pour découvrir avec une surprise simulée ma chair nue, il s'est pressé contre moi en collant contre mon cul la braguette de son pantalon de cuir noir et en se balançant en rythme pour me pousser en avant. Manolo m'avait assuré plus d'une fois que c'était un pur homosexuel, qu'il n'appreciait que les hommes — et de fait il n'avait jamais baisé avec moi —, mais parfois j'avais le plus grand mal a y croire.

Pour faire juste poids, son fiancé — il s'appelait Juan Ramon — avait une tête à claques et observait la scène d'un air amusé, lui était pret à bourrer tout ce qui bougeait devant lui.

Il nous a rejoints, s'est mis devant moi et m'a enlacée

Ses mains rencontraient celles de son ami, sa bouche trouvait celle de l'autre par-dessus mon épaule, son sexe butait contre le mien, ses caresses nous enveloppaient tous les deux.

Je n'ai pas pu empêcher mes yeux de se fermer, mon corps de se tendre, tandis qu'au contraire mes bras faiblissaient, désarmés, ni mon sexe de se mettre à gonfler, je n'ai pas pu l'éviter et d'ailleurs je ne me suis même pas donné la peine d'essayer, tout m'était égal désormais, et ils étaient tellement délicieux, cela seul n'avait pas changé, ils étaient toujours délicieux quand ils jouaient avec moi, ils se passaient mon corps de l'un à l'autre comme un grand ballon, leurs attaques cadencées me poussaient tantôt en avant et tantôt en arrière, ils me balançaient entre eux deux, ils me serraient, ils me donnaient de la chaleur, un plaisir facile, sommaire, ils me plaisaient, ce qu'ils se faisaient me plaisait, tout comme ce qu'ils me faisaient : ils s'embrassaient et m'embrassaient, ils se touchaient et me touchaient, ils se suçaient et me suçaient, et je savourais plus les regards, les sourires, les petits mots qu'ils s'adressaient entre eux que les regards, les sourires, les petits mots qu'ils m'adressaient à moi, mais je ne le leur disais pas, ils n'auraient pas compris, ils étaient plutôt brutes tous les deux, des petits animaux, de temps en temps leurs mains s'égaraient sous ma robe et leur toucher était si différent de celui qu'avaient les mains des autres hommes, il n'y avait là ni violence ni désir de reconnaissance, cela, ils le réservaient pour eux seuls, leurs doigts légers ne s'arrêtaient pas sur moi, très rarement ils me donnaient de petits coups maladroits, de pauvres caresses pingres, mais le simple contact de leurs ongles suffisait à électriser ma peau, et je caressais leur tête, je passais mes mains dans leurs cheveux, les pauvres petits, mes tout petits enfants qui vous êtes éloignés de moi, quelle incroyable erreur de la Nature que de m'avoir privée de la possibilité de vous défier à armes égales, de m'avoir reléguée à la condition de simple spectatrice de vos jeux innocents, qui avec moi auraient vite perdu leur innocence, mais enfin il n'y a rien à faire, mes pauvres petits, vous l'avez échappé belle, chéris, mes chéris.

Tous les deux ont tiré sur la robe qu'ils m'avaient progressivement remontée au-dessus des seins, m'obligeant à lever les bras jusqu'à ce qu'ils l'aient enlevée. Puis ils m'ont annoncé entre deux fous rires qu'ils allaient me déguiser.

Jesus, qui ne m'avait jamais touché un cheveu, nous observait dans son coin, très bizarrement accoutré. Il faisait penser à un héros de bande dessinée, un scintillant guerrier des galaxies, sombre et menaçant, stupide aussi avec ses énormes épaulettes et ses panties noirs ouverts par-devant et par-derrière, comme ces collants avec un trou — des collants faits pour baiser : la cruelle réalité veut qu'aucun mythe ne dure éternellement — que vendent maintenant même les merceries les plus communes avec l'argument qu'ainsi on n'a pas besoin de les enlever pour aller aux toilettes, seulement, ils ne sont guère pratiques pour se branler. Son sexe, entièrement épilé, pendait lamentablement sur le lurex qui collait à ses cuisses comme une seconde peau. Il est ridicule, ai-je pensé, et pourtant, à vrai dire, j'aimais bien le regarder, il était ridicule mais très vite j'allais avoir une allure tout à fait comparable à la sienne.

Ils m'ont enfilé des bottes noires qui montaient jusqu'à mi-cuisses, très serrées en bas mais plus larges ensuite, avec des semelles effrayantes et les talons les plus hauts et les plus acérés que j'aie jamais vus.

« Je ne pourrai jamais marcher avec ça. » Ils ont ri. « Sérieusement, vous ne me connaissez pas, mais avec ces bottes je vais me tuer, je parie que je vais me tuer... »

Les autres accessoires étaient plus pratiques mais tout

aussi délirants, un ceinturon orné de breloques argentées d'où partaient plusieurs courroies de cuir, cloutées elles aussi, qu'il fallait attacher entre elles et qui s'entrecroisaient sur mes hanches, une sorte de soutien-gorge qui ne soutenait rien, en fait trois lanières de cuir qui formaient un triangle noir autour de chacun de mes seins sans les couvrir, et un collier de chien à ma taille décoré d'anneaux en métal.

Lester m'a conduite devant un miroir, je me suis regardée et je me suis plu, toutes ces courroies m'allaient bien, je me suis trouvée belle et je le leur ai dit, ils étaient de mon avis, tu es très bien, ils auraient dit la même chose si j'avais revêtu un sac de pommes de terre mais c'était agréable à entendre, puis ils m'ont prise par les bras et m'ont conduite dans l'autre pièce où trois individus assis sur une sorte de divan en faux bois doré, ont salué avec enthousiasme mon entrée.

Celui du centre — décharné, petit, à moitié chauve, l'ongle de son auriculaire droit très long et les autres seulement sales, avec une de ces ridicules moustaches taillées à l'excès, une ligne microscopique qui n'arrivait pas à couvrir la commissure des lèvres, une tête typique de vicieux — devait être le spéculateur immobilier d'Alicante.

A sa droite, un adolescent dont la beauté fleurait bon la campagne, joues roses et rebondies, quinze ans, dix-sept à tout casser, n'arrêtait pas de palper amoureusement ses vêtements. A un coude de sa veste, cachemire de facture italienne avec d'énormes épaulettes, pendait encore le support en plastique de l'étiquette.

A sa gauche, une petite au visage émacié, et dont le bras gauche était sillonné d'un chapelet de petites taches sanguinolentes, n'avait pas eu autant de chance que lui.

Il y avait encore un homme très grand, immense, aux allures de culturiste, que je ne connaissais pas.

Et une femme d'environ trente-cinq ans, grande, aux formes généreuses mais très fermes, belle en dépit de son maquillage de sorcière, cils postiches, énormes accroche-cœurs, lèvres grenat, et les tétons percés de deux anneaux argentés.

Ce fut elle qui se réjouit le plus de me voir.

D'abord elle me montra du doigt, puis elle arqua les sourcils, fronça les lèvres et m'adressa un effroyable sourire.

On me l'avait déjà raconté plusieurs années avant, et j'y avais vu une très mauvaise blague, il n'y a que les trente premiers coups qui font mal, mais c'est vrai, c'est la vérité vraie, il n'y a que les vingt, les trente premiers coups qui font mal, après c'est du pareil au même.

Et pourtant au début j'étais à l'aise, très à l'aise, à vrai dire je croyais qu'il s'agissait uniquement de simple fétichisme, cuirs, fers, chaînes et point final, à en juger par ses premières réflexions, le type d'Alicante était un homme très simple, trop simple pour qu'on s'attende à ce que tout cela aille plus loin. C'est pourquoi j'ai gardé tout mon calme quand le gigantesque inconnu a fixé un bout de la chaîne à l'anneau postérieur de mon collier, puis passé un des maillons sur un gros clou qu'il avait auparavant planté dans le mur à coups de marteau.

Pauvre Encarna, ai-je seulement pensé, ils sont en train de te foutre ta maison en l'air.

J'étais encore tranquille, et très excitée par l'atmosphère pesante qui commençait à envahir la pièce, le désir têtu, palpable, qui déformait le visage de certains des participants, seulement deux yeux avides, énormes.

Le culturiste joua le rôle du maître de cérémonie.

Il agrippa Jesus par un bras, le conduisit au milieu de la chambre et le jeta au sol.

Juan Ramon se rapprocha lentement, et lui posa un pied sur la nuque pour l'empêcher de se relever, pure concession aux canons du genre, pensai-je, puisque la victime ne semblait aucunement désapprouver ce qui lui arrivait.

Pendant ce temps, avec une lenteur affectée qui rappelait les ultimes tortillements d'une strip-teaseuse, la grosse brute fit disparaître une bonne partie de son bras droit dans un long gant en cuir très épais, orné de petits rivets pointus.

Puis, se souriant à lui-même, il serra le poing et le contempla longuement, comme s'il devait se concentrer pour apprécier les potentialités de cette boule hérissée de pointes métalliques, dont l'aspect faisait penser à ces atroces masses d'armes du Moyen Âge, avant de se diriger vers Jesus qui, visage au sol, avait raté cet épisode.

Je me surpris moi-même à sourire, les dents plantées dans ma lèvre inférieure, et j'en fus effrayée, je changeai aussitôt d'attitude, je m'efforçai de prendre un air distant, neutre, comme si je n'avais rien à voir avec tout cela, mais je n'ai pas pu garder longtemps cette apparence impassible.

Il l'a fait.

Jamais je n'aurais cru possible qu'un corps si menu puisse accueillir une telle masse, mais il l'a fait, son avant-bras a disparu presque entièrement dans le fragile athlète, qui hurlait et se tordait, incapable de se dégager du pied qui désormais lui écrasait la nuque, il l'a fait et, pas encore satisfait, s'est mis à pistonner le bras dans son fourreau de chair, approuvant d'un sourire les hurlements qu'il lui arrachait à chaque parcours.

Il l'a fait, mais il n'était pas le seul à goûter le spectacle.

Lester s'est approché de son fiancé pour s'appuyer contre lui d'un air languide et commencer à le palper par-derrière de la main droite, tandis que de la gauche il dégageait habilement le sexe désiré, l'empoignait et commençait à l'agiter en caressant le bout humide avec la pulpe de son pouce. Il a vite été payé en retour. Sans relâcher aucunement la pression de son pied avec lequel il maintenait Jesus cloué au sol, l'autre est parvenu à ouvrir de la main gauche toutes les agrafes qui retenaient de part en part le pantalon en cuir de mon favori et, après avoir légèrement caressé sa chair d'une délicieuse fermeté, lui a plongé l'index dans le cul, tiens, lui dit-il, Lester a poussé un soupir et a pris un air de gobe-mouches, qu'il est charmant, pensai-je, tout en sentant que mon sexe se liquéfiait, que tout mon être s'écoulait irrépressiblement entre mes cuisses, je n'ai jamais pu résister à un tel spectacle, jamais.

L'adolescent aux habits flambant neufs paraissait lui aussi fort excité. Penché en avant, la bouche entrouverte, haletant bruyamment, il ne perdait pas une miette. Son propriétaire aussi était devenu cochon, il l'embrassait, lui mettait des mains, obligeait l'autre à lui rendre la pareille et lui parlait d'une voix altérée, tout ça je vais te le faire, point par point, quand on sera revenus à Alcoy, tu me rends fou, mais je t'enfermerai dans la cave et tu ne reverras plus la rue, ni ta mère, ni tes frères, moi seulement, quand je descendrai te fouetter, je pisserai sur tes blessures, je ne t'enculerai plus jamais, jamais, j'en trouverai d'autres plus beaux et plus jeunes et je les ramènerai à la maison, je les sauterai sous ton nez, tu ne baiseras plus jamais avec moi, ni avec personne, j'emploierai une barre de fer pour ça, je te défoncerai avec, je te la laisserai dedans toute une nuit, et je t'obligerai à sucer mon chien, ce sera la première chose que tu feras chaque matin au réveil, tu vas voir, ce ne sera pas la peine de pleurer ni de supplier, tu te mettras à genoux pour me demander à manger, et je te laisserai crever de faim, je te tuerai, je t'esquinterai avec un gant encore pire que celui-là, parce que tu me rends fou, fou, tout ça je vais te le faire quand on sera revenus à Alcoy...

La femme aux tétons perforés, vautrée sur un fauteuil, les jambes passées sur les accoudoirs et les pieds en l'air, se masturbait avec un godemiché de métal noir à la pointe dorée. Elle m'a regardée, m'a souri, puis a jeté les yeux sur la junkie, elle lui a fait signe de la main, approche ici, l'autre n'a pas voulu comprendre, alors elle a parlé, approche ici, et enfin elle a été obéie, la petite au bras blessé s'est levée et s'est dirigée vers elle, la voix de cette femme avait pour un instant accaparé l'attention générale, puis elle a retiré son joujou d'entre ses cuisses et l'a porté aux lèvres de cette prostituée que la peur rendait encore plus gauche, l'autre s'est entêtée à garder la bouche fermée même quand la pointe toute mouillée s'est posée sur elle, j'ai pensé qu'elle ne devait pas être dans le circuit depuis longtemps, et j'ai eu pitié d'elle car elle ne savait pas calculer, alors la sorcière l'a saisie par les cheveux, lui a relevé la tête en martyrisant sa chevelure châtaine, l'autre a hurlé, un cri saisissant, et a enfin ouvert la bouche dans laquelle le godemiché s'est perdu, et puis, tout en la maintenant d'une poigne de fer, la femme aux tétons perforés a violemment tiré la tête vers son ventre et je n'ai plus vu son visage, j'entendais seulement les bruits étouffés que faisait sa langue au travail sur le sexe à découvert de la femme qui s'ouvrait d'une main et de l'autre guidait en elle l'engin avec lequel elle se donnait visiblement un plaisir chaque fois plus intense, elle se tordait sur son siege en poussant de faibles cris qui, au moins pour un moment, la rapprochaient de l'humaine condition.

Le géant se lassa de pénétrer Jesus et retira finalement son bras ganté couvert de sang. Ensuite il s'assit par terre, jambes croisées, juste en face de sa victime qui, entièrement libre pourtant, n'avait pas bougé, ne pouvait pas bouger, s'agitait péniblement sur le sol en laissant échapper des gémissements d'agonie, mais la même main qui l'avait auparavant pénétré, dépouillée de son gant maintenant, se posa sur sa tête, fouilla ses cheveux et, comme s'il obéissait à un signal concerté, le petit souffre-douleur réussit alors à se relever à moitié, jeta ses bras autour du cou de son bourreau, le regarda avec des yeux humides, enjôleurs, et l'embrassa longuement sur la bouche pour porter ensuite ses lèvres, en silence, sur la verge épaisse du bourreau qu'il se mit à lécher consciencieusement du bout de la langue avant de l'enfourner dans sa bouche, sans même risquer un début de reproche, il avait l'air heureux, je compris qu'il était heureux malgré le ruissellement rougeâtre qui descendait lentement le long de ses cuisses.

Tout s'est alors compliqué, tout se déroulait très rapidement, le type d'Alicante a appelé Juan Ramon et lui a parlé à l'oreille, quand ce dernier a fait oui de la tête, l'autre l'a embrassé sur la bouche, l'enlaçant avec une soudaine passion, et deux nouveaux couples se sont formés.

L'adolescent a d'abord protesté, il a levé des yeux larmoyants sur son protecteur, a tendu vers lui une main pathétique, en vain, Juan Ramon l'a traîné dans un coin, l'a étendu sur une table cul en l'air et l'a fessé, si tu te conduis mal, je te traiterai plus mal encore, mon petit chéri, le petit mouton s'est aussitôt calmé, j'ai dû faire un effort pour suivre ce qui se passait ensuite, ils étaient trop loin, le fiancé de Lester a enfilé sa queue dans un étui élastique hérissé de pointes qui est venu augmenter sa circonférence déjà très respectable puis, sans sommation, il a ouvert à deux mains le cul du petit jeune et la lui a rentrée d'un coup, jusqu'à la base.

Le client, tout nu, s'était juché à quatre pattes sur le divan pour mieux observer les tourments de son favori quand le mien, Lester, l'a rejoint par-derrière, son sexe seulement à moitié érigé dans une main, et avec un air résigné il l'a enfilé lentement, sans aucune difficulté, par l'énorme trou qui s'ouvrait dans ce corps chétif et décati, tout en attrapant de l'autre main la pine faiblarde de son hôte, un individu incontestablement peu attirant, et en la triturant mécaniquement, sans aucune passion.

Le type d'Alicante, qui ne pouvait pas apercevoir les mimiques dégoûtées que m'adressait Lester pendant qu'il le baisait sur un tempo aussi lent que possible, ne se plaignait aucunement de ce manque d'ardeur, fasciné qu'il était par la scène qui se déroulait devant lui, son petit hurlant et se débattant sous les charges bestiales d'une arme terrible, dont on pouvait calculer les douloureuses conséquences en voyant le sexe minable que le pauvre enfant avait l'habitude d'accueillir, cependant à un moment la victime a cessé ses hurlements pour émettre des sons d'une tout autre nature, comme si la souffrance s'était soudain fondue en d'autres sensations bien différentes, il était évident que cela lui plaisait, il passait maintenant un très bon moment, il a posé ses mains sur la table, s'est cambré légèrement, s'est mis en mouvement, et tous nous avons pu voir sa queue toute raidie contre la surface de verre.

Alors son propriétaire a pris peur, ça suffit maintenant.

J'ai souri en moi-même, tu peux toujours lui ordonner d'arrêter, tu as voulu jouer au plus fin et maintenant il ne jouira plus jamais avec toi, imbécile, il a découvert qu'il existait mieux que toi.

Les faits m'ont donné raison.

Lester a changé radicalement d'attitude quand son fiancé, son sexe encore ganté, est venu vers lui en roulant imperceptiblement des hanches, un sourire aux lèvres, s'est arrangé pour bien caler ses genoux et l'a pénétré en lui caressant la poitrine d'une main. Le type d'Alicante a dû se rendre compte de la toute nouvelle situation car à en juger par la félicité qui a envahi ses traits, la queue de mon favori était certainement devenue dure comme la pierre, et capable de saturer enfin son receptacle béant, mais l'autre semblait surtout préoccupé par les refus d'obtempérer du pantin qu'il avait amené d'Alcoy et qui, loin de se présenter devant lui pour faire amende honorable, a traversé toute la pièce sur les genoux, la bouche ouverte, pour venir contenter humblement l'hypothétique amant de l'amant de son amant, cet être généreux qui lui avait ouvert les yeux une bonne fois pour toutes et dont il s'est mis à lécher avidement les testicules avant de lui ouvrir la croupe de ses mains et d'y plonger la langue. Sans se retourner, Juan Ramon lui a donné son approbation par un grognement.

J'étais ravie, absolument ravie, mais soudain je me suis aperçue que nous étions neuf et que huit participants, tous excepté moi, étaient déjà entrés en jeu.

Alors j'ai pris peur, j'ai réalisé pour la première fois que j'étais enchaînée et j'ai eu le pressentiment que j'étais sans doute destinée à être la grande attraction de cette veillée.

Elle s'est approchée de moi, m'a saisie par les poignets et a placé mes mains autour de ses seins percés en me rendant la pareille, au début elle me caressait doucement, ses ongles me procuraient de très agréables sensations mais très vite ses doigts ont gagné mon sexe pour tirer sur mes lèvres et les pincer à plusieurs reprises avec leurs pointes effilées, elle me faisait très mal et tout en me doutant que les effets de mon geste allaient certainement être pires que sa cause, je lui ai lancé un coup de genou qui l'a étendue par terre, en criant de tous mes poumons, j'appelais Encarna à plein gosier, je pensais encore pouvoir sortir de là indemne, plus jamais, je me le jurais à moi-même, plus jamais, mais personne n'est venu, personne, les autres participants à cette fête m'ont lancé de brefs regards curieux, sans trahir la moindre intention d'intervenir en ma faveur, sauf la junkie qui me regardait avec des larmes dans les yeux, elle a essayé mais elle a été retenue à temps par les autres, la dose va nous coûter cher à toutes les deux ce soir, ai-je pensé, et la femme s'est enfin relevée, lentement, elle m'a regardée en souriant puis, agenouillée devant moi, elle a arraché les talons de mes bottes, j'ai dû m'accrocher des deux mains à la chaîne pour éviter d'avoir le cou brisé par cette soudaine diminution de ma hauteur au sol, en me mettant sur la pointe de mes semelles surélevées, j'ai pu retrouver un certain équilibre, mais c'était au prix de l'immobilité la plus absolue, elle a éclaté de rire avant de me balancer son poing dans l'estomac, je ne devais pas bouger, elle a planté ses ongles dans ma poitrine en tirant brusquement vers le bas, ouvrant ainsi de longues plaies au tracé tourmenté, plus tard elle a choisi des moyens plus raffinés, comme les deux petites pinces plates qui sont venues emprisonner mes tétons, reliées à une chaînette qu'elle a tirée violemment vers elle, si violemment que tout mon corps devait suivre mes seins et que je les sentais prêts à se détacher de mon corps d'un moment à l'autre, elle s'est longtemps amusée ainsi avec moi, me faisant osciller d'avant en arrière par un simple tour de poignet, menaçant sans cesse mon fragile équilibre, mes mains déjà écorchées par les maillons de la chaîne, les muscles de mes bras au bord de l'épuisement, mais de cela aussi elle s'est lassée, et m'a accordé quelques minutes de répit avant de revenir avec un objet que je n'ai pas reconnu tout de suite mais qui s'avéra être un simple chausse-pied en fer monté sur une tige de bambou qu'elle essaya dans sa paume avant de me retourner contre le mur et d'initier une nouvelle épreuve, alors je me suis souvenue de cette vieille plaisanterie de mauvais goût car seuls les trente premiers coups m'ont fait mal, elle a assené le premier sur mes mollets puis elle est remontée peu à peu le long des cuisses, en insistant longuement sur la zone juste au-dessus des bottes, ensuite à l'encontre de mes appréhensions elle s'est peu attardée sur les fesses mais s'est déchaînée un peu plus haut, sur les reins, et la douleur est devenue tellement insupportable que j'ai à peine senti les impacts du fer dans mon dos par la suite, mais ce n'était pas encore assez, elle m'a remise face à elle et a tout recommencé de ce côté, de haut en bas cette fois, fouettant sauvagement mes seins d'abord, je me suis aperçue que cela lui plaisait terriblement, à ce moment le géant s'est approché de nous, il a entouré mes côtes d'un bras pour les soulever et les maintenir immobiles, augmentant ainsi la surface disponible, elle a détaché la pince de mon téton gauche et a planté ses dents dessus, je pensais que la chair déjà tuméfiée avait perdu sa sensibilité mais ce n'était pas le cas, sa morsure m'a révélé que j'étais encore loin de l'état comateux dans lequel elle voulait me précipiter finalement, les coups ont redoublé, puis il a passé un bras sous mes jarrets et m'a soutenue fermement, il libérait momentanément mes mains de leur douloureux effort mais livrait aussi à la femme l'intérieur de mes cuisses, elle s'est rapprochée lentement de mon sexe en me battant, je m'y attendais, et je m'attendais à m'évanouir à ce moment mais j'ai senti le choc sur la chair révulsée, tremblante, et je n'ai pu échapper à la douleur, j'ai dû la supporter de longues minutes encore, des minutes qui paraissaient des siècles, je me consolais en pensant que cela ne pouvait plus durer, que si les morsures du fer ne me tuaient pas, je ne pourrais pas me retenir à la chaîne plus d'une demi-heure encore quand il me relâcherait et m'abandonnerait à mon sort, et que je finirais le cou brisé par le collier de chien.

Quel gâchis, ai-je pensé, déployer tant de théâtralité, tant de pittoresque pour la mort d'une femme insensible incapable d'apprécier les fins tragiques.

« Faites gaffe ! »

Elle, qui venait vers moi avec un crochet de fer porté préalablement au rouge dans un fourneau, s'arrêta net au milieu du tapis.

Je repris conscience pour me répéter que c'était une hallucination, qu'il était impossible d'avoir tant de chance, mais la voix d'Encarna s'éleva à nouveau de l'autre côté de la porte, tandis qu'on entendait tambouriner nerveusement sur le battant.

« Faites gaffe ! »

Le bruit d'une sirène emplit la rue.

Elle reposa le crochet sur le fourneau déjà éteint, attrapa une gabardine qui traînait sur une chaise et la jeta en hâte sur ses épaules, puis s'esquiva par une petite issue dissimulée dans une armoire, dont je connaissais moi aussi l'existence.

Encarna hurla une troisième et dernière fois :

« Faites gaffe ! »

Le type d'Alicante, qui ne devait pas comprendre ce qui se passait, resta assis sur le divan, l'enfant finalement revenu dans son giron, pendant que tous les autres s'engouffraient à la suite de cette harpie.

Je pleurais, encore incapable d'y croire, une descente, une descente de police bénie du ciel, la police bénie qui m'avait sauvé la peau, toute ma vie à rentrer la tête dans les épaules et à avancer sur la pointe des pieds quand je passais à côté du moindre type en uniforme, même un agent de la circulation, et maintenant ces anges avaient eu l'idée bénie d'organiser une descente, précisément dans cette rue, précisément cette nuit, précisément à cette heure, et moi je m'en étais tirée, bénis soient-ils, me répétai-je, bénie soit la police madrilène, bénie jusqu'à la fin des temps.

Il ne restait plus que les trois qui occupaient initialement le divan et moi.

Ils me regardaient d'un air incertain, elle pleurait, quelqu'un lui avait déchiré ses vêtements, elle semblait paralysée, elle au moins devait avoir l'habitude mais elle paraissait incapable de bouger.

« C'est une descente de police. » Je murmurais.

Le type d'Alicante bondit sur ses pieds, attrapa son ami par la main et ils sortirent en courant par la porte qui donnait sur le couloir. Elle fit mine de les suivre, mais je l'arrêtai.

« Non, ne sors pas par là. » J'étais épuisée, je pouvais à peine remuer les lèvres. Elle s'approcha et détacha la chaîne du clou. Au début, je ne parvins pas à ressentir le moindre soulagement, j'étais totalement tuméfiée, il m'en coûta de dégager mes mains des maillons, elles étaient brûlées par le métal. Ensuite je me laissai glisser contre le mur jusqu'à me retrouver assise par terre.

« Écoute, le troisième panneau de cette armoire-là est une porte. Pousse-le franchement et tu verras un escalier très étroit. Monte-le jusqu'en haut et tu arriveras à la terrasse. Cache-toi, attends que les flics dégagent et descends par l'échelle d'incendie. Tu te retrouveras dans un passage qui donne sur la rue. Cours.

— Viens avec moi ! » Elle m'avait pris la main et me regardait avec une belle expression, d'une infinie gratitude.

« Non, je reste, je suis propre, ils ne peuvent rien me

faire. » J'étais si fatiguée. « Mais toi, tu dois y aller tout de suite, cours. »

Elle disparut sur ma gauche, et je restai seule.

Quelqu'un était en train de recevoir une bonne raclée quelque part, si j'en croyais les supplications et les cris qui parvenaient de temps en temps à mes oreilles.

Puis une silhouette franchit la porte.

Gus, les poings encore serrés et les phalanges couvertes de sang, entra le premier dans la pièce.

Pablo venait derrière lui, les mains impeccables, comme toujours.

Il ne m'avait jamais frappée.

Jamais, de ma vie, il ne m'avait frappée, et jamais je ne l'avais vu pleurer.

Mais il a glissé deux doigts dans le collier, m'a relevée, appuyée contre le mur, et m'a envoyé un aller-retour de la main droite en plein visage, tandis que deux larmes énormes glissaient sur ses joues.

« Dégage d'ici. »

Gus, eunuque moderne rendu complètement impuissant par la came, restait à mes côtés, soufflant et haletant.

Il n'a pas bougé.

Pablo l'a regardé bien en face.

« Dégage d'ici, j'ai dit. »

Il lui a rendu son regard, a inventé un geste de mépris, s'est détourné et éloigné de mauvaise grâce.

Nous nous sommes retrouvés seuls.

Alors il s'est remis à me frapper, toujours de la main droite, faisant violemment valser ma tête de droite à gauche, et je le laissais faire, je lui étais reconnaissante de ses coups qui me rompaient en mille morceaux, qui détruisaient le maléfice, qui massacraient le visage de cette vieille femme inconnue dont j'avais surpris l'image quelques heures auparavant dans mon miroir, qui régénéraient ma peau, elle renaissait, douce et souple, sous chaque gifle, tu ne les as pas volées, pensais-je, tu les as bien méritées.

Ensuite, les yeux encore mouillés, il m'a éloignée un instant de lui pour me regarder, il a observé tout mon corps et m'a enlacée, ses bras m'ont serrée fort, ses doigts ont parcouru les sillons dans mon dos, sa langue a léché le sang qui coulait de mes lèvres, le sang que ses propres coups avaient fait jaillir.

« Tu peux marcher ? »

J'ai remué la tête pour lui dire que non.

Il m'a soulevée dans ses bras, m'a portée jusqu'à une table sur laquelle il m'a assise, il a enlevé mes bottes et a pris mon pied droit dans ses mains, frottant la plante puis le serrant entre ses doigts.

« Tu as des pieds horribles, beaucoup trop grands... »

J'ai remué la tête pour lui dire que oui.

Il a pris mes mains et les a ouvertes, découvrant la chair rougie, ardente, le sang qui brillait entre des lambeaux noircis de peau déchirée, morte.

« Par contre, j'ai toujours aimé tes mains. » Ses yeux étaient pleins de fureur et de clémence. « Pas de chance...

— Pardonne-moi. » Son regard restait rivé à mes paumes écorchées. « Pardonne-moi... »

Il a enfin relevé son visage vers moi, il a retiré son manteau, l'a déposé sur moi avec précaution et m'a tenue par la taille pendant que je descendais de la table.

« Allons-y... »

Il marchait devant, dans le couloir, vers la sortie. J'essayais de le suivre mais je me sentais incapable d'avancer à son rythme.

Encarna a passé la tête par la porte, l'a secouée en signe d'étonnement et de désapprobation tout à la fois, puis elle a disparu à nouveau dans la pièce de la télévision.

« Prends-moi. » Il était presque parvenu à la sortie et me regardait. « S'il te plaît, prends-moi, je ne peux pas continuer... »

Il est revenu sur ses pas, a pris un de mes bras et l'a jeté autour de son cou, il m'a soutenue par la taille et nous sommes arrivés à la porte, nous avons commencé à descendre les escaliers, très lentement, il me redressait à chaque palier, je commençais à retrouver peu à peu l'usage de mes jambes, et je prenais progressivement conscience de mon échec, et de sa souffrance qu'il vivait comme son propre échec, et je me trouvais d'une bêtise infinie, j'étais une épave encore hantée par la peur d'être rejetée, et cette menace impalpable était mille fois plus douloureuse que les violences de cette femme, j'éprouvais de la peur, du dégoût, de la lassitude, surtout de la peur, nous descendions en silence, je n'osais pas le regarder, ses paroles ont soudain tonné dans mes oreilles, il n'y aurait pas de trêve, pas encore.

« Ely m'a appelé une nuit, il avait l'air inquiet, il voulait me parler de toi et je l'ai invité à dîner. » Ses yeux restaient fixés sur les murs crevassés de la cage d'escalier, comme si le plâtre pourri dessinait des messages secrets et vitaux, par lui seul déchiffrables. » Il m'a dit : « Nous savons tous les deux que Loulou n'est pas précisément une femme rangée, mais maintenant elle fréquente des gens qui ne me plaisent pas du tout, j'ai peur pour elle. Alors j'ai décidé d'intervenir à nouveau dans ta vie, malgré tout, et bien que cela ne soit pas mon rôle, mais je l'ai fait, j'ai parlé avec Gus, lui aussi t'avait vue avec des types pas très nets et il avait besoin de fric, il a toujours besoin de fric, alors je lui en ai donné et je l'ai mis derrière toi, et peu à peu j'ai tout découvert... Arrête, on va se reposer un peu. » J'ai secoué négativement la tête, je ne voulais pas m'arrêter, je voulais continuer, jusqu'au bout, en finir une bonne fois, et j'ai avancé mon pied blessé, nu, vers la marche suivante. « Bon, comme tu voudras... Le fait est que j'ai tout découvert et que moi aussi j'ai eu peur, voilà pourquoi je suis ici, nous avions la Encarna sur la liste, elle m'a prévenu, elle n'a pas voulu me dire le jour ni l'heure mais cette nuit, quand tu es partie de la maison comme ça, si vite, j'ai compris que certainement tu allais venir ici et j'ai contacté Gus, nous avions tout plus ou moins planifié, au début je ne pensais pas te le raconter mais maintenant je crois qu'il le faut, lui s'est chargé de la voiture et des flingues, les types qui étaient avec lui étaient dans le coup et il n'a pas eu de mal à en trouver deux ou trois de plus pour donner un coup de main en criant depuis la rue, moi je n'ai eu qu'à acheter la sirène, pas très cher, c'est ce gitan qui vend des chaussures à Vara del Rey qui me l'a trouvée, tu vois qui je veux dire, on avait mis les flics dans le coup * aussi, même si on ne peut pas écarter l'hypothèse qu'ils finiront par mettre la main sur ces quatre imbéciles, je devrai alors leur payer la caution et un avocat correct, je ne vais pas les laisser tomber, les pauvres... »

A ce moment, j'ai deviné qu'il me regardait, fixement, implacablement, mais moi je ne pouvais pas lever mes yeux du sol, j'oscillais entre la rage et la gratitude, entre le désespoir et le soulagement, entre l'orgueil, miraculeusement revenu pour un instant, et la soumission définitive, sans retour, je l'aimais, mais cela je le savais, je le savais depuis le début, je l'avais toujours aimé.

« Regarde-moi, Loulou. Je trouverai bien un moyen de te le faire payer, ne t'en fais pas. »

Tout le reste, je m'en souviens comme d'un amalgame confus de détails incohérents, sur le tempo d'un cauche-

* Les cas de policiers véreux achetés pour couvrir des illégalités et fermer les yeux sur elles sont légion en Espagne. *(N.d.T.)*

mar, je marchais pieds nus dans la rue, la vendeuse de cigarettes du coin nous a regardés d'un air las, une forte nausée m'a poussée en avant, il m'a retenue, sa main sur mon front, j'ai vomi contre un arbre, le manteau s'est ouvert sur ma chair mortifiée, les yeux d'un petit vieux qui se préparait un lit de journaux sur un banc ont brillé un instant, la nausée était toujours là, lui ne parlait pas ; allongée sur le siège arrière de la voiture, j'essayais d'évaluer où il m'emmenait, par où nous passions, encore une fois après tant d'années, et je luttais désespérément contre le soupçon dévastateur qui progressait à pas de géant dans mon cerveau tout étourdi, et qui était en train de prendre l'allure des odieuses certitudes, des vérités répugnantes, des choses incontestables qu'on ne veut pourtant pas croire, je luttais contre lui, j'essayais de trouver une autre explication, apaisante, au vertigineux enchaînement de cette nuit, je m'efforçais de trouver un sens à la véritable origine des marques gravées dans ma peau, à l'insistance de Remi, à l'absence de Manolo, à l'impassibilité d'Encarna, à la ponctualité de la fausse descente de police, au sang qui teintait de rouge les poings de Gus, et à ses larmes, aux larmes que j'avais vues dans ses yeux, aux larmes qui avaient changé sa voix, une voix si différente de celle qui m'avait jetée de la maison cette même nuit, je luttais contre cette certitude déguisée en soupçon et je ne trouvais aucune alternative, il n'y en avait pas, il avait toujours été là, tirant les ficelles de loin, mais cela était trop dur, trop accablant pour les faibles forces d'une petite fille, je suis une petite fille, ce fut ma conclusion, et demain il sera temps d'y penser, demain, pas cette nuit, demain tout sera beaucoup plus clair...

Mercedes nous attendait, assise sur un canapé, tripotant nerveusement les anses du vieux cartable que lui avait offert ma mère à la fin de ses etudes de médecine. La pauvre petite, ai-je pensé, nous la mettons toujours à contribution pour les mêmes détestables occasions.

En nous voyant entrer, elle scruta mon visage avec inquiétude, puis porta son regard sur Pablo, et de nouveau sur moi.

« Je m'attendais à pire », finit-elle par prononcer.

Alors il me retira son manteau.

Les mains de ma belle-sœur se mirent à trembler, ses yeux s'emplirent de larmes, je n'avais jamais pu comprendre comment une femme si fragile, si délicate, avait pu choisir une profession aussi sanguinolente que la sienne.

« Mon Dieu ! » Elle recommença à nous regarder alternativement. « Mais... qu'est-ce que c'est ?

— Rien. » Pablo s'approcha d'elle et lui posa une main sur l'épaule, comme pour la calmer. « Les marques de la rougeole »

Je me suis réveillée avec tous les symptômes d'une formidable gueule de bois.

Puis je me suis rappelé que Mercedes m'avait fait une piqûre pour m'aider à dormir.

J'étais à la maison, la maison de Pablo, et il faisait jour, le soleil parvenait jusqu'au milieu de la chambre par les persiennes entrebâillées.

Il n'était pas à mes côtés.

Mes blessures me faisaient mal.

Ça puait la teinture d'iode.

Je me suis péniblement redressée.

Alors seulement j'ai noté un signe infiniment évocateur, une tension familière sur les hanches, je me suis palpé instinctivement la poitrine et j'ai souri.

Lui n'était pas là mais sous ma main deux papillons portaient une guirlande de sept petites fleurs brodées de minuscules perles blanches, rondes.

J'ai fait courir mes doigts sur elles, plusieurs fois, je les ai caressées et comptées pour vérifier qu'il n'en manquait pas une, et elles étaient là, toutes les perles, fausses, intactes, resplendissantes, plastique d'une incalculable richesse sur ma chemise blanche, une robe blanche de baptême taillée aux mesures d'une grande fille, batiste si ténue qu'on aurait dit de la gaze.

Je me suis recouchée et j'ai fermé les yeux.

Pablo ne reviendrait pas tout de suite, il n'aimait pas être présent dans les moments critiques.

Il n'y aurait pas de moment critique.

J'ai roulé sur les draps jusqu'à prendre place de son côté, et je me suis efforcée de suivre la trace de son odeur, ce n'était pas facile, je n'avais pas l'odorat très sensible ce matin-là, mais à la fin j'ai trouvé un indice précieux sur le coussin, j'ai saisi entre mes doigts un bout de tissu pour le coller contre mon nez et je suis restée immobile, recroquevillée, souriante, plongée dans cette odeur, indifférente au temps qui passait.

Son entrée a été précédée par l'arôme tellement reconnaissable des *porras* encore chaudes.

Puis il s'est allongé à côté de moi, m'a touché le bout du nez et s'est mis à attendre.

J'ai voulu feindre un profond sommeil mais peu à peu mes lèvres ont dessiné un sourire d'innocence retrouvée.

Il a rapproché sa tête de la mienne et m'a parlé dans un murmure :

« Ouvre les yeux, Loulou, je sais que tu ne dors pas… »

La composition de ce livre
a été effectuée par Bussière à Saint-Amand,
l'impression et le brochage ont été effectués
sur presse CAMERON
dans les ateliers de la S.E.P.C. à Saint-Amand-Montrond (Cher)
pour les éditions Albin Michel

Achevé d'imprimer en juillet 1990
N° d'édition : 11336. N° d'impression : 1520.
Dépôt légal : juillet 1990.